吃飯娘子大

下

文創風 1062

眠舟 著

目錄

第二十五章

馬門在後院訓斥新來的夥計，突然被劉老闆叫出去，以為他有什麼大事要找自己。「劉老闆，您來是租房還是雇人啊？」

劉老闆四處望了兩眼，把馬門拉到一個無人的角落，從兜裡摸出一個玉核桃塞進他的手心，壓低了聲音。「幫老哥我一個忙。」

這個玉核桃是他幾年前花了八兩銀子在城裡買來的好東西，要不是知道馬門喜歡玩這玩意兒，他才不會輕易拿出來呢。

馬門每天接觸形形色色的人，見劉老闆送他這麼貴重的東西，知道他肯定有什麼大事求自己，所以也沒急著答應。

馬門在手心搓了一把溫涼的玉核桃，有些不捨地還給他，客氣問道：「您說。」

「夏魚租的那個大院，是從你這兒租的吧？」

馬門以為他也想租個帶大院的宅院，趕個新潮開私房菜館呢，臉上立刻堆起了笑容。

「這事呀，您也想租院？正好我這兒還有一間三連大院……」

這個三連大院就是方侗離開時急著賣，牙行低價回收的，但沒想到之後再脫手這麼難。

劉老闆急忙擺了擺手，含蓄提醒道：「不是不是，就夏老闆那個院子，你看能不能換個人租？」

話都說到這個地步了，馬門再聽不懂就別做生意了。

他一副見鬼的表情打量了劉老闆一番，震驚道：「老于不租那事該不會是你……」

劉老闆沒有回應，只問道：「你就說這事行不行吧？」

馬門立刻拉下臉，頻頻搖頭。「不成、不成！牙行最忌諱的就是出爾反爾，除非出租的房屋要賣出去，不然是不允許主動斷租的；而且要斷租的話，得至少提前三個月跟租客打招呼。我若今天租出去，明天再收回來，牙行的生意還怎麼繼續做下去？」

身為一個生意人，他雖然貪財，但也不能做這種壞規矩的事，不然這事傳出去得被同行唾棄。

「馬兄弟，我再給你加個條件，以後去我酒樓吃飯，全免！」劉老闆的酒樓早已虧空，想要拿出多餘的錢買下夏魚租的那間宅院是不可能的，所以他一再給馬門加條件。

馬門知道他不是來租房雇人的，有些厭煩地甩了甩手，別過頭道：「我又不是吃不起一頓飯，再說了，你那酒樓有啥東西好吃的？」

說完就轉身進了後院，訓斥起新來的夥計時更加不留情面了。

劉老闆愣在原地，好半天才回過神。這個馬門竟然嫌泉春樓的飯菜難吃！以前沒有倍香樓和有餘食肆時，他們不也都是在泉春樓吃飯的嗎！

劉老闆一連兩次求人失敗，氣得他出門時一腳將牙行門口的花盆踢翻，在心裡直翻白眼，暗罵馬門這不敢那不敢，做起事來畏首畏尾，難成大事！

泉春樓活動的吸引力比有餘私房菜館還要大，相當於花一份菜的錢買了三份的菜。

劉老闆回到酒樓時，大堂裡也鬧哄哄地坐滿了人。

虛假的盛世讓他心裡極其滿足，他得意一哼。「誰說我家酒樓的菜難吃，難吃的話會有這麼多人嗎！」

有餘私房菜館和泉春樓一片熱鬧非凡，沒有任何行動的倍香樓倒顯得清冷了許多。

為了防止再出現方佪那樣的情況，跟著馮老闆來的夥計丁廣是池旭陽安排的人，專門用來盯梢的。

丁廣出門一圈，打探到客人都去了有餘私房菜館和泉春樓，急得在大堂裡轉。「老闆，客人都跑去那兩家了，咱也快想想辦法呀！」

馮老闆坐在桌前喝著小茶，悠閒自得。「急什麼，這種活動過不了兩天就結束了，沒有客人咱還落個清閒。」

馮老闆知道丁廣是池旭陽派來監視他的人，他掃了一眼滿臉焦急的丁廣，提點道：「再說了，就算咱們酒樓賺了銀子，又進不了你的口袋，你著急什麼？」

丁廣一愣。是呀，池旭陽只交代他看好馮老闆，也沒給他什麼好處，他瞎著急什麼？

回春堂的郝大夫郝才，前些日子去了周圍的城鎮收藥材，回來就聽說有餘食肆被老于收了回去，只能到鎮西開一家私房菜館。

他擱下藥筐就去夏魚新開的私房菜館。一路上，郝才都在想怎麼安慰這個小丫頭。當他來到夏魚家門口時，發現自己連大門都進不去，還得排隊……

生意似乎比以前更好了。

他捋了捋花白的鬍子，跟王伯打了聲招呼，笑吟吟越過人群朝裡走去。

排隊的人本想阻攔，一看到郝才，便硬生生將要罵出口的話嚥回去，得罪誰都不能得罪大夫啊！

郝才走進廚房，爽朗一笑。「丫頭，最近又有什麼好吃的了？」

夏魚正在研究新的醬汁配方，突然被人這麼一叫，嚇了一大跳，待看清是郝才後，放下手中的調料，驚喜道：「郝大夫，你回來了？」

「是啊，一回來就發現食肆換了地方。」郝才打量了一眼不算大的廚房。「生意怎麼樣呀？」

「還行，大夥兒都挺捧場的。」夏魚不好意思笑道。

郝才點了點頭，看著她碗裡黑乎乎的醬汁，都和藥湯有得拚了。「這是什麼？」

夏魚捧起碗，將最後一樣配料放進去，攪拌了下，笑盈盈道：「最近豬肉的價格便宜，我想做點蜜汁叉燒，這不還在研究醬汁呢。」

「蜜汁叉燒？甜的？好吃嗎？」郝才想了一下，怎麼也不覺得甜的豬肉會好吃。

「等我做好了讓小亮給你送去。」夏魚笑道。

白小妹在廚房裡守著兩個烤爐，算著時間已經差不多了，她呼的一下把爐門打開，將裡面紅亮噴香、滋滋冒油的烤鴨端了出來。

這幾日烤鴨很受大家追捧，夏魚便讓池溫文又做了一個爐子，也知會柳雙繼續收鴨子送來。

剛出爐的烤鴨散發著騰騰熱氣，香味一瞬間瀰漫了整個廚房。

郝才盯著烤鴨，吞了口口水。「這鴨子能不能給我來一隻？」

夏魚數了數剩餘的鴨子數量，除去今日排隊要賣的幾十隻，衙門和李府各要去的四隻，只剩下一隻鴨子了。

這隻鴨子夏魚本想留著給自己人吃，眼下只能給郝大夫了。

她點頭道：「行，不過您得排隊，或者等做好了我叫小亮給您送去回春堂。」

「妳這丫頭……」這大概是郝才第一次排隊，他哭笑不得地指了指夏魚，應道：「成吧，我先回去，那妳可別忘了送！」

夏魚笑著將郝才送到門口，保證道：「放心吧，忘了誰都不能忘記您的。」

新開的有餘私房菜館院子比屋子大，可是這季節院子裡太熱，只能晚上出來擺桌。中午大夥兒還得湊到屋裡吃飯，來用餐的食客沒有位子，只好將飯菜打包回去，可打包回去後的口感就不如剛做出來的好吃了。

這幾天忙下來，夏魚和池溫文發現私房菜館其實並沒有想像中那麼如意，至少夏季和冬季都不能利用院子，而且在外排隊也有中暑和感冒的風險。

食客的人流很大，而私房菜似乎只適合用於靜謐長久的小型宴席、請客之類的，並不適用於人特別多的場合。

所以池溫文只能繼續尋找合適的鋪子，而夏魚暫時只能透過限量的方式減少人流。

夏魚將大塊的梅肉稍微分割，加上調製好的醬汁和紅糟醃製，吊入冰涼的水井中保鮮。

只見池溫文面色不佳，穿過人群朝她走來。

夏魚招了招手，找了個樹蔭方便兩人說話。「怎麼了？」

池溫文眉心擰在一起。「我方才路過道口時，看見有人把排隊買到的烤鴨高價賣給旁人。」

夏魚一怔，沒想到自己賣個烤鴨還能生出黃牛的行業。

這些黃牛天不亮就排隊搶占名額，那些真正想買烤鴨的人就不得不花大錢從黃牛手裡買烤鴨了。

池溫文沈吟片刻，道：「我覺得我們需要再推出一道新菜色，轉移一下注意力，讓食客們不能只盯著烤鴨不放。」

夏魚也是這麼想的，她一拍手道：「正好！我準備新做一道蜜汁叉燒，晚上你們嚐嚐看怎麼樣。」

池溫文點了點頭，並沒有太高興，反倒猶豫著接下來的話怎麼開口。

夏魚見他一副欲言又止的模樣，問道：「怎麼了，有事就說唄！」

「那個，夏果……」池溫文抬眼看了看她，擔憂道：「書院的小廝剛才來找我，說夏果不想讀書了，現在被唐先生暫時穩住了情緒。」

夏魚的心一下沈入谷底，追問道：「果兒為什麼不想讀書了？」

以她對夏果的了解，他絕對不是那種會輕易放棄的孩子，這中間肯定發生了什麼事。

池溫文低聲道：「夏果跟人比作詩輸了，有學生說夏果笨拙，不是讀書的料，還說這話是唐先生說的，之所以瞞著夏果是因為有妳的交代。」

夏魚的腦袋瞬間一片空白，那天在屋裡明明只有她和唐先生，除非有人偷聽了牆角……

以夏果倔強的脾氣，他一定受不了這種打擊，尤其是被自己的親姊姊隱瞞此事。

夏魚隨便在水盆裡洗了把手就往書院趕去。池溫文放心不下，交代王伯和白小妹，也去了書院。

到了書院門口，夏魚把木門敲得砰砰作響，聲響中含著急切。

「您是……」門童打開門，打量著一臉焦急的夏魚。

「我叫夏魚，來找夏果的。」夏魚往院子裡瞧了一眼。

這會兒已經下課，有不少學生聚在院中玩鬧，她掃了一圈也沒看見夏果的身影。

門童早就得了先生的吩咐，若是夏魚或池溫文來，便將人直接引去後院的屋子。

「夏果在唐先生的屋裡，我帶您去。」說完，門童給她讓了個位置。

「謝謝，我認得路，自己去就好。」夏魚說完，一陣風似的消失在門口。

她的步伐快極了，順著記憶中的竹林小路，不多時便來到唐先生的屋前。

屋裡傳來輕微的啜泣聲和時不時的安慰聲。夏魚敲了敲門，得了應允，才推門而入。

屋裡，唐先生站在一旁，歉意地朝夏魚點了點頭。

夏果坐在木椅上哭得眼睛紅腫，聽到動靜只是抬頭看了一眼，便又低下頭去。

夏魚知道他的心情不好，雖然只是個七、八歲的孩子，但也有了強烈的自尊心。

她走到夏果身前，蹲下輕聲道：「果兒，咱們回家好不好？」

夏果沒有任性哭鬧，也沒有說話，只是沈重地點了點頭，那模樣看著就讓人心疼。

「唐先生，這段時間謝謝您的教導。」夏魚對唐先生鞠了一躬，她知道，這不關唐先生的事。

夏果同樣對著唐先生深深鞠了一躬。

「夏果，若你往後想要繼續學習，我這裡隨時為你開門。」唐先生嘆了一口氣，心中也難受至極。

他知道，夏果這一走可能就不會回來了，畢竟任誰都無法接受被人以一種嘲笑的目光注視著自己，尤其是一個八歲的孩子。

夏果雖然不聰慧，但是尊師重道、待人友善、心思純良，是他見過品行最好、最努力勤學的學生。

他本打算繼續教夏果到成年，以後讓他在書院幫忙授些簡單的課業，可沒想到中途竟然出了這樣的事。

待夏魚和夏果走後，他提筆寫了一封推薦信，讓人給池溫文送去。

路上，夏魚並沒有跟夏果說太多關於書院的事情，而是帶他做了身新衣服，買了他最想要的木雕小魚。

夏果靜靜跟在夏魚身後，直到回到家，發現之前的食肆不見了，才抬頭問道：「姊，咱家食肆呢？」

夏魚把他拉到他自己的屋子裡，給他打了一盆水擦臉，笑道：「食肆的租約到期了，咱臨時租了個院子開菜館。」

怕夏果擔心，夏魚還補充一句。「咱家的生意可好了，等找到合適的鋪面，咱再把食肆開起來。」

夏果看著自己的小屋子，心裡更難受了。

他每天在書院什麼都不幹，只需要讀書寫字，家裡發生這麼大的變故都不用他去操心，而他的課業還是一塌糊塗。

想到這裡，夏果的心裡內疚極了，他的眼淚不爭氣地流了出來。「姊，我不讀書了，以後我幫妳劈柴、做飯，我的力氣可大了。」

夏魚擰乾手帕遞給他，柔聲道：「果兒，你要知道，我讓你去讀書，不求你考取功名，只是想讓你做一個有學識、有文化的人，不至於以後長大了被人糊弄帳目。」

夏果有些不明白，眨巴含著淚珠的眼睛。「姊，我現在會認字了，不會被人騙了。」

夏魚耐心道：「被人騙只是其一，你自己想一想，你以後是想當山村野夫、跑腿小廝，還是想當帳房先生、自己當老闆？」

夏果想了一下說話又糙又難聽的幾個叔叔，又想了想氣質清雅，舉手投足間都讓人挑不出錯的池大哥，果斷道：「我想像池大哥一樣。」

夏魚點頭，語重心長又道：「人生難得多如意，一樹花開幾結果。誰的一生也不是事事順遂的。」

夏果似懂非懂地點了點頭。他明白，姊姊這一路走來很艱難，池大哥和王伯也是，白小妹和洪小亮也是。

「而且，你已經很厲害了，至少你很勤奮努力。有句話不是這麼說的嗎？有志者事竟成；天行健，君子以自強不息……」

池溫文拿著推薦信，倚在門邊聽了許久。

夏魚安撫好夏果的情緒，一回頭就看見門旁的池溫文，他的手中好像拿著什麼東西。

「那是什麼？」

池溫文下意識低頭看去，隨後揚了揚手中的紙張。「唐先生寫的推薦信。」

「推薦信？」

方才她帶夏果從書院出來，池溫文就被小廝帶去了唐先生的屋子。她還以為兩人只是簡單寒暄一番，將夏果之事就此翻篇，沒想到唐先生竟然還寫了推薦信。

池溫文的目光眺向遠方，語氣中透著些許懷戀與感激。「是寫給東陽城竹暄書院的范院長。」

范院長從前是池溫文的教書先生。起初他和王伯流落白江村時，最窮困潦倒之際還是范先生出手相助，才讓他們有口飯吃。

說來，范先生是他這輩子的恩人。

夏魚接過那張推薦信，雖然上面的字跡繁複潦草，但還是可以看出唐先生在極力誇讚夏果。

她不禁感慨起唐先生的心細，為了不讓夏果回到書院時再次受到傷害，想出這個折中的法子。這樣一來，夏果在新的書院讀書，也算是有個新的開始。

她招來夏果，問道：「如果讓你去城裡讀書，你願意去嗎？」

夏果眼眸中的欣喜一轉即逝，想到書院的同窗說他笨、說他蠢，他有些不肯定地望向夏魚。「姊，我行嗎？」

夏魚鼓勵道：「世上無難事，只怕有心人，只要你想，就行！」

池溫文看穿了他的心思，出言寬慰道：「不用在意別人怎麼說，你只要盡力做好自己的事便可。」

「是啊，嘴巴長在別人身上，咱們管不著，我們只要把事情做到最好，就能讓那些人閉嘴。」夏魚跟著附和道。

夏果內心的小火苗再次被燃成熊熊大火，他使勁點了點頭。「姊，池大哥，我還想繼續讀書。」

夏魚笑咪咪地揉了揉他的腦袋。「行，你想讀書，姊就送你去。」

池溫文掐著手指算了算。「過幾日就是八月十五了，不如我們趕在八月十五前兩天去，還能看一看東陽城的祭月大典。」

這是夏果第一次進城，聽到還有祭月大典，他興奮地拍著手。「好吔！」

池溫文不提八月十五還好，一提中秋節，夏魚便琢磨著做些月餅賣。

來到這個世界後，沒有日曆的提醒，夏魚根本不知道哪天該過什麼節，就連上次的端午節都不小心錯過了，白白浪費一個賺錢的機會，可把夏魚心疼壞了。

這個世界的月餅多以蒸為主，或是將月餅胚放在熱鍋底炕熟，還沒有烤製的月餅。所以這次，她無論如何也要大賺一筆。

說做就做，她把池溫文叫到屋裡，畫了幾個模具的樣子，讓他在上面寫了些字，找木匠提前做出來。

這些模具的花樣和平常的並沒有太大不同，只是把原有的富貴牡丹圖、嫦娥奔月圖換成了吉利的字樣，看起來還沒之前的好看呢。

池溫文詢問了一番，見沒有什麼機關和特殊要求，便直接拿去木匠鋪讓人照樣子打模具。

這幾日，來有餘私房菜館買烤鴨的人數只多不少，還有一些夾雜著外鄉的口音。夏魚一詢問才得知，她賣的烤鴨已經傳到周邊幾個鄉鎮，甚至還有城裡的人特意前來，只為嚐嚐烤鴨的味道。

在目睹了一些沒買到烤鴨失望而歸的人們後，夏魚坐在廚房裡，盯著那兩個燒得極旺的烤爐，決定造福大家，公開烤爐的製作方法。

這一項決定立刻遭到王伯、白小妹和洪小亮反對，如果大家都用了烤爐，那他們的菜館至少會失去將近一半的食客。

而池溫文卻贊同夏魚的決定。「就算我們一直把烤爐隱藏得很好，也遲早會被人開發出其他樣式的烤爐。與其這樣，不如把烤爐的做法、用法告訴大家，還能為飯館賺一筆好口碑。」

夏魚不得不再次誇讚池溫文一番。他說得沒錯，別人雖然做不來她這樣的雙層隔熱烤爐，至少也能做出單層的大泥爐。

烤製食物的市場不可能一直被他們獨占，與其目光一直盯著烤鴨不放，還不如開發一些新菜色吸引更多食客。

夏魚給幾人吃了顆定心丸。「關於食客的事，你們就放心吧。咱們提供的只是烤爐，食物的味道還是要靠各人的琢磨。鴨子肥膩、腥味重，做不好就會很難吃，我們到時候還可以賣醬汁，也能賺一筆。」

大夥兒聽了夏魚的分析，也覺得有理，便不再糾結這個話題，而是紛紛出門放話，在八月十五過後，有餘私房菜館將公布烤爐的製作方法和用法。

消息放出去不過半晌，就已經驚動了泉春鎮的各個食肆。

劉老闆正在躺椅上打盹，收到這個消息時，一激靈就坐了起來，他朝思暮想的烤爐要被公開了？那他那天挨的打豈不是白挨了？

有些食肆的老闆想買斷烤爐的製作和使用方法，被夏魚一一拒絕。放出去的話如潑出去的水，她都說了要公開製作方法，怎麼能臨時改為賣呢？

這個消息漸漸在周邊的城鎮也傳開了，各大小食肆皆是蠢蠢欲動。

池旭陽剛在賭館裡找到方倜，讓人打斷他兩條腿，聽到夏魚要公開烤爐時，先是一愣，而後大笑起來。「這個夏魚怕不是瘋了吧，連這麼緊要的東西都能公布出來。快，找人去泉春鎮守著！」

夏魚賣烤鴨供不應求的事情他也聽說過，但他有信心，只要他得到烤爐，做得一定能比夏魚好！

而夏魚才不管別人怎麼想，在柳雙夫婦來送鴨子時，順帶囑咐兩人，在家可以養殖一些鴨子，日後保證不愁賣。

送走最後一批食客，夏魚將醃好的梅肉從井裡拿出來，放進烤爐裡烤製。

趁著這會兒功夫，她正好教白小妹怎麼做拉麵。

醒好的白麵加了油，盤成長條整齊的放在盤中，夏魚將麵團拿出，拉長後對摺一抖，摔打在木板上，如此幾番，麵條便成了粗細均勻的圓形麵條。

白小妹在一旁驚呼。「太神奇了，竟然還有圓圓的麵條！」

可當她上手時，麵條卻一點都不聽她的話，不是斷了，就是太粗了。

「沒事，以後慢慢練，先把麵煮了。」夏魚笑了笑，將烤爐裡烤好的叉燒拿出來。

叉燒被烤得紅亮香甜，表面裹著亮晶晶的蜜汁，一下就把在外面等著上菜的幾個人吸引了過來，夏果也探著小腦袋往廚房裡看。

「姊，好了嗎？」洪小亮站在門口大喊著。

「等等，廚房太熱了，你們先去院裡把桌子擺好。」夏魚笑著又把幾人攆了出去。

白小妹手腳俐落地將麵條盛入碗中，在上面擺好綠油油的青菜，挨個兒添了一勺奶白色的大骨湯。

夏魚則把叉燒切片，呈扇形擺在碗旁，還在碗中加了半個溏心蛋。一碗麵雖然簡單，卻有紅有綠，有甜有鹹，鮮美滑爽，口味極為豐富。

幾個在門口等得著急的人，接過碗就大吃起來。

麵條在濃郁的大骨湯中有滋有味，甜甜的叉燒吃到嘴裡讓人眼前一亮，軟軟的溏心蛋流淌在舌尖，滋味更是妙不可言。

「叉燒可以做成麵，也可以做成飯，很方便，你們覺得怎麼樣？」夏魚問向埋頭苦吃的幾個人。

毫不意外，無一人回應。

最後還是池溫文戀戀不捨的將碗放下，應了一個字。「可！」

「姊，好吃。」夏果吸著麵條，含糊不清地回道。

「太可以了！」洪小亮將湯底喝得一滴不剩，跟著回答道。

眾人全數贊成推出叉燒，正好也省了廚房做飯的事。叉燒可以趁菜館沒營業時提前做好，等賣的時候直接切，省時又省力。

這幾日，有餘私房菜館的叉燒麵和叉燒飯賣得極好，每到吃飯時間便有不少人來排隊。因為剛出鍋的麵條味道極好，買到的人直接就蹲在牆角吃起來，也不嫌地方小沒位子，還有的人自己帶板凳來坐。

在中秋節的前幾天，夏魚叫來眾人一起做月餅。

月餅烤好後需要回油兩、三天，所以她去東陽城前正好把月餅做完。

月餅胚的做法很簡單，之前白小妹每年都做，所以也不需要夏魚費心教便會了，只剩下最後一步的烤製，需要注意火候和時間。

而其他幾個不會的人則在夏魚的指導下將月餅餡包好，再壓上模具，慢慢學。

第一爐月餅出爐，香甜的月餅上分別印著「吉、祥、如、意、恭、喜、發、財」的字樣；第二爐的月餅則印著「花、好、月、圓、事、事、順、利」的字樣，每個月餅上只有一個字。

王伯團了一個圓圓的豆沙餡，奇怪地問道：「怎麼不用些圖案，這些字還是單個的，略顯寡陋。」

夏魚笑著解釋道：「王伯，這就是做生意的門道，你看到這些吉利話，是會買一個『花』字，還是買四個湊成『花好月圓』的字樣呀？」

「買四個！」王伯恍然大悟，原來還能這樣做生意啊。

為了圖吉利，大家肯定是買四個，湊一個好寓意，這樣一來，月餅的銷量根本不是問題。

第二十六章

過幾日，交代好菜館的事宜，夏魚便和池溫文一起帶著夏果去東陽城。

去東陽城的路程有些遠，坐牛車得花費好幾天，所以鎮口趕牛的車夫都不願跑這段路程，不僅費時還耽誤拉貨的生意。最後夏魚只好咬了咬牙，花了兩百多文錢雇了一輛馬車。

別說，馬車雖然貴，還顛簸不堪，卻是目前速度最快的出行方式。夏魚一行人在早起天朦朦亮時坐上馬車，一路快馬加鞭，在日落月起時，正好趕到東陽城的客棧。

下了馬車，望著東陽城上空如布幕般的黑夜，池溫文的眸中蒙上一層複雜的情緒，不知是重回故地的懷戀，還是對這熟悉又陌生的環境的排斥和牴觸。

夏魚似乎察覺到他低沈的情緒，偏頭看向他，月色在他俊美的臉龐覆上一層銀色光暈，讓他眼中的光輝更加惆悵。

「對不起，我沒有考慮到你的感受……」夏魚自責地低下頭，語氣裡滿是濃濃的歉意。

當年池溫文離開東陽城時，不過還是個稚童，這樣的傷害可能是他記憶中最深刻的傷痛。

而她竟然沒有考慮到這個問題，只想著這裡是池溫文最熟悉的地方，出發前還興致勃勃地詢問他東陽城的光景。這無疑是把他的舊傷重新撕裂，又撒上一把鹽。

「無妨，或許重回這裡是天意。」池溫文看向還處於愧疚中的夏魚，揉了揉她的腦袋。

既然都回來了，那他就不能再糾結於往事中，索性不如看開，把這裡當作一個路過遊玩之地。

奔波了一天，夏果累得蹲在一旁直打盹，池溫文便一把抄起他，夾在身側，對夏魚道：「快進去吧，這隻都要睡著了。」

自從夏魚開了食肆，所有跑腿的活都是池溫文承包的，閒時還會幫忙劈柴打水，身子一天比一天健壯，力氣也比以往大了許多，這會兒抱夏果一個小孩根本不是問題。

見慣了池溫文平日搬桌子、舉椅子，對於他這番行為夏魚也不稀奇，率先一步敲開客棧的大門。

守門的夥計給兩人登記，便將他們領去二樓兩間相鄰的房間歇息。

趕了一天路，夏魚倒頭便沈睡起來，直到第二天天亮，池溫文敲門送早飯才醒來。

池溫文提著一個方形食盒來到桌邊，見她一副還沒睡醒的樣子，便道：「這是東陽城的甜豆花，妳趁熱喝，嚐嚐和泉春鎮的有什麼不同。」

夏魚會做很多美味的飯菜，卻偏偏獨愛甜豆花，早飯如果有豆花，不論是配燒餅還是包子，她都吃得很開心。

夏魚揉著惺忪的睡眼，伸了個懶腰，走到門邊的水盆旁洗漱一番。「夏果呢？」

「還在隔壁吃飯，我讓他吃完了再過來。」

看著池溫文將食盒中的飯菜逐一擺在桌上，除了甜豆花，還有煎餅、水煮蛋和幾道小菜，夏魚心情大好。

她坐在桌前，順手接過池溫文遞來的勺羹，問道：「你吃過了嗎？」

「嗯。」池溫文拿起水煮蛋在桌邊磕裂，修長的手指順著裂紋將蛋殼剝開，露出光滑的蛋白。

夏魚盛起一勺滑嫩的豆花，只見白嫩的豆花在勺中央微微顫抖，散發著清新的豆香味。一勺下肚，豆花軟嫩，清甜滋味蔓延在唇齒間，濃濃的豆香充斥整個口腔。

「這個比泉春鎮的好喝！爽滑適口，嫩而不碎，軟而不糊，豆香味還足。」夏魚驚奇地誇道。

這碗豆花看起來很平常，卻不同於別家，甜度剛剛好，不會因為過甜的口感而影響豆子原本的清香，而且一入口便知做豆花的黃豆是經過精挑細選出來的當年新豆。

夏果吃過飯從隔壁過來，一進門便聽到姊姊在誇豆花好喝。

他忙湊過來，揚起小臉替池溫文邀功道：「這可是池大哥天沒亮就跑到城東排隊買的，姊，妳是沒看到，排隊的人可多了，池大哥買回來都沒來得及吃，就給妳送來了……」

在池溫文意味深長的注視下，夏果的聲音越來越小，也不知道為什麼，就是感覺池大哥的眼神挺懾人的。

池溫文買了早飯回來，怕飯涼，就匆忙留給夏果一份，又送了另一份過來給夏魚。為了能多在夏魚的屋裡待一會兒，他才說自己吃過了早飯，不然夏魚該把他攆回去吃飯了。

「你還沒吃？」夏魚奇怪地盯著他，不明白他剛才為什麼撒謊。

池溫文道：「方才不餓。」

夏魚道：「那你快回去吃呀。」

池溫文瞥了夏果一眼，夏果突然變得機靈起來。「池大哥，我去把早飯給你拿過來。」

「拿過來幹麼，拿來拿去灑了怎麼辦？」夏魚問道。

夏果支支吾吾，半晌道：「我要練字，有動靜會打擾到我。」

這次夏魚沒再說什麼。

夏果的飯量不大，早飯只盛出小半碗豆花喝，吃了一塊煎餅和一個水煮蛋，因此池溫文吃的是他剩下的一部分。

池溫文對待夏果真心實意的好，讓夏魚很是感動。

平日裡他會惦記著夏果要用到的書卷和筆墨，變天了會去書院給夏果送厚衣，像親人一般無微不至的照顧著，讓她這個有著血脈關係和原主恩情的姊姊都自嘆不如。

夏魚把自己碗裡的水煮蛋撥給池溫文。「我吃飽了，這個吃不完，你別浪費。」

池溫文看著她乾乾淨淨的碗底和剩下的一小塊煎餅，確定她是真的吃飽了，才把水煮蛋接過來。

吃完飯，由池溫文領路，夏魚和夏果跟在他的身後，抄近路去竹暄書院。

東陽城很大，幾人從城西的客棧走路去城南的書院，都花了一上午的腳程。

到竹喧書院時，正好趕上書院開飯，黑壓壓的學生們成群結隊走在一起，鬧哄哄地往飯堂的方向走去。

看到穿著樸素的夏魚一行人，大家一點也不驚訝，只是目光停留一瞬便移開了。

這間書院不似其他，能在這兒學習的學子們，幾乎都是由周邊鄉鎮的書院先生推薦而來的拔尖學子，城中的有錢人家就算砸錢也沒辦法進來讀書。所以大家即便看出夏魚他們是外地人，也不驚訝稀奇。

跟著引路小廝穿過學生們讀書的梅院、活動的蘭院和住宿的菊院，又繞了一條荷花小道，才來到范院長所在的竹院。

文人素來愛竹，范院長也不例外，他的院子種滿了竹子，竹聲沙沙，根根翠竹蒼勁挺拔，猶如利劍穿破蒼穹。

「先生，方才遞信的人帶來了。」引路小廝站在門口，恭敬地說道。

「進來吧！」屋內傳出一個滄桑威嚴的聲音，讓人的心都不由得跟著提了起來。

范襲掃了一眼桌上的推薦信，又端起碗繼續吃起飯來。

唐頁文是他的學生，也曾入朝為官，後因同僚多嫉，傲骨如他，一氣之下便辭去官職，隱於泉春鎮當了教書先生。

這封推薦信上，唐頁文並沒有隱瞞夏果的資質，也交代了在書院發生的不愉快，卻以自己的人格擔保此生是個值得傾注心血的學生，倒是叫老頭他好奇了幾分。

小廝推開門，退身讓幾人進去，便守在門口候著。

夏魚打量了一眼凌亂無比的屋子，看到范龔在桌前端著碗，毫無形象可言地大口吃麵條，一點也不似自己想像中那般刻板古怪，頓時心裡的壓力減輕不少。

夏果緊張地攥著衣角，手心裡全是汗。

池溫文朝范龔深深拱手一鞠躬。「學生池溫文見過恩師。」

范龔的麵條吃了一半，聽到聲音立刻抬頭望來，看到池溫文時，他慌忙從兜裡掏出手帕，胡亂抹了一把嘴巴，也不管花白的鬍子上還沾著一片大蒜皮，起身快步走了過來。「你小子！」

他一巴掌拍在池溫文的肩膀上，上上下下、來來回回仔細把他瞧個夠，哈哈大笑起來。「你怎麼來了？」

說罷，他又打量了池溫文一番。「好小子，這麼多年沒見，長大了不少，看你這氣色……日子過得不錯呀！」

池溫文拉過身旁的夏魚，介紹道：「多虧拙荊賢慧能幹，學生才能脫離泥潭之苦。」

夏魚恭敬地問好。「見過范先生。」

「好、好！」范龔看向夏魚，一連說了兩個好字。「這女娃兒眼睛水汪汪的有靈氣，你可真有福氣。」

池溫文還沒再謙虛客氣一把，范龔就自來熟的拉著夏魚坐下，跟她說起陳年往事。

「我跟妳說啊，當年這小子差點沒把我氣死，他一來書院，我就得滿院子翻找著揍他。」

池溫文自幼聰慧過人，善揣摩人心，當年在竹暄書院可是一屆風雲人物。

每到測試前，池溫文總是能猜到范龔要出的課題是什麼，然後把課題透露給同窗換些零嘴吃。

頭兩次，范龔還以為自己收了一群神童，個個測試結果都是甲等；可再之後他就發現不對勁了，怎麼連上課總睡覺的末等生都能考出甲等成績？

就在他嚴肅詢問那個末等學生，並得知是池溫文向大家洩漏課題後，他是又生氣又激動。氣的是自己挑燈夜讀辛苦出的課題被白白浪費了，激動的是自己收了一個這樣出色的學生。

而當事人池溫文在收到范龔的警告後，表面上老實了許多，背地依舊靠著猜題跟人換零嘴，把范龔氣得天天揪著他耳朵罵。

最後池溫文被訓得煩了，索性繞著范龔走，范龔自此就開始了貓捉耗子的日子。

范龔在和夏魚、池溫文暢談中，也時刻關注著夏果的一舉一動。

大人們在談天說地，夏果就一直靜靜站在夏魚身旁，垂首傾聽，面色上沒有絲毫焦躁不耐之意。

范龔暗自點了點頭，是個耐得住性子的。

算了算時間，范龔道：「你們還沒有吃午飯吧？這會兒飯堂正好開飯，你們去打些飯拿過來吃，我留這小不點問幾句話。」

這意思明顯是為了支開夏魚和池溫文，單獨試探夏果一番。

夏魚和池溫文也知其意，便沒有多問，遞給夏果一個鼓勵的眼神，也不用門口的小廝帶路，直接去了飯堂。

兩人一走，屋裡瞬間空了不少，范龔走進裡間的書桌前，將一張草紙攤開，研了墨，朝夏果招手道：「來，你叫什麼名字，自己寫下來。」

「是，先生。」

夏果行了一禮，走去接過范龔遞來的毛筆，蘸了些墨汁，便在紙上寫起自己的名字。

范龔盯著他的筆尖，墨汁觸及草紙的一瞬間便暈開了花，夏果沒有停頓，行雲流水般的在紙上寫下自己的名字。

范龔再次點頭，這字跡清秀端正，下筆乾脆俐落不拖泥帶水，一看就是平時多有練習。

雖然唐頁文說夏果資質平庸，可他倒覺得夏果身上有一股韌勁。而且讀書也並非一定要走仕途之路，若是能引他走上一條適合自己的道路，以後也必定會有一番成就。

書院的飯堂裡被一排矮櫃一分為二，裡面是做飯的地方，外面擺著七、八排長條桌椅用來吃飯。

夏魚和池溫文去飯堂時，做飯的大嬸已經開始刷鍋了。

「真是不好意思，我怕午飯有剩，就給學生們多打了幾勺，沒想到最後竟然不夠了。」

大嬸放下手中刷鍋的絲瓜絡，把沒刷完的鐵鍋擱在一旁，在泛黃的圍裙上擦了擦手，起身熱切道：「我去給你們煮兩碗麵條，馬上就好。」

夏魚和池溫文本就是書院外來的人，飯堂沒有給他們留飯也實屬正常。

夏魚見大嬸要重新給他們做飯，趕緊攔下，笑道：「大嬸，您去忙吧，灶火和鍋借我用就行了，我自己來做。」

大嬸從麵缸裡盛出幾勺麵粉，笑道：「做飯就是我的活兒，你們年輕人就坐著歇會兒吧。」

「于嬸，晚上的菜送來了，妳來收一下菜！」一道聲音從廚房的後門傳來。

于嬸趕緊應了一聲，然後抱歉一笑。「等我一下啊，馬上就回來。」

于嬸放下麵粉，急匆匆地朝後門小跑過去。

一盞茶的功夫，于嬸還沒有回來，夏魚索性淨了手，捲起袖子自己進廚房和麵。

她找到鹽罐，往裡加了一點鹽，接著淋了半瓢溫水進去，將鬆散的麵粉攪拌成絮狀，這才不疾不徐地揉著麵團。

池溫文也進去幫忙，將炒鍋刷得鋥亮。

外面，于嬸清點完幾十捆嫩綠的青菜和鮮亮的瓜果，讓菜販幫忙把菜都拿進屋裡。

她看到夏魚嫻熟地將麵團擀薄，切成粗細均勻的麵條時，驚訝道：「妳都弄好了？鍋子也都刷完了？這也太快了吧。」

夏魚往麵條上撒了一把玉米粉，抖摟開來，笑著回道：「我們家就是開食肆的。」

「怪不得呢。」于嬸順手拿了一把鮮嫩的青菜擇起來。「那妳做吧，我給妳打下手。」

麵條切好晾在一邊，夏魚一眼掃到菜筐裡滿滿一筐裝的都是香菇，便問道：「于嬸，這些香菇我能用嗎？」

「能，隨便用，這是早上有個學生的阿爹送來的，我還發愁這得吃到猴年去呢。」于嬸舀了一瓢水，洗著青菜。

夏魚拿了一些香菇，思索了下，本來想做麻辣香菇滷肉麵，但又覺得不妥，哪有主動跟人家要肉吃的啊。

於是她囑咐池溫文燒水煮麵，自己將洗淨的香菇切成小丁，準備做麻辣香菇醬拌麵。

灶火燒得正旺，夏魚將蔥薑蒜和半碗紅辣椒放入熱油鍋中，熱油瞬間濺起油花，香味也隨之飄散而出。

油炸的辣椒又香又嗆人，于嬸一連打了兩個噴嚏，抹著眼淚，還不住地誇道：「真香！」

夏魚迅速扒拉了幾下油鍋底，將香菇丁全部放入，加了豆醬和調料用小火慢慢燉開。

汁。

飽滿的香菇在熱鍋中慢慢變軟，溢出汁水，不過片刻，鍋裡漸漸凝了小半鍋濃郁的湯汁。

香味不斷往外冒，引得于嬸頻頻往鍋裡看。「真不愧是家裡開食肆的，做飯就是香。」

「對了，妳剛剛往裡面加了一勺糖，還加的那幾勺水是什麼？」于嬸問道。

話音剛落，她就覺得自己有些冒犯，人家開食肆的，哪能輕易把配方告訴別人，於是趕緊解釋道：「我就是想學學怎麼做，以後給書院的學生們改善伙食。」

夏魚看出于嬸是個爽朗的人，知道她也是出於好意才向自己討教，便耐心解釋道：「這是煮過的花椒香料水。」

接著，她又把一些做香菇醬的注意事項告訴于嬸。「其實在裡面加些肉末是再好不過的。」

「肉？我這兒有！我去給妳拿一塊！」于嬸立刻起身就要去井裡拿肉。

夏魚急忙拉住風風火火的于嬸，擺手道：「于嬸，不用了，肉末要在最初時下鍋才好，現在香菇醬馬上就做好了，加了肉反倒破壞味道。」

于嬸將夏魚的話記在心間，還囑咐夏魚道：「妳要啥只管跟我說，我這兒都有，別不好意思。」

「行。」夏魚笑著點頭應了聲。

麵條煮好後，池溫文熟練地過了一遍涼水，把碗遞給夏魚。

夏魚接過碗，往裡添了一勺紅油麻辣香菇醬，遞給于嬸。「嚐嚐怎麼樣。」

「還有我的啊？」于嬸受寵若驚地接過碗。

她雖然已經吃過了，但在夏魚做飯的過程中聞到不斷飄出的香味，還是忍不住直嚥口水，想嚐一嚐這麻辣香菇麵的滋味。

「您慢慢吃，我們先去范先生那裡了。」夏魚笑道。

「好好，你們趕緊去吧。」于嬸望著碗裡醬香四溢的麵條，口水早已氾濫。

池溫文將四碗麵放進木食盒中，帶著夏魚輕車熟路的返回范襲的竹院。

一進屋，范襲的注意力就被池溫文手中的食盒吸引過去了。

從池溫文進屋後，就有一股醬香味若有似無地飄散而出，那香味無疑是從食盒裡溢出來的。

池溫文將麵擺在圓桌上，范襲盯著那幾碗澆了油亮香菇醬的麵就再也移不開眼了。

「于嬸何時有這般好手藝了？」范襲想了想自己中午吃的大滷麵，瞬間就覺得不香了。

「這是夏魚的手藝。」池溫文淺淺一笑，遞去一雙筷子。「先生，您先嚐嚐。」

范襲接過筷子，驚訝地看了夏魚一眼，然後將麵攪拌均勻，大口吃起來。

香菇軟厚有嚼勁，麻辣又鮮香，和爽滑的麵條一起吃簡直絕配。

他豎起一根大拇指。「好吃！你們愣著幹麼，快坐下來吃！」

池溫文就知道范襲會喜歡，他可是記得當年范襲還跟他搶過零嘴吃。

這麼一個嘴饞的人，如果吃飯不帶他，只怕他們三個當中有一個人就要餓肚子了，而這個人必然是池溫文自己。

幾人圍著桌子吃得汗流浹背，夏果吃完飯後，范龔便讓小廝帶他去前院登記置辦被褥，等過了中秋節就可以在書院住下了。

夏果走後，范龔咂咂嘴，還有些意猶未盡。「以後要是能天天吃到這麼好吃的飯就好了。」

說完，又立刻補了一句。「我可沒說于嬸做飯不好吃，別叫她聽見了。」

「放心吧，我已經教過于嬸怎麼做香菇醬了。」夏魚抿嘴一笑，這老頭雖然看起來高大威嚴，卻意外好相處。

第二十七章

范襲喝了一口茶水，目光帶著讚賞地看向夏魚。「怪不得池小子看著越來越滋潤了，原來是娶了一個這麼能幹的內人。」

夏魚被誇得有些不好意思，還是池溫文接過話茬，將話題從他的身上移開。

許是多年未見，范襲見了池溫文似有說不完的話，每當提起他讀書時的事情，語氣中都帶著一絲惋惜。

當年池溫文參加童試，雖然年紀小，卻聰慧如他一考便中。然而，卻被池家以他越是優異越剋家人安危的藉口送去了白江村，鬧得整個東陽城人盡皆知，紛紛感嘆遺憾。

如果沒有池家那檔事，以池溫文善察言觀色、揣摩人心的本事，說不定早就在官場上有一番作為了。

范襲不死心的勸道：「你當真不再考慮一下秋闈嗎？我書院裡有幾個比你小不了幾歲的旁聽生，明年你可以跟他們一同去試試，時間還來得及。」

「多謝先生好意，學生不敢妄想。」池溫文婉拒道。

以前無心讀書是因為家中突然的變故，而現在，只要他想起夏魚一個人扛起家中的重擔，整顆心都會跟著掛念，依舊無心讀書。

他放心不下夏魚。如果他不在，飯館裡大大小小的繁瑣雜活都會落在夏魚身上。

他知道，夏魚是最不愛操心這些的。

雖然池溫文拒絕，但夏魚卻追問道：「先生，他若是參加明年的秋闈，是不是就要住在書院裡？」

每當夜幕降臨，眾人皆躺下休息時，池溫文總會顧不得忙碌一天的疲勞，點上一盞油燈，孜孜不倦地讀著書卷，在紙上書書寫寫到三更。

她知道，池溫文的內心深處還是對讀書有一種渴望，或者是不甘心。

屋內一時靜得只能聽到外頭竹葉的沙沙聲響。

范襲捋著鬍子，道：「能在書院屏氣凝神、心無旁騖地讀書自然是最好。」

池溫文掩去一瞬的驚訝，緊鎖眉心盯向夏魚。「妳想讓我參加秋闈？」

東陽城到泉春鎮路途遙遠，他若是長住書院求學，可不是三天兩頭能回家探望的，少則一、兩月，長則一年半載。

他不想夏魚一個人從早操勞到晚，還時不時得要提防劉老闆那樣的小人。

「當然。」夏魚似乎猜到了他的擔憂，眨著澄亮清澈的眼眸，笑盈盈道：「一人上榜，全家享福，你若真考中個舉人老爺什麼的，誰還敢來我們飯館鬧事呀！」

她不能把池溫文的不甘心講出來，只能換一種俗氣的方式鼓勵他繼續讀書。而且，她相信他一定考得上。

這話果然讓池溫文垂首深思，他不是目光短淺之人，只因關心過度，只想留在夏魚身邊，壓根兒沒想過還能參加秋闈一事。

如今叫夏魚這麼一說，他倒是覺得頗有道理，只有自己有了權勢，才能讓那些心懷不軌之人不敢輕舉妄動。

半晌後，他平靜地開口。「參加秋闈可以，但是妳和王伯也要待在東陽城。」

夏魚被他的決定嚇了一跳，東陽城的物價高，鋪面租金自然也是貼了金的貴，更何況這裡大酒樓無數，小食肆更多，她也沒把握能不能在這偌大的東陽城站穩腳跟。

「那咱鎮上的飯館怎麼辦？」她問道。

「飯館的宅院不合適，早晚都要換地方，既然要換，倒不如換到東陽城。更何況，我和夏果都在這裡，每逢休息回家也省去了奔波。」池溫文心裡已經有了可行之計，而且這也是他最後的妥協，只有夏魚在他身邊才安心。

「好，咱回去再商量。」

池溫文一直掌管著帳簿，對家裡的銀兩支出心中有數，夏魚相信他多半是有了可行的規劃，才提出把飯館搬到東陽城來的。

范襲樂呵呵笑得格外開心。「實在不行，妳來書院的飯堂掌勺也行。」

池溫文能重回書院參加鄉試，也算是填補他內心的一塊空缺，讓他在有生之年不再抱有遺憾。

夏魚笑著回道：「那先謝過先生了，最後我這飯館要是開不成，肯定來投奔您。」

金烏斜下，夏果安頓好了一切，還訂做了兩身書院統一的青布衫和儒巾，嚴謹的流程讓他稀奇不已，對書院的生活更是嚮往。

被小廝帶回范先生這裡，夏果的眼神中便帶著渴求。「姊，池大哥，這裡的書庫有好多書，我能不能今晚就留下？」

他方才在書庫翻閱了一卷書，還沒看完呢。與祭月大典相比，他覺得書中的東西更有意思。

「這……」夏魚看向范龔，她也不知道行不行。

見到夏果如此好學，范龔欣慰地點了點頭。「當然可以，你先去跟紀先生打個招呼。對了，前兩天從泉春鎮也來了一個小孩，叫白祥，你去看看認不認識。」

「好！」夏果聽到白祥的名字，一時激動不已。

原以為白祥跟著家人去了東陽城，兩人就再也見不到了，沒想到這才幾天的時間，就又能相見了。

夏果跟著小廝離開了竹院，池溫文見一切已經安頓好，便起身告辭。「今日多謝恩師，時間不早了，學生就不打擾您休息了。」

「著什麼急，現在還早著呢！」范龔想留兩人在書院裡吃過晚飯再走，最重要的是他還想再嚐嚐夏魚的手藝。

池溫文一眼便看穿了他的心思，回絕道：「今夜有祭月大典，夏魚初次來到東陽城，學生想帶她前去觀賞。明日中秋佳節再來與恩師相聚。」

難得出門在外，有了閒暇時光，池溫文可不願讓夏魚再進廚房，今天中午那頓飯純屬意外。

范龔也不好再挽留，咂吧咂吧嘴，回憶著中午那碗麻辣香菇麵，殷切道：「你們明天可一定要來啊，我有罈珍藏了數年的好酒，可香了，旁人來我都捨不得拿出來的！」

「明日學生一定來。」

「記得帶上夏魚啊！」范龔怕他忘記，在他走出門後特意又喊了一聲。

池溫文的腳下一頓，假裝沒聽見，拉著夏魚順著石路走出書院。

晚上的東陽城很是熱鬧，尤其今夜還有祭月大典。

街道兩旁掛起一排排圓燈籠，亮如白晝，路邊燈火輝煌的店鋪裡客流不斷。

路上不少行人都朝著南邊走去。

夏魚跟在池溫文的身側，隨著人潮往南走去。「這麼多人是要去哪兒呀？」

「南邊有座蓮花塔，祭月大典就是在那兒舉辦的。」

越靠近蓮花塔，人就越多，街上的光亮就越少。

遠遠瞧去，只見蓮花塔四周一片漆黑，依稀能瞧見聳立在半空中的塔尖上，燃了一座巨大的嫦娥奔月跑馬燈。

熙熙攘攘的人群將夏魚和池溫文沖散又擠在一起。

池溫文一把握住夏魚的手，錯開她驚愕的眼神，淡淡道：「妳不認得路，走丟就回不去了。」

溫熱的觸感讓夏魚的心跳倏地漏了半拍，她雙頰一紅，腦袋裡嗡嗡作響，一片空白，由著池溫文牽著她擠在人群中。

儘管這個情景她以前在劇裡看過好多次，但發生在她的身上時，竟然感覺有一絲微妙。

內心的某個地方好像被觸動，有一點不知所措，而她似乎並不排斥這種感覺，反倒有點……竊喜？

夏魚猛地搖了搖頭。不可能，池溫文從來都沒說過喜歡她，他們在一起只不過是搭夥做生意，順帶過日子，竊喜個鬼！

對了，她當初不還有和離的念頭嗎？她八成是魔怔了，池溫文都說了是怕她被擠散，她在瞎想什麼呢！

想到這兒，她賭氣般的要將自己的手抽回，沒想到卻被握得更緊了。

黑暗中，人們只能通過聲音分辨彼此，因此人群也更加吵鬧。

池溫文俯身貼著夏魚的耳旁道：「跟緊了，大典馬上就要開始了。」

輕柔的氣息如羽毛般掃過夏魚的耳垂，攪得她心底直癢癢。

不過，還沒再等她多想，蓮花塔頂突然爆出幾串炮竹，震得人耳朵發懵。

接著，整座塔一下子亮了起來，一圈圈的跑馬燈繞著塔身盤旋而上，直至頂尖，燈裡的畫面轉動，訴說著一個個不同的神話故事，猶如皮影戲般，甚是壯觀。

「哇！」夏魚不自覺張大了嘴。沒想到這個時代還有這種娛樂消遣方式，就跟看電影似的，實在太神奇了。

鐺！

隨著塔頂的鐘聲敲起，人群漸漸安靜了下來。

一個身著闊袍的男子站在塔頂，面向著月亮行一大禮，開始誦讀祝文，聲音縹緲如煙，讓人聽得不大清楚。

不過，前來湊熱鬧的人們並不在意，大家都津津有味地觀賞著一盞盞旋轉的跑馬燈，時不時跟身邊的人竊竊私語著。

「好看嗎？」池溫文偏頭望向夏魚，眼眸中盛著一汪柔和的月光。

「好看。」夏魚瞧著一盞玉兔下凡的燈看得正入迷，臉上滿是興奮。

「河邊也有燈會，等會兒我們可以去看看。」池溫文唇角含著淺笑。

「真的嗎？也是這種跑馬燈嗎？」夏魚激動地兩眼發光。「我好喜歡那個玉兔下凡的故事，等會兒我一定要買一個帶回去，讓小妹和小亮也開開眼界，再給果兒也帶一個！」

「好。」池溫文語氣中的寵溺連自己都沒有察覺。

又看了幾盞燈，夏魚便迫不及待地想去燈會上看看。池溫文便帶著她穿過擁擠的人潮，沿著蓮花塔的另一個方向，擠進燈會的長街中。

兩人來時，燈會的街道早已被堵得水洩不通，他們只好隨著人群，沿著街道的一側慢慢向前移動。

「哎哎哎！那個老闆！」

夏魚和池溫文還沒進入長街，就被一個絳色華衣的少年叫住了。

「真的是你們！」少年一笑，兩顆小虎牙便露了出來。

夏魚打量了少年一番，只覺得眼熟，卻沒想起這人是誰。

池溫文淡淡道：「張二公子，好巧。」

夏魚這才想起來，原來這人是廟會那天遇到的張茂學。今日他換了一身顏色喜慶的衣裳，也難怪她一時認不出。

張茂學將兩人請到一旁，高興道：「老闆，你們怎麼來東陽城了？是不是考慮在這兒開個食肆啊？」

自從上次吃過夏魚攤子上的吃食後，他就總惦記著，奈何家裡人盯得太緊，他也不敢跑去泉春鎮找夏魚。

方才他找了個藉口跟哥哥張修文分開，自己去逛逛，沒想到轉頭就看到了夏魚，可把他激動壞了。

「茂學哥哥！」一道清麗的聲音打斷了張茂學的思緒。

他身子一僵，扭頭撒丫子就跑，還不忘跟夏魚說：「老闆，妳要是在東陽城開食肆，一定要讓人去城西的張府通知我，我去給妳捧場！」

說著，人影便消失在人潮中。

嬌小可人的身影停在夏魚面前，上下打量著兩個穿著粗布麻衣的人。「咦，茂學哥哥怎麼會認識你們這種下民？」

這話說得雖沒錯，但任誰聽了都不爽快。

夏魚斜眼瞧著她，翻了個白眼，拽著池溫文走進人群。也不知道是哪家的嬌小姐，真是掃興。

不過，不愉快的心情很快就被一掃而空。

兩人隨著人潮停在一個攤位前，這個攤子擺放著的和架子上懸掛著的跑馬燈，皆是華麗繁複，做工精良，燈上頭的故事也有趣極了，和蓮花塔上的一模一樣，叫人看得留戀不捨。

攤子的一側擺著一方紙墨，也不知有何用意。更讓人奇怪的是，這個攤子上的燈雖然很漂亮，可沒有幾個客人駐足。

「我看到那個玉兔下凡的燈了！」夏魚興奮地指著架子上掛著的一盞半人高的燈。「在那兒呢！」

這時，一個熟悉的人影從架子後頭走出來，提前背好的話順口而出。「官家攤位，答題送燈，只送不賣。」

這個攤子便是官府擺設，用於福利百姓答題送燈的，可是只因每年的題出得太難，鮮少有人能答對，漸漸地就被人們嘆息繞過了。

夏魚的手指頓在半空，驚訝道：「白大哥！」

白慶穿著嶄新的衙役服，腰佩長刀，神色間盡是見到故人的歡喜。「夏魚！池兄弟！你們怎麼來東陽城了？」

夏魚簡單的把事情經過跟他提了一下，大致就是說要送夏果來這兒讀書，順道在這裡過中秋節。

「行啊，正好我要換班了，咱一塊兒去家裡聚聚！」白慶高興道，轉身就要叫身後當值的同伴幫忙換班。

「白大哥，等等，我還想要那盞燈呢！」夏魚急忙攔住他。

白慶將架子上的燈拿下，笑道：「這個嗎？不過你們得答題才能拿走，這是規矩，還得上報呢。」

「沒問題！」夏魚自信滿滿地拍了拍胸脯，她曾經把一本腦筋急轉彎都背完了，還會怕這個？

白慶笑著把燈後夾著的紙片遞過去。「聽說往年的題目太難沒人來，所以今年的題目相對簡單了不少，你們趕得可太巧了。」

這話也引起幾個路人的注意，紛紛圍了上來，叫嚷著挑燈答題。

夏魚接過那張紙，打開後整個人都呆住了。上面的古文字夾雜著象形字，對於她來說無異於看天書。

如果是平時的書信還好，一段話裡她根據個別認識的字就能猜到大概的意思；可手中這個燈謎就一句話，她只看明白一個「十」字，還不確定那個字是不是念十……

「這個、那個……」夏魚偏過頭，選擇求助。

池溫文將下巴墊在她的頭頂，掃了一眼紙上的訊息，不到半分鐘便開口道：「神仙眷侶。」

「池兄弟，在那邊寫一下。」白慶指了指一旁的紙筆，然後在記錄本上翻找著燈號。

池溫文提筆一揮，「神仙眷侶」四個字便一氣呵成落在紙上，動作如流水瀟灑，叫人看得極為舒適。

白慶找到燈號，對照著池溫文的字辨識了下。「跟答案一樣，這盞燈歸你們了！」

夏魚歡呼雀躍地提過燈，小心翼翼地護在身前。

一旁苦思冥想的幾人眼中皆是羨慕，不過他們安慰著自己，可能是這兩人運氣好，抽到的題目比較簡單吧。

池溫文又指著一個桂樹仙子的燈，叫白慶把題目拿給他。這個燈是給夏果的。

他掃了一眼謎題，薄唇輕啟。「比翼雙飛。」

池溫文再一次猜中答案，一旁的人再次驚訝，幾個小娘子看到夏魚手中的兩盞燈，心裡吃味極了，也催著自家相公快些答題。

「太厲害了！」白慶感嘆，想到在家裡的大丫、棗芝，他厚著臉皮也求道：「池兄弟，幫我也猜盞燈唄！」

說著，他把一個小一點的圓形花燈的謎題遞了過去。

池溫文依舊沒有猶豫。「闔家團圓。」

「神了！」白慶豎起大拇指，叫來搭檔給自己作證，然後滿心歡喜地提了花燈。

猜題的眾人倒吸一口氣，若說第一次和第二次是幸運、僥倖，哪有人一連三次都這麼好運的。

「快點！你行不行啊！」一旁的小娘子跟自家相公急了眼。

年輕的小相公被說得耳朵通紅，手中捏著謎題，心中滿是惆悵。「再、再等我一會兒。」

夏魚望著池溫文，臉上的笑容猶如一朵開得明媚的嬌花，目光裡滿是崇拜。

還好今天有池溫文，不然她把那張紙看出個窟窿，也看不出什麼明堂。

「走啦，走啦！大丫還說可想你們兩口子呢。」白慶從攤子後面繞出來，招呼著兩人跟在他的身後。

白慶住的院子是衙門分配的，為了方便隨時待命，院子就在衙門附近的胡同裡。

一個胡同左右相對六家，都是在衙門當差的人住的。

六家院子結構一樣，前院有一間主屋，廂房和柴房都在後院，足夠一家人住。

白慶家的院子被夾在中間，他剛一敲門，院裡就傳來一陣狗叫聲。

「爹！」大丫的聲音從院裡歡快地傳出。

一開門，大丫看到夏魚和池溫文，語氣裡掩飾不住的驚訝。「嬸子、池先生！」

大丫將腳邊的大黃狗攆到一邊，趕緊把人迎進院裡，朝廚房喊：「娘，妳猜誰來了？」

棗芝笑著走出來。「在屋裡都聽見妳叫喊了，還用得著猜嗎？」

夏魚把路上買的瓜果遞過去，不好意思笑道：「嫂子，來得突然沒啥準備，就臨時在路上買了點瓜果。」

棗芝接過沉甸甸的果籃，笑道：「以後人來就行了，家裡什麼都不缺。」

白慶把花燈遞給大丫。「這是池先生幫妳猜燈謎得的。」

看著花燈裡形象生動的小兔子，大丫高興地在原地跳躍。「謝謝池先生！」

這時，隔壁傳來一道稚嫩的男童聲音。「大丫，我從牆縫裡看到妳的燈啦！」

緊接著，從另一旁也傳來一道女童的聲音。「大丫姊姊，我也看到了。」

一時間，站在院裡的大人們哭笑不得。

一道嚴厲的聲音隔著牆傳來。「臭小子！再去扒人家的牆根就打斷你的腿！棗芝妹子，對不住啦！」

棗芝並沒有把孩子間的玩鬧放在心上，笑著回了一聲。「巧姊，沒事，妳可別打陽陽。」

大丫提著花燈，對棗芝道：「娘，我想去找陽陽和小夢，一會兒就回來。」

得了棗芝的允許，大丫才興沖沖地出了門，一路叫著小夥伴的名字。

今夜衙門的差役都去當值巡邏了，胡同裡好幾個小孩的爹爹都不在家，不多時，這些孩子便聚在一起玩耍。

棗芝已經做好了飯菜，因著夏魚和池溫文來，她又去廚房添了兩個菜。

白慶邀池溫文和夏魚進屋說話。

桌上擺著三菜一湯，兩葷一素，看來白慶在東陽城的日子還不錯。

白慶讓兩人隨便坐，從櫃子裡取出一小罈酒，笑道：「夏魚，今晚我可得好好敬妳一杯酒。」

夏魚有點懵，她好像沒做什麼吧，怎麼突然要跟她敬酒？今晚的花燈是池溫文猜對的，要敬也該是敬他呀。

第二十八章

白慶道：「當初多虧了妳的建議，大壯才能養一池魚塘，聽說預定魚的人特別多，眼下老二家也開始養鴨子了，都是妳的功勞。」

夏魚恍然，原來是這些事。

她客氣地擺了擺手，笑道：「我也就是隨口一提，事在人為，這都是他們自己努力應得的。如果他們不願意做，就算我說了也沒用。」

「對了，你們的食肆後來怎樣了？」白慶擺著碗筷，順口問道。

「還行，後來開了一家私房菜館，烤鴨賣得還不錯。」夏魚回道。

「烤鴨是妳賣的？」白慶驚詫。「我早該想到了！前幾日就聽他們說，泉春鎮有家烤鴨特別好吃，我還在想是哪家呢。下次我一定得回去嚐嚐！」

夏魚笑道：「白大哥，不用你再跑一趟啦，我們準備把食肆開到東陽城呢。」

白慶被嚇了一跳，聽到這話的反應不亞於夏魚當初。他擔心道：「東陽城的租金可比鎮上貴得多呀。」

池溫文笑著回道：「一步跨不到天邊，初期我們不需要太大的鋪面。」

夏魚點了點頭，經過一個下午的緩衝，她也有了些想法。所謂酒香不怕巷子深，飯香不怕食肆小，她有這麼一手好廚藝，還能在東陽城餓死不成？

具體的事宜白慶並沒有多問，他給兩人滿上一杯酒，爽快道：「成！要是錢不夠，你們儘管跟我開口借，我人脈廣，怎麼都能幫你們湊夠銀子。鋪面的事，我也幫你們留意。」

「多謝白大哥。」有了白慶這句話，夏魚心裡感激不盡，一口將火辣的白酒盡飲下肚。

待到夜深人靜時，清醒的池溫文攙扶著爛醉如泥的夏魚回到客棧。

「不用、不用了，白大哥！我們不住你這兒，床、床太小……住不下，骨碌不開，嘿嘿。」夏魚面頰緋紅，嘴角帶笑，眼神渙散，一條胳膊搭在池溫文的肩上，半邊身子如一條死魚般掛在他的身側。

池溫文推開她的房門，將她扶到床邊，皺眉看著她醉醺醺的模樣。「誰說自己是千杯不醉的？」

「我、我呀！我上學時、畢業時喝一瓶淡爽都沒事……」夏魚語無倫次地說道。

上學？池溫文一怔，她何時上過學？

「嘔……」沒等池溫文多想，夏魚一側腦袋，吐了自己一床，也濺了兩人一身。

「妳……」池溫文一貫的淡然姿態差點維持不住，他額頭上青筋暴跳，一把將夏魚拎起來，咬牙道：「以後妳不准再飲酒了！」

這間屋子的床，今夜怕是不能住人了。

池溫文將夏魚橫抱進隔壁的屋子，給她倒了溫水漱口，又交代小二熬一碗醒酒湯，這才得空清理兩人身上的污穢之物。

「別、別脫我衣服，我衣服縫裡還塞了些碎銀子呢，嘿嘿，就不告訴你。」夏魚嗤嗤傻笑著，死死拽著自己的衣服。

她身上的衣物散發著難聞的嘔吐物氣息，池溫文實在忍不了了。「快脫！」

「喔。」被吼的夏魚乖乖低下頭，摳著衣角。

聽到夏魚答應得如此爽快，池溫文便不再管她，趕緊去外間將自己身上的外衫換下，還好這次出門多帶了兩件衣裳。

待池溫文換好衣物，在外間等了半天，也沒聽見夏魚有動靜。

他走進裡屋一看，夏魚還穿著髒兮兮的衣服，一點點摳著衣角。這麼半天也沒見她摳出一丁點的銀子。

看到池溫文過來，夏魚傻呵呵一笑。「嘿嘿，騙你的，我衣服縫裡沒有錢。」

見她這麼發酒瘋，池溫文好氣又好笑，最後無奈道：「快把衣服脫了吧。」

「不要，我不能在不認識的人面前脫衣服，不矜持！」夏魚死死地拽住自己的衣領，小鹿般的眼睛裡充滿了驚慌。

池溫文湊到她的身旁，捧住她緋紅的小臉。「仔細看看我是誰。」

夏魚的臉被擠得變了形，她道：「我認得你，但就是不告訴你咱倆認識……」

池溫文沒想到夏魚的廢話這麼多，他決定不再理會她的醉言醉語，直接自己動手。

他剛扯開夏魚的衣領，夏魚就大叫起來。「喂喂，脫我衣服你可得對我負責！」

「我負責。」

「不行不行！快來人呀，救命……」

夏魚的話還沒喊完，嘴巴就被堵住了，溫涼柔軟的觸感讓她渾身如觸電般一顫，雙眸立刻清明不少。

她瞪大眼睛，盯著眼前放大了無數倍的池溫文，只見他的眸中染著怒意，有些駭人。

池溫文見她清醒了些，發洩似的狠狠咬了她的嘴唇一下。

真是不該信了她千杯不醉的鬼話！這大晚上的，再鬧下去別的客人都該被吵醒了。

「唔！」夏魚疼得淚眼汪汪，可憐兮兮地看著他。

池溫文心裡一軟，鬆開了她。趁夏魚還沒回過神，他一把就將她的外衣扯下。

幸虧夏魚身上還有一件裡衣，不然他可就發愁該怎麼替她更衣了。

夏魚的衣服突然被脫掉，她神色驚恐，捂著自己的胸口又要大叫。

「閉嘴。」池溫文一個警告的眼神遞過去，她立刻蔫了。

看著她委屈可人憐的模樣，池溫文嘆了口氣，不禁覺得有些頭疼，真不知道她到底清醒了沒有。

入秋後，夜裡微涼，為了防止夏魚感冒，池溫文趕緊像趕羊似的把她攆進被窩裡。

叩叩！

錢。

一陣敲門聲響起。

「客官，您要的醒酒湯。」小二正好也送了醒酒湯來。

池溫文開門接過碗，跟小二道了謝，又遞了半兩銀子，就當是賠隔壁沾染污穢被褥的錢。

小二接過銀子，不高興的臉上立刻又掛上笑意。「客官，有事您隨時找我。」

「還有房間嗎？」池溫文問道。

隔壁的房間一時半會兒也收拾不出來，不換間房他就沒地方睡了。

小二一拍手背，一臉可惜道：「喲，可不巧，這兩天過節，別的房都住滿了。」

送走了小二，池溫文給夏魚餵了醒酒湯，他看了看外間冰冷又不大的圓桌，決定還是和衣在床上睡吧。

這一夜，夏魚睡得比豬還沈。

隔日，日上三竿醒來時，她伸了個懶腰，還沒來得及多想，就感覺頭頂彷彿有另一道均勻的呼吸氣息。

什麼情況？夏魚僵在床上不敢動彈，腦袋隱隱脹痛，提示著她昨夜喝了不少酒。

她努力回想昨天回到客棧後的情景，卻發現腦袋一片空白。

完了，該不會是走錯房間了吧？還是昨晚忘了鎖門，被人占便宜了？

想到這裡，夏魚悄悄看了一眼自己的胸口，當她看到身上還穿著裡衣時，暗暗鬆了一口氣。

還好還好，衣服還在……不對！外衣呢？

夏魚腦袋猛地一下炸開，該不會她的裡衣是被人事後穿的吧？

她驚慌失措地從被窩爬起來，剛想把旁邊的人一腳踹下床，就聽到一道熟悉的聲音響起。「醒了？」

池溫文細長的雙眼緩緩睜開，清澈透亮的雙眸盯向床上花容失色的夏魚。「怎麼這樣看著我？」

夏魚的臉一下子紅了，語無倫次的說著。「你……我昨晚……」

她怎麼也想不起昨晚發生什麼事，記憶只停留在白慶家，她一杯接一杯與白慶敬酒，池溫文似乎也喝了許多。

「昨晚什麼事都沒有。」池溫文懶懶地閉上雙眼。

「我信、我信！」夏魚搶著道。

都說男人喝醉後沒反應，就衝著記憶中池溫文喝了那麼多酒，他肯定也醉得不省人事。

夏魚在心底安慰著自己，他們肯定都喝醉了，白慶送他們回來時，順道把他們扔在一張床上了。

然而，池溫文的下一句話打破了她的幻想。「妳喝醉後我把妳拖回來，剛回到屋子妳就吐了一床，實在沒法睡，我才把妳帶到我的屋子裡。對了，弄髒了被褥，我還賠了小二半兩銀子。」

「銀……銀子？」最後一句話猶如晴天霹靂，把夏魚劈懵了。

眼下要在東陽城開食肆，是最需要用銀子的時候，她怎麼能因為這樣的事浪費半兩銀子呢。

喝酒誤事這句話一點都沒錯！

「那個……」夏魚訕訕一笑。

「嗯？」池溫文抬起眼眸，等著她的下文。

「今晚還有燈會猜燈謎的活動嗎？」夏魚嘿嘿一笑，臉上寫滿了「鬼主意」三個字。

「有啊，燈會持續三天，明晚也有。」池溫文將高枕墊在脖下，側臥在床邊。

雖然燈會持續三天，但是他們明天就要走了，想再看燈會只能趕今晚去。

「晚上咱再去猜燈謎呀？」夏魚一臉討好道。

池溫文斜眼看著她，語調上揚。「妳該不會是想讓我替別人猜燈謎？」

夏魚的頭點得猶如小雞啄米一般。「你想想，這猜謎才能得的燈可是無價的啊，咱要得不多，猜一次一兩銀子，猜不中不要錢，怎麼樣？猜個二、三十次，咱在東陽城就能租一間大鋪面了。」

看著她古靈精怪的模樣，池溫文都被氣笑了，猜燈謎這種玩樂之事都能被她鑽空子賺錢，還真是物盡其用。

但他不得不提醒道：「晚上還要去范先生那裡。」

夏魚試探道：「不然咱早去早回？現在就去？」

池溫文看了一眼窗外刺眼的陽光，覺得這不乏是個好主意。沒辦法，誰讓夏魚提出的賺錢方法太誘人了，范先生那裡就先這樣吧。

兩人說走就走，麻利地收拾一番，在路邊吃了一碗陽春麵，就往書院的方向走去。

走到一半，夏魚瞧見路邊的樹下有人在鬥螃蟹。

一個三十多歲模樣的男子手裡拿著一隻大螃蟹，光是殼就有手掌那麼大，很是肥美。他的腳邊放了一個草編簍，裡面滿是吐著泡泡的青蟹。

兩個小孩蹲在草編簍旁，一人挑了一隻張牙舞爪的螃蟹。

其中一個胖胖的小孩，將螃蟹放進一旁的淺口大竹盤裡，對買螃蟹的男子道：「我們挑完了，我這隻先跟你鬥！」

「好說，但是你的螃蟹輸了，可要給我十文錢，不准哭鼻子喔。」說完，男子將自己的螃蟹也放進竹盤裡。

兩隻螃蟹在竹盤裡揮著大鉗子，橫著來回爬，小胖墩和同伴都聚精會神地盯著螃蟹，給自己的螃蟹加油打氣。

夏魚拉住池溫文，站在原地看了好半天。

「妳也想玩？」池溫文問道。

「咱能不能把他那簍螃蟹都買了？等去范先生那裡，我給你露一手。」夏魚湊到他耳邊，竊竊私語道。

「螃蟹？」池溫文狐疑地盯著她。

「沒錯。」夏魚肯定地點了點頭。

這裡的人嫌棄螃蟹醜、嚇人，從來不吃螃蟹。每到這個季節，抓的螃蟹只用做逗小孩的玩物，或者鬥蟹比輸贏。

小胖墩的螃蟹很快就被另一隻螃蟹擠出了竹盤，賣蟹的男子高興地收了他的錢，回頭對夏魚道：「這位娘子，要不要來一局？」

他早就注意到夏魚和池溫文，為了讓兩人能體會到鬥蟹的樂趣，他特意等這局結束了才喊他們。

夏魚笑吟吟地走過去，蹲在草編簍旁看了看裡面的螃蟹，簍裡約莫有十幾隻螃蟹，個個又大又肥美。「鬥蟹？怎麼個鬥法？」

男子一看她有興趣，立刻殷勤道：「鬥蟹麼，首先妳得有螃蟹，不過沒有也沒事，我這兒現賣，兩文錢一隻蟹子。」

說完，他掂了掂草編簍，裡面的螃蟹被顛得揮著鉗子到處夾。

「買了螃蟹後，妳就可以跟我鬥蟹了。咱倆的螃蟹就在這個大竹盤裡，誰先出盤誰輸。妳輸了，我給妳十文錢；我輸了，妳給我十文錢，玩大的也可以。」

男子將自己的螃蟹放進一旁的水盆裡，接著道：「怎麼樣？要來試試嗎？」他的螃蟹可是經過訓練的，把別的螃蟹擠出盤子也就是分分鐘的事。

「你這筐裡的螃蟹我都買了。」夏魚豪氣道。

螃蟹本就是水邊撿的不值錢的玩意兒，夏魚把這一筐螃蟹都買了，就不得不讓賣螃蟹的男子多想。「妳買這麼多螃蟹幹啥啊？」

「吃啊。」

男子奇怪地打量夏魚一眼，彷彿聽到了什麼不可思議的事情。這兩人怕是窮瘋了吧，螃蟹也能吃？

當夏魚和池溫文提著一簍螃蟹和燈籠到竹暄書院時，學生們早已吃完午飯，正在院裡成群結隊的看書吟詩，或是順著抄手迴廊散步。

夏魚眼尖，一眼便看到坐在臺階上和白祥一起背書的夏果。

「夏果、白祥！」

聽到叫喊聲，兩個小孩一齊抬頭望去。

「姊，妳怎麼來了？」夏果看到姊姊來，心裡很高興。

夏魚笑著走到夏果身邊，將燈籠遞過去。「喏，你昨兒個沒去祭月大典，這是池大哥猜謎贏的，特地送給你。你和白祥一起拿著玩吧。」

「謝謝池大哥。」夏果接過燈籠，激動地對池溫文道了謝。
白祥羨慕地摸了摸燈籠把手，驚奇道：「夏果，你看，這燈上有畫！」
夏魚笑道：「這叫跑馬燈，在燈裡點了火，畫就會自己轉起來。」
「這麼神奇！」夏果有點不相信。
白祥道：「飯堂裡有火，咱去問于嬸借個火看看。」
「好。」夏果迫不及待地點了點頭，對夏魚道：「姊，妳跟我們一起去嗎？」
夏魚笑著搖了搖頭。「我們要去范先生那裡一趟，你們自己去看燈吧，火不安全，讓于嬸幫你們點，看完趕緊回來。」
「嗯，記住了！」夏果提著燈籠，和白祥高高興興地朝飯堂跑去，後面還跟了不少的學生。
看著夏果蹦蹦跳跳離開的身影，夏魚不自覺彎起了唇角。想當初她第一次見到夏果，他又瘦又小，渾身是傷，滿眼倔強，直叫人心疼。
還是現在這樣快快樂樂的好。
范襲吃過午飯，正躺在榻上打盹，突然聽到門外有腳步聲，接著傳來小廝的通報。「先生，有人找您。」
范襲皺了皺眉，不情願地睜開眼睛。「誰來了？」
「范先生，是我夏魚，還有池溫文。」夏魚清脆的聲音讓范襲一個激靈坐了起來，他趿拉著布鞋，起身就去開門。

「你們怎麼來得這麼早？不是說晚上來陪我喝酒的嗎？」范龔將兩人迎進屋裡。

提起喝酒，夏魚就想起因為自己而賠進去的半兩銀子，不光是半兩銀子，她還吐了池溫文一身。

她怯怯地偷瞄池溫文一眼，瞧他目光裡散發著警告的光芒，忙道：「不了、不了，我不能喝酒，我身上會起酒疹。」

不管到哪裡，喝酒過敏這個藉口永遠有用。

范龔沒有再為難她，而是對池溫文道：「她不能喝，你陪我喝。」

池溫文將手中的草編簍放到桌上，淡笑道：「學生不勝酒力，便不陪您喝了。我們晚上還有別的事。」

范龔嘆了一口氣，隨後目光就被桌上的草編簍吸引了過去。他打開草蓋，見裡面裝了一簍活螃蟹，疑惑道：「你們今天這麼早來就是想跟我玩鬥蟹？」

夏魚抿嘴一笑。「這螃蟹是用來吃的。」

「吃？」范龔瞠目結舌地看向她，好半天才回過神，趕緊勸道：「這玩意兒可不能吃，之前有人去河灘上撿螃蟹吃，都吃死人了。」

夏魚笑著安慰道：「他們吃的肯定是死螃蟹，死螃蟹有毒，活的沒事。」

范龔不信，說什麼都不讓夏魚吃螃蟹，非得要把螃蟹給扔了。

最後還是池溫文攔著。「等會兒做好了我倆只吃一口，如果沒什麼事，就證明螃蟹可以吃。如果出事了，正好您幫忙跑一趟請大夫來。」

范龔怕再攔著，這兩人等一下離開書院又會偷偷去吃，到時候可就真沒人幫他們請大夫了，只好不情不願地點頭同意。「我屋子後頭有個小廚房，你們去那兒做，別去禍害飯堂了。」

范龔雖然這麼說著，但還是好奇地跟著兩人去了後廚房。

范龔的後廚房不大，沒什麼特別的調料，所以夏魚準備做清蒸螃蟹，這種做法最簡單，還能保留螃蟹原汁原味的鮮美。

夏魚找了一口深鍋，讓池溫文把活螃蟹放進去。在放進去前，加了些鹽水清洗螃蟹身上的髒垢，等洗淨後用清水沖一遍直接上鍋蒸。

隨著鍋裡噼哩啪啦的動靜漸漸變小，螃蟹的香味也飄散了出來。

范龔嚥著口水，探著脖子朝鍋裡看。「是不是快好了？」

「還得等會兒呢。」夏魚調製了一碗薑汁醋。

薑汁醋祛寒殺菌，配著螃蟹肉吃再合適不過了。

「還要等多久啊？」范龔舔了舔嘴唇，焦急的樣子就彷彿剛才說要把螃蟹扔掉的那個人不是他一樣。

夏魚啞然失笑。「別急呀。對了，吃了螃蟹不能飲茶，不能食果、喝涼水，不然會肚脹腹瀉的。」

范龔使勁點了點頭，視線依舊在冒著白煙的蒸鍋上，那模樣像極了等著吃飯的小孩。

待螃蟹出鍋，赤紅的蟹殼就像一件色澤豔麗的工藝品吸引人目光。

范龔深深一嗅，面上滿是驚訝。「聞起來還挺鮮的呢。」

第二十九章

夏魚把螃蟹端進屋，第一個入座的就是范龔。

他捋了捋鬍子，讓夏魚坐下，笑呵呵地往自己碗裡挾了隻螃蟹。「閨女，這螃蟹怎麼吃呀？」

池溫文敲了敲桌子，面無表情地盯著范龔。「方才是誰說要把螃蟹扔了的？」

范龔直接忽視池溫文，拎起一隻螃蟹腿。「還挺燙的啊。」

然後又想了一下，對池溫文交代道：「我活了這麼大歲數，能吃一口螃蟹也值了，你就委屈一下，一會兒有情況了去找大夫，至少得把你媳婦救了。」

池溫文深吸一口氣，平復著自己的心情。他就知道，這老頭慣會事後反悔。

想當初他無意間抓了一隻野兔要烤來吃，范龔指責他萬物皆有靈。等兔子烤好後，范龔吃得比誰都香，那張兔子皮還被他拿去做鞋墊了呢。

夏魚將蟹殼掰開，裡面黃澄澄的蟹黃膏直往外冒油，她笑道：「這叫蟹黃，最有營養，吃起來最香了。」

范龔學著她的樣子，去殼吃黃，橘紅色的蟹黃毫無雜質，吃起來香得讓人直咬舌頭。

之後剝出蟹肉，潔白無瑕的肉質呈瓣狀，白得賞心悅目，沾著薑汁醋，吃起來鮮甜味美。范龔覺得自己這輩子值了！

一隻螃蟹下肚，范龔不過癮，又拿起一隻螃蟹來。

見他吃得一臉滿足，人也沒什麼大礙，池溫文便徑直坐下，慢條斯理地拿著螃蟹吃起來。

夏魚將一碟剔好的潔白蟹肉推給他，小聲道：「補補腦子，晚上多賺點錢。」

池溫文剛要感動，但聽到夏魚的話後，毫不客氣的把蟹肉都占為己有，就當是提前犒勞自己了。

夜晚的燈會依舊人頭攢動，夏魚和池溫文熟門熟路地找到了昨天的攤子。

今天值班的不是白慶，而是換了一個矮個子的中年人。

由於昨天池溫文猜中了三盞燈，給不少人都點亮了希望，今天攤子上的人格外多。

七、八個模樣斯文的男子手中皆拿著一張鬼畫符樣的字條，擰著眉心半天舒展不開。

一個穿著豔麗華服的小女孩拽了拽身旁的大人，聲音帶著哭腔。「爹，你都猜錯了五回，我們什麼時候才能拿到那盞桃心燈啊？」

留著山羊鬍鬚的中年男人一臉尷尬，安慰著小女孩。「馬上、馬上，妳再等我一下。」

另一旁，一個年紀不過十八的少年手中拿著字條，盯著一盞泛著藍色幽光的月燈，出神了好一陣。

池溫文迅速掃了一圈四周的情況，將這些人看好的花燈記在心上。

「請問，這盞桃心燈的謎題還有嗎？」

池溫文的聲音讓中年男子和小女孩的心裡一緊。

小女孩眼巴巴的望著男子。「爹爹……」

「沒事沒事，我馬上就能想出來。」中年男子抹了抹腦門上的汗，這麼難的謎題他都已經想了好久，就不信這個剛拿到題目的年輕人能比他猜得快。

「給你。」矮個子衙役叫仲古，把謎題遞了過去。

每盞燈謎可供三個人同時猜，誰先猜到誰拿走花燈，所以謎題也有三份。

池溫文只掃了一眼謎題，便提筆在紙上筆走龍蛇地寫起了答案。

「恭喜這位兄弟！桃心燈您拿好。」仲古笑著將燈遞過去。

這可是今晚第一個猜中燈謎的人。

池溫文將桃心燈送給夏魚，眼眸中盡是溫柔。「娘子，妳喜歡的桃心燈，為夫幫妳拿到了。」

「呃？」夏魚迷茫地接過花燈，她什麼時候喜歡桃心燈了？

「哇！」身旁傳來一陣嚎啕大哭。「爹爹，我的桃心燈！你賠我！嗚嗚……」

中年男子手忙腳亂地哄著小女孩。「好好好，祖宗妳別哭了。爹爹幫妳買下來，好不好？」

小女孩這才歇了氣，用濕漉漉的小眼睛眼巴巴盯著夏魚。

夏魚立刻了然，生意上門了！

她佯裝沒有聽到小女孩的哭聲，配合著池溫文的演出，朝他含羞一笑。「相公，沒想到你還記得我的喜好，我真是太喜歡這盞桃心燈了，我要將它掛在床頭，天天伴著它入眠。」

更誇張肉麻的話夏魚沒敢說，她怕說出來嚇得那人不敢來買燈了。

在周圍人眼中，這就是一對恩愛有加、羨煞他人的夫妻，一點也瞧不出什麼端倪。

中年男子心裡打著鼓，也不知道出多少錢買下才合適？

見他遲遲沒有行動，小女孩心裡急，她搖晃著男子的手臂。「我要是拿不到桃心燈，就去跟祖母告狀！」

中年男子名叫魯濟，魯濟這才硬著頭皮道：「這位娘子，妳這燈……賣不賣？」

夏魚裝傻。「嗯？」

「我出五兩銀子！」一個清亮銳利的童聲在幾人身後響起。

稚嫩的童聲剛落，一道溫柔如水的聲音就跟著響起。「小妹，別鬧。」

夏魚回頭張望，只見後來說話的女子年紀不過十五、六歲，頭簪玉花流蘇，雙眸飽含著一汪瑩瑩碧水，嬌柔的樣子讓人瞧著就極心疼。

她跟在那個盛氣凌人的小女孩身後，兩人衣著華貴，一瞧就是城中某個大戶人家。

周彩玉仰著滿是不屑的小臉。「大姊，不用妳管，誰讓上次魯青青和小邱哥哥出去玩不叫我，我就是要搶她的東西！」

周彩薇一臉歉意地朝魯濟道：「家妹自幼性子如此，魯伯父莫怪。」

魯濟慌忙擺手。「不怪，都是小孩子家玩鬧罷了。青青，要不咱再看別的燈？」

周家近兩年在東陽城嶄露頭角，又與官家往來，凡是認識周家的人都絞盡腦汁的想法子與之交好，沒有人願意得罪。

還沒等魯青青說不，周彩玉就把五兩銀子塞到夏魚手裡。她提過燈，得意地瞥了魯青青一眼，趾高氣揚地走了。

夏魚掂量著手裡沈甸甸的銀子，恍然有種不真實的感覺。這錢來得也太快了吧，連戲都不用再演了。

魯青青看著喜歡的燈被搶走，「哇」的一聲哭得更厲害了。

「魯伯父，真是對不住了。」周彩薇不好意思一笑，最後目光停留在池溫文身上片刻，才轉身離去。

她覺得這個人似乎有些眼熟。

待周彩薇走後，夏魚收好銀子，用手肘撞了一下池溫文，疑惑地問道：「你們認識？」

池溫文搖了搖頭，坦然道：「不認識。」

「那她看你幹麼？」夏魚望向池溫文，語氣中的醋意連自己都沒發現。

池溫文輕笑一聲沒有回答。但他大概已經猜到了，方才的女子非富即貴，平日肯定與池家人打過交道，見過池家人的模樣。

他身上畢竟流的是池家的血，容貌上必定會與池家人多多少少有著肖似，讓人產生懷疑也不奇怪。

「青青，我們去別的攤子買花燈好嗎？」魯濟安慰道。

魯青青哭道：「不要，別的花燈都不好看，裡面也不會轉圈圈！我就要桃心燈！」

魯青青一哭，急得魯濟更是發愁，哄道：「好好好，可現在沒了桃心燈怎麼辦？要不然爹爹補妳兩盞別的燈可好？」

魯青青這才吸了吸鼻子，點頭同意，視線來回穿梭在各式各樣的花燈之間。

魯濟一臉愁容，想了半天，突然拱手對著池溫文道：「這位兄臺。」

池溫文朝他點了點頭。「請說。」

「能不能煩勞兄臺幫我猜盞燈謎？」魯濟看了自己閨女一眼，道：「我可以付你銀子，五兩一盞燈。」

雖然他許了魯青青兩盞花燈才將她哄好，可是他根本不想再解謎題了，只好試一試求助旁邊的年輕人。

池溫文不假思索道：「可以。」

魯青青指著一盞兔子燈和一盞蘋果燈。「我要那兩盞。」

池溫文輕輕鬆鬆地將謎題的答案寫下，把贏的兩盞花燈遞給魯青青。

魯青青一手拿著一盞花燈，笑得眼睛都瞇成了一條縫，喜歡極了。

魯濟在心底算著池溫文答題的時間，見他每題都只是一瞥便知曉答案，心中大驚不已，這速度也太快了吧。

他有意與池溫文交好，便問道：「敢問兄臺是哪裡人？」

池溫文微微一笑。「外鄉人，只是路過而已。」

魯濟若有所思地點了點頭。

池溫文這麼說，就是不願跟人結交，他若再厚著臉皮去求，只怕會招人煩了。

最後，他遞去十兩銀子，跟池溫文說了一通感激的話，便帶著魯青青離去了。

夏魚攥著銀子，激動得手心裡都是汗，這一刻她終於體會到什麼叫知識就是財富，學習改變命運！

見池溫文可以幫忙猜燈謎，一旁的幾個人也湊了過來。

「這位大哥，能不能幫我也猜個題？」

「先幫我，我跟人打賭的時間快到了！」

今夜大部分人都在自己家中團聚，尤其是大戶人家，幾乎都設有家宴，所以來遊街看燈的有錢人沒那麼多。池溫文總共幫人猜了四、五道題，收了二十多兩銀子。

他看著夏魚謹慎地把銀子收好，意猶未盡地道：「今晚的人不如昨天多，不然還能賺得更多。」

夏魚兩眼閃著星星，走路都有點飄。「你覺得我們以後靠猜燈謎賺錢怎麼樣？」

「不怎麼樣。」池溫文無情地駁回。「一年能有幾次猜謎的節日？而且物以稀為貴，若是人手一個就不稀罕了。」

「好好好，你說得有理。」夏魚大方地拍了拍胸脯。「走，我請你吃消夜去，昨天我就看上了一家鮮肉湯包……」

用他賺的錢請他吃飯？池溫文的腦子裡畫了一個大大的問號。

看著像小麻雀一樣又蹦又跳、嘰嘰喳喳說不停的夏魚，池溫文不自覺揚起了唇角。算了，只要她高興就好。

中秋夜，家家團聚，充滿著歡聲笑語，池府中的氣氛卻有些詭異。

池老爺和王氏冷著臉，池旭陽笑著討好二老，他的正房王枳哭得眼圈都腫了。

前兩日，池旭陽從外頭收帳回來，帶了個身懷六甲的女子，還非要把這女子納為妾室。

原本他在外頭有女人，還有了孩子，池老爺和王氏也不會說什麼，畢竟是自家骨肉，把人接回府養著便可。

可偏偏這懷著孩子的女人是個寡婦，有個四、五歲的女兒不說，頭婚之前還是個青樓女子。

這下子，池老爺和王氏說什麼都不同意讓人進府了。王枳也氣得暈了過去，醒來後對池旭陽又哭又叫，一副一哭二鬧三上吊的作派。

池旭陽為此焦頭爛額，一邊安慰著懷孕的外室，一邊遊說自己的親娘、親爹，一邊還對王枳做著不休妻的保證。連下人跟他私報池溫文來東陽城的事都沒放在心上。

是以，夏魚和池溫文這趟東陽城之旅非常順利。

此番來東陽城，不僅安置好了夏果，也讓池溫文再次踏上未走完的讀書之路，還賺了一大筆銀子。

夏魚抱著銀子激動得一宿沒睡好，第二日頂著兩個黑眼圈坐上了回泉春鎮的馬車。

逼仄的馬車裡，池溫文往一旁挪了點位置，讓夏魚坐得更舒服些。

他遞去一個熱騰騰的包子，道：「我給范先生送了封書信，告訴他半個月後我們再來東陽城；白慶那邊我也託人傳話過去，讓他去牙行幫忙留意一下宅院和鋪面……」

經過老于一事後，現在兩人只在牙行租賃辦事，雖然手續費貴了點，但是勝在穩妥，不會出什麼么蛾子。

池溫文低沈的嗓音伴隨著馬車轂轆轆路的聲音，很快便讓夏魚閉上了眼睛。

她手裡拿著一口沒咬的包子，腦袋隨著馬車的顛簸左搖右晃。

池溫文拿開她手中的包子，輕輕一笑，乾脆把她擁入懷裡，讓她睡得舒服些。

回到泉春鎮時已更深露重，夏魚一下馬車就打了個冷顫。這兩天的晝夜溫差極大，明明白天還很熱，半夜裡一陣風就能把人凍醒。

她睡了一路，快到時才醒，這會兒一出馬車更冷了。

王伯、白小妹和洪小亮三人已經在鎮口等了好久，一見兩人從馬車上下來，便急忙把厚外褂遞過去。

夏魚冷得上下牙直打架，她趕緊把衣服套上，這才覺得身上暖和了點。

「快回去吧，小妹煮了薑湯，回去咱都喝一點袪袪寒。」王伯給池溫文披上衣服。

洪小亮接過兩人手中的行囊，打著燈籠在前頭引路。

幾人回到飯館，在主屋圍著桌子團團坐，喝著薑湯，聽著夏魚講東陽城裡的新鮮事。

一群人其樂融融，歡笑聲不斷從屋中傳出。

跟他們講了東陽城的祭月大典後，夏魚問道：「咱家的月餅賣得怎麼樣？」

王伯抿了一口她從東陽城帶回來的清酒，心情很是愉悅。「阿魚，妳那一招在月餅上印字真是妙極了，第一天就被人搶光了。」

月餅上的字雖然簡單，但是寓意好，不少人都一次買了八塊，一份留著自家吃，一份拿去送人，倍有面子。

洪小亮回憶著那天排長隊的情景，不住的點頭。「姊，咱要不要再做點來賣？」

白小妹問道：「中秋節都過了，還會有人買月餅嗎？」

洪小亮自通道：「咱家月餅在別的地方都買不到，肯定有人沒吃夠還想買。」

夏魚雖然不忍心打擊他，不過還是戳破了現實。「等過兩日把烤爐的製作方法公布出去，烤月餅也就不是什麼稀罕東西了。」

洪小亮果然被打擊到了，神情落寞地盯著面前的碗，同時又慶幸道：「幸虧我沒去做生意，不然做完這一大批月餅賣不出去，都得放長毛了。」

夏魚把從東陽城裡買的兩本小人書遞給洪小亮，又給白小妹頭上插了一朵時興的流蘇絹花，然後道：「我想讓池大哥參加明年的秋闈，所以準備把飯館搬去東陽城，你們有什麼想法？」

「好呀，好呀！」洪小亮不知道池溫文的往事，第一個興奮地拍手叫好。

王伯和白小妹沈默不語，齊齊看向池溫文。

屋內一時啞然無聲，洪小亮這才意識到不對勁，忙閉了嘴巴。

王伯問道：「真的決定了嗎？」

開弓沒有回頭箭，去了東陽城，要面對的可就不是劉老闆和一間倍香樓那麼簡單的事了。而且最重要的是池溫文自己能不能心中無瀾地在東陽城安心讀書，秋闈可不像童試那樣好考的。

池溫文的神色依舊淡然，語調平靜。「嗯，這是我的主意。泉春鎮和東陽城相距甚遠，書院休息時日又太短，我和夏果不便來回奔波，與其大家互相牽腸掛肚，不如在一個地方的好。」

白小妹堅定地看向夏魚。「嫂子，妳和池大哥去哪兒，我就去哪兒。」

她現在無牽無掛，活得瀟灑自由，跟著夏魚去哪兒都行。

王伯也點了點頭。「那就一起去！」

這兩日要準備公布烤爐的製作方法，所以飯館暫時歇業，夏魚特意給洪小亮放了兩天假，讓他回去把娘和小妹帶上，到時候一起去東陽城。

公布烤爐製作方法這天，有餘私房菜館門外被圍得裡三層外三層。

經過幾天的人傳人、話傳話，這個消息被周邊的各個村鎮，乃至兩、三座城的食肆皆知。他們提早趕到了泉春鎮守著，生怕錯過有餘私房菜館的一丁點消息。

最早一批來的人，不過眨眼間就把夏魚的小院子站得滿滿當當，後頭來的人再想往裡擠就難了。

夏魚將一塊寫得亂七八糟的白布懸掛在牆上，拎了一根燒火棍給院子裡的第一批人，詳細講解構造和使用方法。

這一天，有餘私房菜館的幾個人輪流講解，送走了一批又一批來學習觀摩的人，最後連晚飯都顧不得吃，累得倒頭就睡。

接連幾天，各個泥瓦匠的門前都排起了隊，前來訂製烤箱的人絡繹不絕。

而有餘食肆的幾個人也沒閒著，除了照常營業外，池溫文還雇了一群在家裡閒著沒事做的婦人，讓她們來幫忙醃製鴨子。

醃製鴨子的醬汁都是夏魚提前準備好的，不僅種類繁雜難以分辨，每一步的處理方法也有差異，不怕被人偷學。

這些醃製好的生鴨子，食肆只留一部分，剩下的就拿出去賣。不僅節省自家飯館的時間，也省了木材，還能賺點提供原材料的差價。

一些已經打造好烤爐的食肆，天未亮就讓人在有餘私房菜館的門口排隊購買醃好的生鴨子；還有些沒有烤爐的人也來排隊，想買一隻回去研究配料和做法。

這其中就有劉老闆，雖然他訂製的烤爐下個月才能做好，但他也懷著琢磨配料的心思，排著長隊等著買醃製好的鴨子。

白小妹每天起得最早，所以賣鴨子的活兒就交給了她。

她正笑臉相送著前一位客人，一看到下一個買鴨子的是劉老闆，立刻板起了臉。「不賣！下一個！」

第三十章

劉老闆天沒亮就來排隊，凍得鼻涕直流，一聽白小妹說不賣，火氣一下子就竄了上來。「我也是排隊來買的客人，妳憑什麼不賣?!」

白小妹呵呵冷笑兩聲。「為啥不賣你，你自己心裡難道不清楚？」

白小妹向來恩怨分明，對劉老闆這種人說起話來也不客氣。

劉老闆心虛地四下張望了一眼，見後頭排隊的人都在看熱鬧，心一橫，硬氣道：「我又沒得罪妳！」

後頭不知誰又冒出一句。「你那爛眼子骯髒事，我們早就知道了，裝什麼裝？」

劉老闆當即跳到一旁，目光掃視著長長的隊伍。「誰說的？瞎說什麼啊！」

他咬死不承認的模樣讓不少人翻白眼。

後面排隊的葉石一刀戳在他的心窩上。「老于那事不就是你在後頭搞的鬼？鎮上的人都知道了，怕就你自己還在藏著掖著吧！」

說完，眾人哄堂大笑起來。

劉老闆覺得自己彷彿被公開處刑般難受，他咬著牙，狠狠瞪著葉石。「你給老子等著！」

葉石絲毫不懼，點了點頭。「好，天亮我就去衙門等著你。」

這話又惹得眾人哈哈大笑。

劉老闆氣得頭髮都豎了起來，剜了葉石一眼，轉身離開菜館。

雖然他對葉石說了狠話，卻不敢真的做什麼事，畢竟這麼多雙耳朵在聽，葉石若出了事，第一個跑不了的就是他。

出了有餘私房菜館，劉老闆直奔馬門的家。

這事除了老于，就只有馬門知道。老于不可能把自己辦的爛眼子事跟旁人說，那透露消息的人肯定是馬門。

當他來到馬門家門口，「砰砰砰」對著門好一通發洩後，一個美豔的婦人身披一件赤色外衣將門打開。

「你是誰呀？」她媚眼如絲，紅唇似火，鬆散的頭髮垂在胸前，張口打了個呵欠，媚態十足。

劉老闆看得眼睛發直，下腹不由緊繃起來。沒想到馬門竟然有這等豔福，可比他家裡那個黃臉夜叉養眼太多了。

他用拳頭抵著下頜咳嗽一聲，做出正人君子的模樣。「這位娘子，在下來找馬門議事。」

美豔的婦人冷呵一聲。「老馬去隔壁鎮上談生意了，過兩天才回來，你有急事就去隔壁鎮子找他。」

說完，就要把門關上。

劉老闆見這會兒街上無人，色心大起，使勁推了門就闖入院子裡。

太陽東昇，晃眼的陽光映入窗內，夏魚伸了個懶腰，在床上滾了幾圈。

她突然想起在東陽城時，與池溫文牽手和同床共枕的一幕，臉上瞬間像著火般熱了起來，她將腦袋埋在被窩裡，兩條腿忍不住來回踢著。

「啊啊啊，夏魚妳是不是瘋了！」悶悶的聲音從被子裡傳出。

叩叩！

一陣敲門聲將夏魚拉回現實，她坐了起來，頭上頂著半床被子，問道：「誰呀？」

「我。起來吃飯。」清冷熟悉的聲音在門外響起。

現在夏果不在家，他的屋子就暫時讓池溫文住下了。

「喔。」夏魚應了一聲，穿了外衣，頂著亂蓬蓬的雞窩頭跑去開門。

池溫文看著她這模樣欲言又止，目光不停往屋裡瞟。

「你在看什麼？」夏魚奇怪地問道。

清晨的寒涼氣息撲入屋內，讓她打了個冷顫，她急忙讓開半個身子，讓池溫文進屋。

池溫文的視線在屋裡轉了一圈，見沒什麼異常，驀地鬆了一口氣。「沒事。」

「真的？」夏魚疑惑地看了他一眼，拿了擦臉巾跑去門前的樹下洗漱。

池溫文跟在她的身後，猶豫了半天。「劉老闆出事了。」

夏魚抬了抬下巴，示意他繼續說。

「今早，他把馬門的內人……」池溫文實在不知道該怎麼說。「沒想到那女人家裡還藏了一個，把劉老闆打得丟了半條命。」

夏魚聽得一頭霧水，她擦了一把臉。「什麼什麼呀？虧你還是讀書人呢，怎麼連話都講不明白？」

池溫文閉了閉眼，似是下了很大的決心。「劉老闆要把馬門的內人糟蹋，不過還沒來得及脫褲子，就被那女人的相好打去了半條命。」

「啥？」夏魚正在漱口，一口水噴得老遠。「馬門這頭頂可真夠綠的。」

她瞥了無奈的池溫文一眼，總算知道他早上往屋裡在看什麼了，原來是怕她也「金屋藏嬌」啊。

早上吃飯間，白小妹提起劉老闆來買鴨子的事，池溫文一捋事情的經過，就大概知道了怎麼回事。

「劉老闆在咱們私房菜館開業時去找過馬門。」池溫文篤定道。

「他去找馬門做什麼？」夏魚咬了一口熱呼呼的菜包。

池溫文回道：「十有九八是攛掇馬門收房子，不讓他租給我們。」

「劉老闆真是太可恨了，今早我就應該抄起掃帚抽他。」白小妹忿忿不平地道，而後又想，要是洪小亮在就好了，非把他打得屁滾尿流。

「那馬門還挺講義氣的，沒收咱們的房。」夏魚啃著包子道。

池溫文沒有否定。「這是一方面，另一方面牙行也有規定，這種即租即收的行為是大忌。所以劉老闆今早知曉事情敗露，肯定第一個想到的就是馬門跟旁人說了這事。」

「這事真的是馬門散播出去的嗎？」白小妹疑惑道。

池溫文搖頭道：「不一定，除了馬門，酒肆老闆和秋嫂也知道這事。」

夏魚點了點頭，然後道：「管他是誰說的呢，反正現在劉老闆的名聲算是臭了。」

「劉老闆純屬活該。」王伯皺著眉，氣憤地說著。

「倒是馬門真可憐，也不知鎮上的人以後會怎麼議論他。」夏魚嘆了一口氣，有些同情馬門。

劉老闆被揍得丟了半條命，躺在床上好幾天都起不來，他的媳婦王氏知道這事後，氣得當時就收拾好東西回娘家了。

泉春樓的夥計、廚子們一看劉老闆倒床不起，酒樓一時間也沒人管理，便紛紛聚集在劉老闆的家門口，討要拖欠了幾個月的工錢，準備拍拍屁股走人。

可劉老闆哪裡還有銀子發工錢，早些日子為了拉客人，他三天兩頭搞一些半價活動，幾乎不掙錢，自己吃喝的口糧還是花家裡存的錢。而現在，他又要花錢抓藥治病，更是付不出工錢。

幾個夥計、廚子們見他一直賣慘不給錢，索性將他屋子裡的值錢玩意兒都拿去換了銀子。

劉老闆眼睜睜看著自己的家被搬空，躺在床上是叫天天不應，叫地地不靈，可惜根本沒有人聽得見。

這段時間，隨著烤爐被各個食肆引進，又有夏魚賣醃製好的鴨子，有餘私房菜館的客流量被分散了不少。

不過夏魚絲毫不在意自家的客人少，眼下正是螃蟹肥美的季節，她讓人去河灘上撿了兩簍活螃蟹，準備做什錦香辣螃蟹鍋。

洪小亮的娘李華前幾日便到了鎮上，此時正帶著洪小亮的妹妹洪小秀，在院裡幫忙洗螃蟹。

李華一看就是個飽經滄桑的女人，眼角的紋路深深地漫向兩旁，粗糙的雙手全是繭子。但她卻是個乾淨俐落的人，身上的衣服雖然破舊，卻被洗得乾乾淨淨，熨燙得沒有一絲皺褶。

她得知洪小亮跟了個好東家，不僅緩解了他們家的窘迫，還要帶他們去東陽城發展，心裡對夏魚是感激不盡。

這兩天，她承包了所有家務，不僅將每個人的屋子打掃得一塵不染，還將每個人的衣服都洗熨得跟新的一樣。

一時間，飯館裡的幾個人看起來格外精神奕奕。

李華拿著小毛刷，細細地刷著螃蟹的每個邊縫，有些擔心地問道：「夏妞妞，這玩意兒真有人吃嗎？聽說會吃死人的。」

夏魚笑道：「李嬸，放心吧，我們在東陽城都吃過一回了。」

色澤紅亮的螃蟹、黃澄澄的玉米、青綠的鮮蔬，還有藕片、豆皮和各種蘑菇，什錦香辣螃蟹鍋一上桌，便鮮香撲鼻。

用豆豉和辣醬爆炒過的食材紅潤鮮亮，上頭擱著一撮嫩綠的香菜，紅綠相宜，很是吸引人。

夏魚今天特地選了午飯的時間，帶著洪小亮和池溫文坐在食客間一起用餐。

螃蟹此時還不被人接受，如果貿然推出一道用螃蟹做的菜，只怕沒人敢吃，最好的方法就是親自嘗試。

鮮辣的香味在整個屋子裡飄散，不少食客都探頭過來，好奇問道：「今天又推出新菜了？」

「這是什麼？我聞著都直流口水。」

「螃蟹？那玩意兒能吃嗎？」

周圍議論紛紛，夏魚和池溫文卻不回答，拿起切成一半的螃蟹悠哉悠哉吃著。

洪小亮本來不敢吃，但是抵不住做螃蟹時散發的香味，經過一番猶豫，最終還是決定跟著過來吃螃蟹。

夏魚姊和池大哥都敢吃，他還怕什麼呀！

洪小亮學著夏魚的樣子，將螃蟹腿先掰下，在嘴裡過個味，然後再找著裡頭嫩白的蟹肉吃。

蟹腿一進嘴巴，又辣又鮮的湯汁一下蔓延口腔，這湯汁融入螃蟹的鮮美和清酒的醇厚，比他以往嚐過的味道都饞人。

白嫩的蟹肉肥厚爽口，是他從沒嚐過的口感。

「好吃！姊，這是我吃過最好吃的食物！」洪小亮突然大呼一聲，嚇了所有人一跳。

在房間裡吃飯的人都一愣，偷偷吞下口水。

洪小亮吃了半隻螃蟹後覺得不過癮，又拿起一隻吃起來。「姊，我願意以後每頓都吃螃蟹！又鮮又辣，比豬肉都好吃哩！」

夏魚笑道：「螃蟹也就這個季節吃個新鮮，過了季就得等下一年了。」

聽到夏魚的話後，眾人有些蠢蠢欲動，心裡不停地糾結著。

再看洪小亮吃得眉飛色舞，就差沒舔盤子，樣子一點也不像裝出來的。

有的人忍不住了，試探地問道：「夏老闆，能給我來一塊嚐嚐不？」

夏魚大方地給那人撥去半隻螃蟹，並教他怎麼吃。

嚐到香辣螃蟹的滋味，那人雙眼發光，馬上道：「不管了，老闆，給我來一份香辣螃蟹鍋！」

「客官您稍等。」夏魚說完，又交代起吃螃蟹的注意事項。「這螃蟹不能吃死的，死的有毒；吃完後不能吃瓜果，不能飲茶水……」

為了防止有人回去後仿效，誤用死螃蟹做菜，她說話的聲音很大，足夠在場的每個食客都聽到。

沒一會兒，又一鍋噴香的什錦香辣螃蟹鍋端了進來。

點螃蟹的那人迫不及待地吃起了螃蟹，邊吃還邊不住地點頭，絕了！

「老錢，真的好吃嗎？」另一桌有人問道。

老錢吃得顧不上說話，用力地點了點頭，比了個大拇指。

那桌的人是老錢的鄰居二豐，他看老錢吃得津津有味，便端著碗湊了過來，挾起一塊螃蟹。

吃完螃蟹，二豐再看自己桌上的菜，似乎一點都不香了？

他意猶未盡地咂吧著嘴，想再挾一塊螃蟹吃，老錢一筷子就把他的手打到一旁。「想吃自己買去，我還想留一半帶回家給我媳婦、兒子嚐呢！」

老錢這麼一點菜，有些膽大的人也按捺不住了，即刻也點了一份什錦香辣螃蟹鍋。

不過一下午，鎮上的人便都知道有餘私房菜館竟然在賣螃蟹吃。

一些人抱著看好戲的心態，等著看吃螃蟹的人遭殃，可他們等了幾天都沒等到，反而一些人在自己家裡也開始做螃蟹吃了。

之後，大家都知道了死螃蟹不能吃，也得知了吃螃蟹後的禁忌，一時間，泉春鎮的螃蟹都不夠賣了。

過完螃蟹的癮，在臨去東陽城的前幾天，夏魚又推出了一道新菜——烤魚。

賣烤魚一來是為了讓大家明白，烤爐不只可以做烤鴨；二來，也算是臨行前為白大壯的魚塘事業再擴展一條銷路。

畢竟當初是她提議讓白大壯養魚的，這還沒用到白大壯的魚，她就要去東陽城了，心裡總是過意不去。

烤好的魚肉外皮焦黃，皮脆肉嫩，鋪在鐵盤上後，均勻地淋上炒好的配菜和紅辣醬汁，再放到爐子中稍加烤製，咕嘟冒泡的湯汁混著魚肉的鮮香，飄得滿院都是。

同時，夏魚也將這次的烤魚做了很多口味，熱火香辣的、饞舌醬香的、鮮麻麻辣的、爽快酸辣和果香酸甜的，想吃什麼口味都有。

鐵盤上桌，底下加上燒著的木炭，鍋子就能一直加熱不涼，在寒意漸濃的秋季吃再好不過了。

果然，這道菜一推出，就被大部分人所追捧。

而夏魚一家要搬去東陽城的消息，也成了人們茶餘飯後的話題，有人惋惜，有人羨慕，也有同行鬆了一口氣。

天還未亮，灰濛濛的晨霧大得擾人視線，夏魚一行人大包小裹，牽著發財一起來到鎮口，準備趕車去東陽城。

由於這次人多件大，夏魚特意租了兩輛馬車。

車夫幫忙將他們的隨身物品放入車內，幾人還沒來得及上馬車，便遠遠的瞧見有個亮點直奔他們過來。

「等、等等！」那人手提燈籠，氣喘吁吁地跑近，白色的氣不停從嘴邊吐出。

夏魚定睛一看，原來是倍香樓的馮老闆。

馮老闆喘了一口氣，塞給夏魚一張寫得密密麻麻的字條。「收好了，以後妳能用上。」

天色太暗，夏魚看不清上面的字，抬頭剛要問這是什麼，馮老闆便已經轉身走向大霧之中。

上了馬車，夏魚和池溫文還有王伯同坐一輛，她把字條遞給池溫文。「馮老闆給的，不知道是什麼。」

池溫文掀開馬車的簾子，藉著車廂上掛著的一盞小油燈掃了字條一眼，只見上面寫的全是人名，什麼李翠花、王大娥……最上頭還標著「可用」兩個字。

他收好字條，道：「這是馮老闆記錄的一份名單，上面寫的應該是東陽城中的可用之人。」

夏魚和王伯頗為震驚，這份名單可以幫他們篩選幫工，能省下他們不少的事呢。

夏魚不解地問道：「他不是倍香樓的嗎，為什麼要給我這份名單？」

池溫文搖了搖頭，他也不知道馮老闆為何要給夏魚這份名單，但他知道一件事。「馮老闆之前是在東陽城開小酒樓的，後來酒樓被池旭陽收了，便一直委身於池旭陽手下做事。這次他被派來接手倍香樓，好像並沒有打算聽從池旭陽的意思，只一心想養老。」

王伯則道：「馮老闆人其實還行，我去酒肆老闆那兒閒聊時，聽人說他因為烤爐的事特別佩服阿魚，還說放眼幾里地，誰有這樣的魄力將自家的老底分享給別人。」

聽到王伯這樣說，夏魚和池溫文一下就清楚了緣由，也明白馮老闆是真心想回饋他們。

馬車外的天色已經大亮，池溫文便在車簾旁透了個縫隙，研究起這份名單來。

前幾日，白慶託人帶了話，說在東陽城的牙行幫他們看了幾間鋪面，但是租金都頗貴，且是押一付三形式，他不好拿主意，還是讓夏魚和池溫文親自來看看。

夏魚和池溫文得了口信，便往東陽城走了一趟。

不得不說，東陽城真是寸土寸金，一間巴掌大的鋪面都抵得鎮上一間酒樓的租金了。

兩人一商量，決定租小一點的鋪面，外加一間便宜的宅院。這樣一來，就能緩解資金的緊張，只不過每天要往返於宅院和鋪面間，麻煩點罷了。

馬車到了東陽城，已經是後半夜了。

因鋪面和宅院已經事先租好，幾人下了馬車便直奔城西的胡同巷子裡，在最裡頭那間院門前停下腳步。

這間宅院不大，除了一間主屋，就只有一間後廂房了。

後廂房給王伯和洪小亮住，等夏果休息日回來後，也能擠一起睡；主屋兩旁的耳房分別給了李華母女和白小妹；最後，池溫文只能和夏魚擠在主屋一起睡。

奔波了一天，一行人皆是筋疲力盡，大夥兒隨便把屋子收拾了一下，便倒頭就睡。

第二日天色漸亮，夏魚睜開眼，感覺自己後背正貼著一個溫熱的懷抱。

這次她沒有嚇得立刻坐起來，而是將被窩中的手腳蜷縮起來，貪婪地倚靠在池溫文的懷裡，感受著那份溫熱。

嗯，一定是因為太冷了，她才不想起床。夏魚在心底暗暗地想。

昨夜，她本想讓池溫文去外間廳堂睡，可是外間沒有床也沒有被褥，寒夜漫長，又勞累了一天，池溫文若是在外面待一夜，肯定會凍壞身子。最後，兩人只能和衣而睡，蓋著一床被子。

池溫文早在天不亮，李華那屋開門時就醒了。他一睜眼便看著身邊睡得正香的夏魚，她的睫毛長而鬈翹，嫣紅的嘴唇帶著笑意，似乎是作了什麼美夢。

呆呆地望著她白嫩無瑕的臉龐，池溫文竟鬼使神差般的用手捏了一下，軟軟Q彈的觸感撩得他意亂情迷。

夏魚依舊沈浸在美夢中，對這一切毫不知情，她似乎感覺到了身邊暖意，舒舒服服地將身子貼了過來。

女子獨有的清香撲鼻而來，和那日濃重的酒味截然不同，池溫文深吸了一口氣，平復著內心的火熱。

他保持著一個姿勢，直到懷裡的人有了動靜，他才沙啞著嗓子道：「醒了？」

夏魚還想賴一會兒床，沒想到池溫文已經醒了。

「你什麼時候醒的？」她耳根一紅，立刻彈開，離開了暖和的懷抱，後背的涼意隨即侵襲而來，讓她有些眷戀方才的溫暖。

池溫文懷中一空，心裡也空蕩蕩的，總覺得少了些什麼。

他想起偷偷捏夏魚臉龐的情景，不自覺清了清嗓子。「咳，我也剛醒。李嬸他們好像都起來了，我們也起吧。」

「嗯。」夏魚耳朵依舊通紅，應了一聲便溜下了床。

第三十一章

院子裡的晾衣架上頭曬著剛洗好的被單，李華坐在結滿棗子的樹下，給洪小秀紮髮辮。

看到這陣勢，夏魚驚呆了。「李嬸，這都是妳一個人洗的？」

「嗯，起得早沒啥事，就把帶來的布單、被單都洗了。」李華笑道。

夏魚簡直佩服得五體投地，這麼多的被單，她估計洗一天都洗不完，沒想到李華一早上就洗完了，不僅速度快，還很乾淨。

「李嬸，妳這比洗衣坊洗得都好！」夏魚說完，從水缸裡舀了一瓢水，準備洗漱。

「真的嗎？」李華第一次被人誇，有點不好意思。

「可不，洗衣坊一簍衣物好幾文錢，洗得不比妳這乾淨呢。」

夏魚的這番話，讓李華記在了心上，她萌生了給人洗衣服的念頭。

吃完飯，李華帶著洪小秀留在家裡，其他人帶著打掃工具打算去新鋪面收拾一番，再看看需要添置些什麼。

新的鋪面和宅院隔了兩條街，不算太遠。城西屬於住宅區，在這兒生活的大都是外來做生意的人。也因為這裡的住戶幾乎是外地人，所以城西也成了被孤立區，被城中的人所瞧不起。

城中甚至有句順口溜：寧當城中叫花子，不住城西大院子。這則順口溜夏魚和池溫文自然也聽人提起過，但他們經過一番考察後發現，城西其實沒有那麼糟。

這裡比別處的鋪面便宜很多，來往的人流多，最重要的是這個區域的食肆很少。

沒走多長時間的路，幾人就到了新鋪面門前。兩旁一家是賣針線雜貨的，一家是賣豆腐的。

賣針線的老婦人板著臉，搬著張凳子坐在門前，瞥了夏魚幾人一眼，面色不善道：「是你們租這間房子的？」

初來乍到，夏魚不想跟鄰居鬧得關係僵，便和氣笑道：「是的。」

「你們是賣啥的？」老婦人打量著幾人。

「我們是開食肆的。」

夏魚話音剛落，老婦人便氣勢洶洶地將手邊的線笸摔在桌上，扯著嗓門警告道：「又是個做飯的，你們小心點，油煙可別把我家的貨物燻髒了！」

幾人被罵得一頭霧水，還搞不清楚眼前的情況。

隔壁賣豆腐的林嫂探出頭看熱鬧，得知夏魚是開食肆的，忙拉上關係。「別理那個老瘋狗，這間店都被她罵得關門了好些回。妳家以後要是做豆腐，來我這兒買，我便宜給妳。」

林嫂和朱阿婆向來不對盤。之前有個開食肆的老闆，跟林嫂預定了一批豆腐，硬是讓朱阿婆天天站在門口罵，罵得最後受不了，退了林嫂的豆腐訂單，關門歇業了。

林嫂平白無故丟了一大單生意，自此就跟朱阿婆槓上了。

朱阿婆看到林嫂，便一同罵道：「開間破豆腐店就不知道自己姓啥了……」眼看朱阿婆一直喋喋不休的罵著，沒有一絲要停下的跡象，夏魚不再理會她，帶著眾人一齊進店收拾東西。

幾人一進屋，朱阿婆的聲音又在門外響起。「牛什麼牛，不就是開破食肆的，還不願讓人說兩聲了！」

街道兩旁的商鋪老闆都已經習慣朱阿婆這樣罵街，沒一個人出來看熱鬧和勸說的。

洪小亮煩得拎著掃帚在屋裡揮了好幾下。「真煩，要不是看她年紀大，我早就上掃帚招呼了！」

白小妹捲起袖子，擰乾抹布，氣呼呼地擦著桌子。「嫂子，她這樣咱不管嗎？」

夏魚悠閒自得地清點著屋裡的東西，毫不在意。「管她幹麼，反正咱現在還沒開業，不耽誤生意。開業前讓她多罵罵，消耗消耗體力，開業後她就沒力氣作妖了。」

她倒要看看老阿婆的體力有多旺盛，能站在門口喊幾個小時，竟然罵走了那麼多老闆。

這間鋪面真的不大，呈長條狀，後頭隔出一間廚房，前面待客的大堂只能在左右兩邊分別擺三張桌子，所以幾個人收拾得很快。

忙完了一切，洪小亮和白小妹一起回家裡拿鍋碗瓢盆和灶具，池溫文則去路口的木匠鋪取牌匾回來。

他們經過朱阿婆時，連看都沒看她一眼。

朱阿婆罵了這麼久，早就口乾舌燥，見隔壁幾個人各幹各的事，沒人搭理她，便啐了一口，回屋喝水歇口氣。

林嫂聽外頭沒了動靜，好奇地往隔壁屋裡瞧了眼。

以往朱阿婆這麼罵街，隔壁租房的人早就出來跟她對著罵了，這家人倒是沈得住氣，任由朱阿婆罵了這麼久都不作聲。

屋裡只剩下夏魚一個人，她正趴在桌上想著開業要備什麼菜好，就聽到朱阿婆又站在門口罵起來，言語間罵爹帶娘的，聽得路人都生氣。

「還真是有精神……」夏魚不耐煩地走到門口，「咚」一下把兩扇門闔上了。

朱阿婆以為夏魚是怕了她，氣焰更加囂張，乾脆找了根竹竿，將夏魚關上的門敲得砰砰作響。「妳關門幹什麼？說妳兩句心虛了是不是？」

夏魚沒理會外頭的動靜，她皺了皺眉，老阿婆一直說油煙會把她家的貨物弄髒，難道是這廚房排煙有問題？

想到這裡，她立刻走進廚房檢查煙道。

廚房的煙道明顯被人改動過，原來的舊痕跡靠近朱阿婆的鋪面，現在則被改得更貼緊豆腐鋪這一側，而且煙道兩側還做了嚴密的防漏措施。

這顯然是之前被罵的某個老闆改過的。

所以按理來說，廚房如果漏油煙，要遭殃也該是林嫂這邊先被燻，要罵也該是林嫂來罵，怎麼也輪不到朱阿婆先開口。

門外，朱阿婆越戰越勇，林嫂實在看不過去了。她從屋裡搬出做好的豆腐，撇了撇嘴。「也不給自己積點口德。」

「干妳啥事，妳的豆腐賣完了還是不想賣了？」朱阿婆拎著竹竿又來到林嫂店門口。「她賣飯的是給妳好處了，但油煙飄到我的屋裡，把我的東西都弄得髒兮兮的，誰賠啊！」

聽到屋外林嫂幫自己說話，夏魚也坐不住了，一把將門拉開，道：「阿婆，我這店還沒開張做飯呢，哪來的油煙飄到妳屋裡去？」

朱阿婆冷哼一聲。「以前這種事也不是沒有。」

夏魚又問道：「那是多久以前的事？」

朱阿婆一噎，她也記不得了，反正她剛在這兒開鋪子時，隔壁這家就是賣早點的，炭灰油煙經常飄到自家的貨物上，她氣得直接拿棍子就將隔壁的客人趕了出去。

後來，只要隔壁來的是做食肆生意的租客，她就故意在人家來客人時搗亂，阻攔人家做生意。

至於從什麼時候不再往自家飄煙灰的，這事她還真沒注意過，反正她現在清理貨物確實比以前乾淨不少。

夏魚見她不說話，心裡便了然，飄油煙八成是很久以前的事了。

朱阿婆被這麼一噎，心裡很是不服氣，嘴硬道：「說不定哪天就又飄煙灰了！最煩你們這些賣飯的，去哪兒不好，非要在這兒賣！」

「不想別人在隔壁開店，妳倒是掏錢把我這間租下來啊！」夏魚好久都沒這麼上火了，說起話來也不再客氣。

朱阿婆惡狠狠地瞪著夏魚，用竹棍使勁杵著旁邊的石臺。「有妳這麼跟老人說話的嗎！妳說這是人話嗎？妳跟家裡的老人也這樣說話的？有沒有家教啊？」

夏魚最煩別人跟她提家教這事，禮貌是互相的，她阿婆都這樣罵人了，還能指望別人好聲好氣說話？

她一捋袖子，不甘示弱地回道：「我說的當然是人話，不是人的東西才聽不懂。妳算哪門子老人啊，誰家老人跟妳似的天天站在街上罵？」

周圍的商鋪老闆聽到夏魚開始反擊，都豎起了耳朵，悄悄躲在門口看熱鬧。

朱阿婆看夏魚不是個好對付的，扔了竹竿，一屁股坐在地上，開始使起了慣用的招數。她一手扶額，一臉痛苦地道：「哎喲，我的頭好疼啊！」

夏魚人生中第一次遇到這種情況，她心裡一驚，暗道完了，自己該不會真把她氣出毛病了吧，畢竟這老阿婆都快五十的年紀了。

林嫂悄悄附耳過來。「裝的。」

朱阿婆每次吵架吵不過別人便使出這一招，一年能看好幾次大夫，次次大夫都診斷沒什麼大礙，朱阿婆就賴著說自己不舒服，非要大夫給她開幾劑大補的藥。

林嫂甚至懷疑過，朱阿婆這麼鬥志昂揚就是因為每年喝幾劑補藥的原因。

夏魚一聽，心裡有了底，她搬了張板凳，走到朱阿婆身旁，將人扶起來，眨巴著水汪汪的眼睛，真誠道：「阿婆，妳沒事吧？」

「有事！就是妳氣得我犯病了，妳帶我去看大夫！給我開一斤人參來！」朱阿婆哪會輕易放過她，甩開她的手，一個勁兒說自己頭疼心口痛。

一斤人參？夏魚差點翻白眼，敢情這是當蘿蔔乾吃呢，也不怕吃得流鼻血。

「阿婆，我聽人說，有時候頭疼心痛啊，大夫是瞧不出來的。」夏魚一臉擔憂道：「頭疼是因為腦子裡長了不好的東西，心口疼也是。妳這疼的時間長嗎？是一直疼還是偶爾疼？是鑽心疼還是跳著疼？」

朱阿婆這幾日吹了風，正巧偶爾會頭疼，聽到夏魚這麼一說，總覺得自己的頭又突突跳了起來，她心裡一緊，神色立刻變得難堪起來。

夏魚繼續道：「正巧我這兒有個包治百病秘方，妳等著，我就找個藥堂幫妳抓藥去。」

朱阿婆使勁點了點頭，一搖一晃地走回自己的店鋪，彷彿真的有病似的。「抓完藥給我送到店鋪裡去。」

林嫂第一次看到朱阿婆失魂落魄的樣子，她拉過夏魚，驚訝道：「朱阿婆真的有病？」

夏魚笑了笑，模稜兩可的回道：「有沒有病，她自己心裡最清楚。」

她方才問的問題都是有心理暗示的，就算朱阿婆沒有這些症狀，也會下意識去感受回憶一下，沒病也信了自己有病。

「林嫂，等會兒我家夥計來了之後，妳就說我去藥堂抓藥了。」夏魚跟林嫂交代完，便去了藥堂。

至於什麼包治百病的藥，夏魚呵呵一笑，叫藥堂的夥計抓了兩帖黃連，清熱解毒降火氣，保證有用。

等她提著兩包藥回到店鋪時，池溫文正在和木匠夥計一起掛牌匾。

有餘食肆的牌匾再一次掛在門框上，讓夏魚有種恍惚的感覺，她覺得自己似乎又回到最初開食肆的那天。

「妳去藥堂做什麼？」池溫文盯向她手中的藥包。

「阿婆病了，我去做好事。」夏魚揚了揚手中的藥包，問道：「小妹和小亮回來沒？」

池溫文不相信地看了她一眼，指了指屋裡。「在廚房呢。」

夏魚提著藥包就進了廚房，將藥遞給白小妹。「小妹，幫我把藥煎了，記得煎得濃一些。」

「嫂子，妳去藥堂幹啥呢？咱家裡也沒人生病呀。」白小妹支了一口鍋，將一包苦味撲鼻的藥材放入鍋內。

夏魚將另一包藥藏好。「隔壁的阿婆生病了，我幫她去抓了兩服藥。」

「怪不得我們回來時沒看到她在門口罵人呢。」洪小亮傻笑了兩聲，認定是夏魚幫了朱阿婆，朱阿婆才沒有再繼續罵街。

朱阿婆小聲嘀咕了一聲她的名字，沈著臉道：「藥呢，妳不會是捨不得花銀子，沒去拿吧？」

夏魚笑著迎了出來。「拿了拿了，您別著急。阿婆，我不叫哎，我叫夏魚。」

藥還沒煎好，朱阿婆便急急地候在門口往裡看。「哎，那個誰，我的藥拿回來沒有？」

夏魚的臉上依舊洋溢著明媚的笑容，絲毫不生氣。「阿婆，我都買完回來了，這不是我們店裡有現成的鍋嘛，就直接幫您煎了，省得您自己再費事了。」

朱阿婆吸了吸鼻子，果然聞到從屋裡傳出的中藥苦味，臉色才緩了下來。「藥煎好送過來。」說完，她扭頭就回自己的店鋪。

一旁的林嫂鄙夷道：「還真把自己當成個人物伺候了。」

夏魚瞧見林嫂桌上蓋著濕布的豆腐，笑道：「嫂子，明天給我留幾塊豆腐。」

看在她幫自己說話的分上，夏魚若是再不買點豆腐就說不過去了。

林嫂喜笑顏開地應道：「沒問題，明天保證給妳現做現送。」

回到食肆的大堂，池溫文正在羅列著明日要買的食材，夏魚湊過去，道：「我剛要了隔壁幾塊豆腐，明天的菜板上記得寫麻婆豆腐。」

池溫文點了點頭，用筆桿敲了敲桌子，道：「咱現在這個食肆著實有些小，我覺得我們可以賣一些好外帶的熟食。」
「烤鴨！」這個是夏魚早就定下來的。
現在正宗的烤鴨還沒在東陽城興盛，她正好趁這個機會再賺一波烤鴨的錢。
「滷肉、肘子這些熟食也可以加進去。」池溫文建議道，這種熟食可以提前做好，省時省事。
夏魚舉雙手贊同。「現在李嬸也在家幫忙，這些都好做。」
「等下我給范先生和白慶遞封信，讓他們開業那天來捧場。」池溫文想了一下。「對了，還有張二公子。」
多來一些人捧場，熱鬧點總是好的。
白小妹按照夏魚的吩咐，將那碗黃連藥湯熬得又黑又濃，老遠聞著舌根就發苦。
夏魚笑咪咪地端著碗去了隔壁雜貨鋪。「阿婆，藥煎好了。」
朱阿婆靠在墊子上，正琢磨著自己到底頭疼了多久，看到夏魚來，急忙起身接過碗。
「煎好了？」
夏魚露出一副無害的笑容。「好啦，我這是根據大夫的要求煎的，您放心吧。」
朱阿婆嗯了一聲，端起碗就要喝，無奈這藥聞著就讓人想發嘔。
她緊皺著眉頭。「味道怎麼這麼苦？」
「良藥苦口利於病，阿婆，您喝下去後保證一會兒就見好。」夏魚笑著勸道，有時候心裡的暗示很重要。
朱阿婆捏著鼻子，一仰頭便將苦得要命的藥喝下肚。
她眉心擰在一起，忍著胃裡的翻騰。「妳就拿這一服藥？」
「兩服，大夫說一天一劑，兩天保證藥到病除。那服藥明天我再幫您煎。」夏魚回道。
不是她不願意多苦這老太婆兩天，只是食肆馬上就要營業了，廚房裡若時常飄出藥湯味算怎麼回事嘛。
朱阿婆覺得這藥比她以往吃過的都苦，想看看裡面到底是什麼樣的藥材，便道：「那服藥妳給我拿過來，我自己在家裡煎。」
夏魚臉色立刻緊繃起來。「那可不行，我這都是祖傳秘方，萬一妳偷偷研究裡頭的藥材怎麼辦。誰家的秘方會輕易讓人知道啊？」
朱阿婆一聽覺得有理，癟著嘴道：「算了，還是妳煎完藥給我送來吧。」
夏魚笑著應了一聲，端著碗就回了食肆。
朱阿婆喝了兩天的藥，自覺是病得不輕，連去街上罵人的精神頭都沒有了。
在有餘食肆開張這天，門前爆著鞭炮，炸開的炮屑蹦得到處都是。
朱阿婆坐在屋中盤粗線，聽著外頭的吵鬧聲音，臉色垮得跟個鞋墊子似的。「開個業生怕別人不知道，還非得放掛鞭。」
瞧著一個指甲蓋大小的紅色紙屑迸濺到自家門口，她撂下手中的籮筐，氣勢洶洶的就要找隔壁說理去。

就在她猛然起身時，眼前一陣花白，天旋地轉讓人摸不著北，險些一下栽倒在地。她心下大叫，完了，這病是不是沒救了！

自從她喝了包治百病的藥後，就格外注意自己的身體情況，但凡有一點不對勁就心裡慌。

等她站穩後，也顧不得計較鞭炮碎屑的事，三步併作兩步走進有餘食肆，神色慌忙地拉住夏魚。「哎，隔壁的，妳不是說給我喝的藥包治百病嗎，怎麼剛才我站起來的時候眼前暈得什麼也看不見了？是不是那藥得再多喝兩劑？」

幸好這會兒食肆裡還沒有客人，不然別人聽到該懷疑自己來的到底是食肆還是藥堂了。

夏魚已經完全不在意朱阿婆怎麼稱呼她了，聽到朱阿婆說自己頭暈眼花，心裡便知道她定是起身起得急了，供血不足。

她拉著朱阿婆的手，邊往外走邊道：「阿婆，下次站起來的時候慢些，放下手上的東西，停一盞茶的功夫再起身。起身後，停一盞茶的功夫再走路，平時說話小聲點，多喝些枸杞大棗水。」

話說完，朱阿婆也順利回到自家鋪子前，她嘀咕著夏魚交代她的話，牢牢記在心上。

夏魚鬆開她的手，笑道：「阿婆，您進去的時候注意點，一定要慢。我食肆裡來人了，就不送您進去了。」

朱阿婆一下子回過神，怎麼不知不覺就到了自己鋪子門口了？

夏魚老遠就瞧見范龔下了馬車，帶著小廝朝這邊走來，一邊走一邊不知跟小廝說笑些什麼，心情很好的樣子。

「范先生！」夏魚打著招呼，將人請進屋裡。

范龔臉上的笑意更濃，隨著她坐在最裡頭的位子上。「閨女，我盼星星盼月亮，終於等到妳開業了，不容易啊！今兒個還有螃蟹嗎？」

夏魚搖了搖頭，將寫著菜名的菜板遞過去，笑道：「螃蟹都過季了，這個季節吃烤魚最合適，您要不要嚐嚐？」

范龔的腦海裡第一個浮現出來的就是樹枝叉著魚，在火上烤完撒點鹽巴的那種烤魚，是以有些猶豫。「還有別的嗎？」

夏魚指了指廚房剛出鍋的一爐烤鴨，道：「還有烤鴨，您要嚐嚐不？」

烤鴨香味從廚房漸漸飄出，范龔聞得肚子直咕嚕叫，他早上特地沒吃飯趕來的，這會兒更餓了。

「就來一隻烤鴨！」說完，范龔又看起菜板。「再來一份麻婆豆腐、蒜燜雞，還有這個青瓜釀肉！」

池溫文進了廚房跟白小妹報了菜名，端了一壺果酒和果茶出來。「今日食肆開業，菜品八折，酒水免費，您是要酒還是要茶？」

范龔打量池溫文一眼，沒想到他在食肆當掌櫃還挺有模有樣的。他捋了捋鬍子。「酒！當然是酒，酒和肉好朋友！」

范龔的話音剛落，白慶就帶著三個兄弟走進食肆。其中就有猜燈謎那晚見到的矮個子中年人仲古。

他是東陽城土生土長的人，所以對城西多少抱一些偏見。進屋前他還納悶，白慶說要請客吃飯，怎麼請到了城西，還是這麼小的一家食肆？

而當他看到池溫文時，一拍巴掌驚呼道：「你是不是那晚猜燈謎，一猜一個準的兄弟？」

池溫文謙虛一笑。「正是在下。」

「原來你家是在這兒開食肆的呀。」仲古對池溫文的才學很賞識。

烤鴨的香味在屋中瀰漫，仲古吸了吸鼻子，舔了下嘴唇，問道：「這是什麼味道？」

池溫文回道：「剛出爐的烤鴨。」

白慶見仲古沒了方才抗拒的意思，便招呼幾個兄弟坐下，笑道：「坐下來慢慢點。」

夏魚將菜板遞過去，介紹道：「本店特色有烤魚、烤鴨、滷肉，其他菜幾位可以慢慢點。」

正好，范龔點的烤鴨被端上桌，焦脆的外皮還嗞嗞冒著油泡，肉香味更濃更誘人。

仲古的眼睛都離不開那盤烤鴨了，他嚥了嚥口水。「烤鴨！必須點！」

第三十二章

白慶記起夏魚以前做過炸小魚，突然有點想吃魚了，便道：「烤魚也來一份，滷肉、肘子都來點。」

跟著來的一個年輕人看了看菜板，靦覥道：「那我就點一份魚香肉絲吧。」

另一個蓄著落腮鬍的壯漢戳了戳年輕人的腦袋。「多點些呀，好不容易能蹭白大哥一頓飯，還不得把他吃窮啊！」

年輕人怯怯地窺了白慶一眼，弱弱道：「這樣不好吧。」

他剛調來東陽城沒兩天，跟白慶分在同一組巡邏，平日最常見的就是白慶當值時的嚴厲無情，心中對他很是畏懼。

白慶拍了拍他的肩膀，豪爽一笑道：「想吃什麼隨便點，別客氣！」

年輕人便試探道：「魚香茄子、地三鮮、青椒炒蛋……」

落腮鬍一巴掌拍在他腦門上。「點的什麼玩意兒，全是素菜！我來！」

他接過菜板，挨個兒點道：「麻辣燻肚、蔥爆肉絲、豆腐包肉丸、糯米蒸排骨……」

年輕人都驚呆了，點這麼多吃得完嗎？

落腮鬍幾乎把肉菜都點了一遍，看到年輕人的表情，安慰道：「別怕，吃不完打包，給咱組那些來不了的弟兄們帶回去嚐嚐。」

白慶對夏魚點了點頭。「都上吧。」

夏魚見白慶一下子點了這麼多菜，怕白小妹自己忙不過來，便淨了手進去廚房幫忙。

這兩日王伯病了，所以前頭只有池溫文一個人在忙活，怕他應付不來，夏魚就讓洪小亮出去幫忙點菜。

她抄起一塊新鮮的豬肉，手起刀落，將肉分成幾塊，用刀背捶打起來，邊對白小妹道：「妳負責炒菜，烤魚和打丸子之類的慢活交給我。」

話音剛落，池溫文探了半個身子進來，淡淡道：「再給范先生加條烤魚。」

以那老頭的性格，嘴上說著不吃不要，等看到人家吃後立刻就反悔了，所以還是先給他準備一條，免得他看別人吃時饞得抓耳撓腮。

范龔盤中的烤鴨已經吃了一半，他抿了一口醇厚的果酒，覺得人生再美不過就是如此。可還沒等他口中的酒水滑入肚中，白慶那桌的烤魚就端了上來，鐵盤上發出嗞嗞的熱油響聲，那聲音比茶館裡唱曲的都好聽。

他盯著那盤烤魚，眼睛都發直了。

一條烤得通體焦黃的大魚平鋪在盤中，上頭撒上白芝麻和香菜，盤下鋪的蔬菜浸在濃郁鮮香的湯汁中，看起來誘人極了。

這是烤魚？和他想像中的完全不一樣！范龔頓時覺得方才吃的都不算什麼了。他放下筷子，嗅著飄來的香味，舔著嘴唇道：「給我也加一份烤魚！」
池溫文不疾不徐地走進廚房，給他端出一盤飄香四溢的烤魚。
這時，門口突然傳來一陣嘈雜的聲音。「茂學哥哥，你怎麼來這種地方吃飯呀？是不是你的零用錢又花完了，我請你去青山樓呀！」
「二妹，張公子許是有要緊事，我們還是走吧。」這道輕柔的聲音尤為耳熟。
「不行，我就要看看他找的人是誰！」
夏魚在廚房裡聽到外頭的動靜，估摸是張茂學來了。
她將丸子蒸上鍋，讓白小妹看著火，便走出廚房。
果不其然，來人正是張茂學。
他隨便找了個位子坐下，愁眉苦臉地望著身邊兩個大小姐，道：「我真的是來這裡吃飯的。妳們又吃不慣這種小地方的飯食，就別跟著我了行嗎？」
張家和周家有生意上的往來，所以張茂學和周彩錦算是一起長大的青梅竹馬。
周彩錦喜歡張茂學這件事整個東陽城都知道，但是張茂學不喜歡她，所以每次一見到周彩錦，他就躲得遠遠的，生怕被她纏上。
因為收到夏魚遞來的開業帖子，張茂學今天出門時心情很不錯，準備在食肆裡大吃一番。可沒想到，一出門就遇到了在街上閒逛的周家兩姊妹。
周彩錦見到他就像老虎看見獵物，兩眼發著精光猛撲上來，張茂學怎麼也甩不掉她，最後只好將她一起帶到這裡來。

周彩錦和周彩薇在他的對面坐下，周彩錦開口道：「茂學哥哥，你若是喜歡在這裡吃飯，往後我每天都陪你來！」

嗯，陪你來，不是陪你吃。周彩錦才看不上這種小食肆的飯菜呢。

夏魚的視線被那兩個少女吸引過去。她們一個是祭月大典那天追張茂學的少女，一個是中秋夜在花燈攤子遇到的溫柔少女；這兩人雖是姊妹，相貌卻一點也不相似，就連性格都截然相反。

張茂學無奈道：「好了好了，我要吃飯了，妳們要是不嫌棄就一起吃吧。」說完，他便回頭向夏魚要了點菜板。

周彩錦一下子認出了夏魚，驚聲大呼。「那天我見過妳，原來這間食肆是你們開的呀？」

周彩薇聞聲抬頭望去，餘光一瞥便注意到站在櫃檯後的池溫文，她神色間的驚詫一閃而過。

他怎麼會在這裡開食肆？

那天周彩玉搶魯青青的花燈時，她就注意到池溫文了，不僅是因為他相貌俊美，長得與池府大公子池旭陽有些相似，更重要的是他的才學。

放眼整座東陽城，還沒有哪個人能在燈會上看一眼謎題就猜出答案的，這樣的人才若是好生培養，將來必成大事。

回府後，她便悄悄託人去打聽池溫文的消息。沒想到這一打聽，竟然打聽到池溫文與池府間的往事，也打聽到池溫文現在過得並不好，靠著在鎮上開食肆來維持生計。

震驚過後，周彩薇便立刻冷靜下來，她分析利弊，決定等過段時間得了空，就去泉春鎮拉攏池溫文。

往往一個有才華的人，必定有著遠大的抱負，而窮苦的現實會讓他變得越來越不甘。等她去了泉春鎮後，只需說明自己是助他走上仕途的，再對他略微施恩，她就不信池溫文不會感動。

待他來日有所成就，必不會忘記自己施捨於他的恩情，這樣，在他輝煌之時也會拉周家一把。

但是沒想到，她還沒來得及去泉春鎮尋找池溫文，就在這個偏僻的小食肆裡碰到了他。這讓她不得不猜測，這難道是天意？

夏魚注意到周彩薇的視線一直停留在池溫文身上，心裡莫名覺得不痛快，便一步擋在她的身前，笑道：「姑娘瞧什麼呢？」

周彩薇被擋住視線，不得不抬頭望向夏魚。

她瞧了一眼穿著樸素的夏魚，溫婉一笑。「娘子不必多想，那日燈會我們見過。我只是覺得這位公子的才華出眾，才多留意了兩眼。」

夏魚回了一個明媚的笑容。「多謝姑娘賞識，我也覺得我家相公挺有才的。」

周彩薇感受到夏魚對她的敵意，她垂下眼，柔柔道：「我是真心實意想幫助公子的，如果他願意，周府會請城中最有學識的梁先生助他一臂之力，參加明年的秋闈。」

夏魚一挑眉，真心實意？天下哪有免費的好事，周彩薇這番話她才不相信是沒有目的的。

坐在裡面看好戲的范龔聽到「梁先生」三個字，不由得嗤笑出來。「梁先生？」那個半肚子墨水的老頭也能稱得上是最有學識的？只怕池溫文教他都綽綽有餘了。

周彩錦聽到范龔不屑的笑聲，不悅道：「老頭兒，你笑什麼？你可知道梁先生是誰嗎！」

范龔笑而不語，擺了擺手，埋頭吃起面前的飯菜。

周彩薇打量了范龔一番，瞧他穿的也是粗布麻衣，還邋裡邋遢的，以為他只是尋常百姓，沒有聽說過梁先生的大名，便皺眉柔聲道：「老人家，您或許不知，梁先生學識淵博，博古通今，是東陽城各高門大戶都爭相邀請的先生。而我們周家有這個能力請到梁先生。」

周彩薇說話依舊柔聲細語，可語調中明顯多了一絲傲氣，話裡話外都透露著家中的勢力。

范龔不想與這個黃毛丫頭理論，繼續埋頭吃面前的炒菜。

周彩薇以為她的話成功嚇住了范龔，面上的微笑更深。看來她判斷得沒錯，這人不過是來吃飯的平頭百姓。

面對池溫文，周彩薇即使沒有什麼特殊想法，也想彰顯一番自己的魅力。她挑釁地看了夏魚一眼，起身走去池溫文身旁，雙目含情，溫柔道：「公子的才情若被埋沒實在可惜，周家願鼎力相助，幫公子走上仕途之路。不知公子意下如何？」

周彩薇身材窈窕，柔若柳枝，配上那雙含著漣漪的水眸，儼然一副讓所有男人都無法拒絕的可人模樣。

鬧了半天，原來是想招安啊！夏魚心頭的火氣一下便消失了。招安她可就不怕了，誰讓她先周彩薇一步支持池溫文參加秋闈呢。想當好人，這事可輪不到周彩薇了。

夏魚甚至想抓一把瓜子，邊嗑邊看她如何說服池溫文歸順周家。

一旁的張茂學看到這種情況，發現自己不小心又給老闆帶來了麻煩，周家姊妹怎麼沒一個是省油的燈！

池溫文打著算盤，頭也不抬。「多謝姑娘好意，在下並無與周家交好之念。」

周彩薇咬著櫻唇，神色黯然。「無妨，若公子哪日想清楚了，隨時來周家找我。」末了，她柔柔一笑。「相逢即是緣，公子以後若是遇到什麼難事，小女子也定會竭盡全力幫助。」

周彩薇自認她這般體貼入微地拋出橄欖枝，但凡是個男人心底都會動搖。

池溫文只淡淡看了她一眼，面無波瀾道：「姑娘要點菜嗎？」

周彩薇一怔，沒想到池溫文竟然對她如此冷漠。她扯開一抹溫柔的笑意，善解人意道：「公子，希望你能多加考慮此事，男兒志在四方，不該被這些家中瑣事絆住腳步。」

周家主商，雖與官府有些交情，卻也只是表面的。如果周家能夠自己培養一個走仕途的人才，那麼將來周家不僅能在東陽城穩固不倒，甚至還有望進京扎根。

從小培養一個苗子太難了，時間也太久了，最好的辦法就是拉攏，所以周彩薇無論如何也想抓住池溫文這個機會。

不過，池溫文卻讓她體會到人生的第一次碰壁。

看到周彩薇像個吃癟的推銷人員，夏魚心裡有些小開心，她敲了敲張茂學的點菜板，愉悅道：「張公子，今日菜品八折，酒水免費，你要點些什麼？」

張茂學心中自責，被周家兩姊妹攪和得也沒了興致吃飯，便將菜板上的菜樣都點了一遍。「老闆，把這些打包吧，我帶回府吃。」

周彩錦皺起清秀的小臉。「啊？茂學哥哥為什麼要回府？要不我們一同去青山樓吧，那兒的菜可比這兒的好吃多了。」

張茂學聽到她聒噪的聲音就頭疼，他深深吸了一口氣，他娘曾教過他，對女子不能發脾氣。他克制住心頭的煩悶。「我要帶回去同祖母一起吃。」

張茂學的祖母不喜歡周彩錦，周彩錦自己也知道，所以張茂學一提自己的祖母，她便住嘴不敢說話。

范襲吃飽了，起身對一旁的小廝道：「將這些飯菜打包回竹暄書院，我去城北看看古字樓有沒有什麼新貨。」

白慶、張茂學和周彩薇兩姊妹聽到竹暄學院，皆是一愣。

「竹暄書院？」張茂學驚得張大了嘴。

周彩錦想也沒想，脫口而出。「那不是張家大哥三番五次求學沒進去的書院嗎？」

張茂學雖與張修文不和，但也不願外人這麼說自己大哥，臉色登時就掛不住了。

周彩薇的臉色也很微妙。不過她暗暗安慰著自己，竹暄書院的先生多了，這老頭估計就是書院裡的尋常先生，肯定比不過梁先生的學識。

白慶聽到范襲的話，隨即想起白祥就是在竹暄書院讀書的。他起身作了一揖，打了個招呼。「先生原是竹暄書院的，小兒白祥便是在那裡念書。」

范襲哈哈一笑。「我知道那小子，上次比賽輸了他還哭鼻子呢。」

白慶聽自己的兒子在書院哭鼻子，有些不好意思地笑了笑。「承蒙先生平日教誨，往後還望先生嚴厲教導。」

「好說！」范襲爽快一揮手。

夏魚將飯菜都打包好，遞給一旁的小廝，對范襲道：「范先生好走。」

這句「范先生」讓周彩薇呆住了。

整座東陽城，誰不知道竹暄書院的范先生？

竹暄書院就是他成立的，他手下的學生都是個頂個的才學出眾，十個學生有七、八個都能在考試中脫穎而出。

想要得到他的指點，若是不入他的青眼怎麼求都沒用，城中多少高門大戶的後輩都在他那裡碰過壁。

而她方才竟然看走了眼，還在他面前炫耀梁先生，要知道，梁先生見了他也得避讓三分。

夏魚看周彩薇目瞪口呆的樣子，心裡爽快極了。

在她聽到周彩錦的那番話時，便知竹暄書院不是一般人能進的地方，而范襲身為書院的院長，肯定是個相當厲害的人物。

所以在范襲走時，她故意說了一句「范先生」，就是要嚇一嚇自大的周彩薇。

范襲臨出門前，突然回頭，問櫃檯後的池溫文。「你這食肆也開業了，啥時候回書院找我復學啊？明年的秋闈錯過可得再等三年了！」

「先生放心，學生兩日後便回書院。」池溫文給了他一個具體日期，也好讓他提前準備一番。

「那我走了，你可別忘了！」范襲說完，又朝夏魚揮了揮手。「閨女，我走了，有空去書院看我，順便給我帶點好吃的。」

周彩薇還沒從剛剛的震驚中回過神，立刻又愣住了。池溫文竟然是范襲的學生？那以他的才學，明年秋闈必拿前三。

怪不得她剛才發自肺腑地邀請，池溫文竟然無動於衷。周彩薇腦子裡亂成漿糊，連自己最後怎麼走出有餘食肆的都不知道。

因為有餘食肆在城西的位置不如城中繁華熱鬧，送走幾個熟人後，只陸續來了兩撥客人。

天色漸黑，秋風颳得樹枝亂顫，夏魚瞧街上已經沒什麼行人的身影了，便讓大夥兒收拾東西回家去。

李華在家中幫忙給王伯煎藥，順帶收拾了家務，簡陋的小院被她打理得整潔乾淨，叫人看著心裡就舒坦。

進了屋，夏魚將路上買的一塊麥芽糖遞給洪小秀，笑著對李華道：「李嬸，多虧有妳在，不然我們幾個懶人都是得過一天且過一天。」

洪小秀躲在李華身後，怯怯看了夏魚一眼，沒敢接她手中的糖。直到李華點頭同意，她才接過那塊麥芽糖，然後小臉一紅，又迅速躲在李華的身後。

李華摸了摸洪小秀的腦袋，笑著回道：「你們都是大忙人，一天到晚哪有空收拾家呀，我這是在家閒不住，瞎忙活。」

「李嬸，不然這樣吧，往後妳收拾打掃家裡，我每月付妳工錢。」夏魚不想讓李華在家白幹活，這些本就不是她分內的事情。

李華連忙擺手。「不行不行，我帶小秀在這兒住本來就沒有付租金，要是再拿妳的錢就太不像話了。不過，我有件事想求妳。」

夏魚笑了笑。「啥事？李嬸妳說。」

「我想接點洗衣裳的活兒，到時候晾衣服、被單啥的，可能要占用一下院子。」李華說完，又忙補了一句。「我就趁白天家裡沒人的時候洗，不會礙事的。」

夏魚怔了片刻，道：「用院子倒是沒問題，只是這天越來越冷……」

她不反對李華接洗衣服的活兒，可過不了一個月就要入冬了，用冰涼刺骨的井水來洗衣服簡直就是受罪。

李華扯開一抹苦笑，低聲道：「沒事，年年冬天都這麼熬過來了。」

她一個寡婦帶著孩子，什麼苦沒吃過。「再說了，小亮過兩年就得娶媳婦了，小秀也慢慢大了，趁我還有力氣，多給他倆攢點錢。」

夏魚知道李華是鐵了心想接洗衣服的活兒，也不再勸阻。「行，我讓小亮把後頭的柴房收拾出來，妳以後就在柴房裡洗衣服，離水井近，免得風吹日曬。這天也越來越冷了，妳可以燒些熱水兌著用，手上要是生凍瘡可就遭罪了。」

李華沒想到夏魚不但借她院子用，還給了她一個遮風避雨的地方，眼眶一熱，一時間激動得不知說些什麼好。「哎，妞妞，謝謝妳……」

晚飯時，桌上擺了滿滿一桌的菜，這些菜都是食肆沒用完帶回來的。

夏魚看著這一桌種類齊全的炒菜，不由得感慨，這些菜不涮火鍋真是浪費了。對啊！夏魚一拍腦門，吃火鍋多方便啊，這麼多人圍坐在一起還熱鬧、暖和。等過些日子入冬了，食肆推出火鍋這種吃法，必定會吸引客人。

吃飯間，夏魚一直惦記著這件事，等吃完飯，她立刻進了裡屋，拿出紙筆開始畫圖。

池溫文忙完走進來，看到她趴在桌上寫寫畫畫，便湊過來問道：「寫什麼呢？」

銅鍋的大概結構圖畫完，夏魚吹著上面還沒晾乾的墨汁。「銅鍋子，涮火鍋用的。」

「火鍋？」池溫文問道。

夏魚指著紙上的結構圖，笑道：「在這裡面放炭火，就可以邊煮東西邊吃了。」

池溫文掃一眼圖紙，疑惑道：「這不就跟咕咚鍋差不多嗎？」

「咕咚鍋？」

第三十三章

「嗯，這是宮中的一道菜。湯鍋中加入雞或鴨，然後在鍋下放置一個火盆，水滾後加青菜、蘿蔔、豆腐，邊煮邊吃，等吃完菜，雞肉和鴨肉也煮軟了，方可食肉。」

聽池溫文這麼一說，夏魚愣住了，她方才之所以想到火鍋，就是因為在她的記憶中沒有火鍋的吃法！

原來不是這個時代沒有火鍋，而是原主沒聽過咕咚鍋這種東西。

池溫文忍不住又提醒了一句。「東陽城有幾個酒樓就提供咕咚鍋的吃法。」

夏魚捋了捋思路，敏銳地捕捉到池溫文話中的一個訊息——在湯中加入雞鴨。

「在湯中加入雞鴨？為什麼不加羊肉或豬肉？」涮羊肉明明那麼好吃！

池溫文想了想，道：「羊肉和豬肉也曾有人試過，不過這兩種肉肥膩，有腥羶味，而且肉塊煮熟後口感偏硬，不如雞鴨適口。」

肉塊？夏魚沈思片刻，腦海中有了另一個思路。

這裡的人不愛吃羊肉和豬肉火鍋，究其根本就是對肉的處理方法不對，若是能改變這一點，涮羊肉必將會成為火鍋中的焦點。

她將畫好的銅鍋圖紙揉成一團，扔在一邊，道：「有就有吧，明天叫小亮去鐵匠鋪做個咕咚鍋子回來。」

「明天？這麼急嗎？」池溫文一怔，他後天就要去書院了，還能趕上吃咕咚鍋嗎？

夏魚也突然想到他後天就要去書院了，安慰他道：「放心吧，少不了你的，等休息日你和夏果回來了，我也給你們做。」

提起書院，夏魚便催促他快些收拾衣物，不然臨到跟前就來不及了。

「正好這次去還能給夏果捎件厚衣服。」池溫文從櫃子裡拿出兩件舊厚衫放入包袱。

夏魚瞥見那兩件衣服不僅布料洗得發白，上面還有些歪歪扭扭的補丁，她把衣服從包袱中拿出，皺眉道：「明天你去城裡的成衣鋪子買兩件現成的厚衫吧。」

池溫文翻了翻那兩件衣服，見上面也沒什麼破洞，疑惑道：「為什麼？這兩件衣服還能穿。」

「都舊成這樣了，讓人家看見還以為我虐待親夫呢。」話音一落，夏魚的臉立刻紅了。呸，什麼親夫。

她趕緊打岔道：「正好夏果也沒有合適的厚衣裳，你看著給他也挑兩件。」

池溫文的唇角不可察覺地向上微揚，應道：「好，明天我去看看。」

這天的天氣格外晴朗，碧空無雲，陽光隨意鋪灑在萬物之上，曬得人渾身暖洋洋的。

夏魚剛把食肆的大門打開，擦洗著桌椅板凳，就瞧見一輛馬車在門外停下。

張茂學神清氣爽地從馬車上下來，一進屋便直奔夏魚身旁，激動道：「老闆，妳家的烤鴨能預定嗎？」

夏魚道：「可以呀。」

以前在泉春鎮時，食肆經常接受食客的預定，所以她沒多想就答應了。

「那就好！」張茂學鬆了一口氣。「我祖母得了些晚菊，十天後想舉辦賞菊會，屆時煩勞妳送八十八隻烤鴨去張府。」

昨日他帶回去的那些飯菜，頗受祖母喜愛，尤其是那隻烤鴨，老太太吃完後還念念不忘，指定要拿它當作賞菊會的待客頭牌菜。

這是老太太第一次認可他帶回去的飯菜，張茂學激動的一把將這事攬了下來，拍著胸脯保證鐵定辦妥了。

「八十八隻？」夏魚沒料到他一下子要這麼多，不由得有些吃驚。

「行嗎？」張茂學掃了一眼不大的廚房，不確定地問道。

「行，當然行了！」

這八十八隻烤鴨如果送去張府的賞菊會上，那可相當於一次大宣傳啊，這麼好的機會她肯定不會放過。

「喏，這是訂金。」張茂學高興地塞給她一錠白花花的銀子。

幸福來得太突然，夏魚握著銀子還沒反應過來，張茂學就離開了。

池溫文一早去了成衣鋪子，白小妹去早集採買，洪小亮去鐵匠鋪訂做咕咚鍋。這會兒食肆沒人看門，夏魚索性把門掩上，加快腳程趕回家去。

這八十八隻鴨子處理起來肯定要用到院子，她得趕緊回去知會李華一聲，看看她洗衣服的活兒能不能延後幾天。

還沒走到家門口，夏魚就在街上碰到了李華。

「李嬸、小秀！」夏魚打著招呼走過去。

李華勉強擠出一個笑容。「夏妞妞啊，妳沒去食肆開門？」

洪小秀警惕地盯著夏魚，緊緊攥著李華的手。

李華的面色不怎麼好，夏魚擔心地看了她一眼。「李嬸，妳怎麼了？」

洪小秀咬了咬嘴唇，突然開口。「他們都是壞人，欺負我娘。」

夏魚一愣，忙問道：「怎麼回事？」

李華嘆了一口氣。「沒事，就是我想接點洗衣裳的活兒，人家信不過我。」她初來乍到，操著一口外地口音，也沒有正經的洗衣作坊，去敲了幾戶人家的門都碰壁了。

雖然李華說得輕描淡寫，但夏魚已經猜到，定是那些人說了難聽的話，不然洪小秀方才怎麼會說出那番話來。

夏魚和李華並肩往家裡走去，沈思了一會兒，道：「李嬸，正好我有事想同妳商量。我方才接了一筆生意，需要在十天後送八十八隻烤鴨到張府去。」
「八十八隻？」李華嚇了一跳。「這麼多？」
夏魚笑了笑，又道：「李嬸，我想讓妳幫忙當監工。」
「監工？」李華問道。
「這八十八隻鴨子靠咱自己肯定是累死累活都處理不完的，所以我想雇些人手幫我們做這些零碎活。」
以前柳雙送的鴨子都是拔過毛處理好的，但是東陽城賣活禽是不幫忙處理的，因此，她需要額外找人處理鴨子。
夏魚頓了頓又道：「妳到時候就幫忙監督幹活的那些人，檢查他們把鴨子處理得乾不乾淨。」
李華個性細心，做什麼事都十分認真，這些事交給她做再合適不過。
李華一聽夏魚把這麼重要的任務交給她，眉間的惆悵立刻消失，化為嚴肅。「行，我一定盯緊了。」
她也知道，這八十八隻鴨子是食肆的第一筆生意，絕對不能出了差錯。
池溫文買完厚衣裳，直接回到家裡收拾包袱，一進門，他就聽到夏魚的聲音從屋裡傳來。
他順著聲音走過去，見夏魚正和李華商量著什麼事，便疑惑道：「妳沒去食肆嗎？」

夏魚笑著招呼他坐下，將張府的事情同他說了一遍。

「我準備找一批人手幫忙處理鴨子，省時省事。等到最後烤製鴨子的步驟時，我們再自己做。」夏魚說著自己的計劃。

鴨子的處理和醃製過程誰都能做，無非就是醃製的醬汁和調料由夏魚提供，但是烤製時控制火候這一步，可是不容出錯的，為了避免幫工不細心出差錯，所以最後一步夏魚打算交給自己人做。

池溫文沒想到他馬上要離開家時，夏魚會接到這麼大一筆單子，有些放心不下。「不然我再晚幾天去書院。」

夏魚奇怪道：「為什麼？」

池溫文道：「這麼多烤鴨妳自己能行嗎？」

「怎麼不行呀。」夏魚不服氣道：「不是還有李嬸和王伯嗎？大家都會幫忙的，你有什麼放心不下的？」

「……」池溫文被說得啞口無言。

夏魚知道他的本意是放心不下自己，怕她中間哪個環節出了岔子。為了避免池溫文去書院後還惦記家裡的事，夏魚安慰著他。「你放心吧，鴨子好收，人也好雇，咱不是還有馮老闆給的名單嗎？」

聽到她提及名單，池溫文心底才稍稍退讓一步。

那張名單上的人他都特意打聽過，確實都是為人憨厚老實、不耍心眼的人，夏魚雇用那些人，他也能放心幾分。

夏魚看他遲遲不說話，便道：「哎呀，你就別惦記家裡的事了，就算這筆單子沒做成，我們靠著食肆的生意也餓不著。倒是你，去了書院可要好好學習，將來若是榜上有名，這要傳出去，咱食肆肯定能門庭若市，生意興隆。」

池溫文看夏魚說得眉飛色舞，無奈道：「我知道了。食肆的事妳看著辦，別逞強把自己累壞了。」

「知道了，你怎麼突然變得這麼囉嗦？」夏魚撇了撇嘴。

李華抿嘴一笑，找了個藉口就帶著洪小秀出了門，把空間留給小倆口。

其實李華走後，夏魚和池溫文兩人也並沒有做什麼。

池溫文收拾好包袱，趁自己還沒去書院，趕緊幫夏魚找了一戶養鴨的農戶，讓他幫忙收鴨子，分批送去城西的家中。

而夏魚也去了泥瓦匠鋪，讓人趕製出幾個烤爐，省得到時候爐子不夠用。

到了池溫文去書院這天，夏魚特地起了個大早，給他做了一碗茴香雞蛋湯麵。

碧綠的茴香碎和金黃色的煎蛋平鋪在湯麵上，散發著騰騰熱氣。

夏魚將筷子遞過去，笑道：「快趁熱吃吧，去了書院你可就吃不著了。」

清淡的湯底和薄得透亮的麵條一下肚，整個胃裡都暖，茴香獨特的味道在唇舌間久留不散，令人回味。

池溫文無聲地將一碗麵條吃完，看著對面埋頭大吃的夏魚，微微嘆了一口氣。「等我。」

等他去了書院，一定會想法子五天回一次家的。

兩人吃過飯，便一同去了書院，快到書院門口時，就瞧見一輛馬車橫在路上。

馬車旁，周彩薇穿著一襲水綠色的連身裙，外頭披著一件同色繡花對襟褂裙，清麗柔和的容貌讓人看了不覺眼前一亮。

她看到池溫文和夏魚一起走來，臉上立刻浮現一抹嬌羞的笑容。「公子，小女子終於等到你了。」

池溫文連看都不看她一眼，拉著夏魚就繞到了書院的側門。

「幹麼躲著她呀？人家都跟你打招呼了呢。」夏魚回頭看了一眼在原地氣得直跳腳的周彩薇。

她還想看看周彩薇堵到書院門口想幹麼呢。

池溫文斜了她一眼，淡淡道：「我又不認識她。」

「無情！冷漠！虧得人家管你一口一個公子叫得那麼親熱。」夏魚調笑著他，語氣中帶著一絲酸溜溜的味道。

池溫文無可奈何地停下腳步，轉身看向一臉嘻笑的夏魚，捏住她軟嫩的臉蛋，認真道：「那妳說我該怎麼辦？」

夏魚突然覺得臉上一疼，這才反應過來池溫文在捏她的臉。

「疼！」她一巴掌將他的手拍了下去，杏眼一橫，賭氣道：「沒看到人家對你示好嗎？從了她唄！」

池溫文瞧她一副嗔怒的樣子，輕笑一聲。「妳是不是吃醋了？」

「沒有！」夏魚說完就有些心虛，眼神朝四周胡亂瞄起來，她一想到周彩薇，確實覺得心口堵堵的。

池溫文笑了笑，在她額頭蜻蜓點水的親了一下。「嗯，沒有就好。」

夏魚感受到額頭上的溫涼，腦袋裡「嗡」的一下炸開了花，整張臉瞬間通紅起來。

她呆呆地望向池溫文，只見他眼底盛滿溫柔的笑意，比三月春風還要撩人心意。

夏魚平靜無波的心底倏地蕩起絲絲漣漪。她慌亂地撇開眼，將池溫文推向書院的側門裡。「快走快走，一會兒要遲到了。」

池溫文偏頭看了一眼書院的正門，見周彩薇的馬車已經離開，囑咐夏魚兩句，這才進了書院。

周彩薇再一次在池溫文這裡受了挫，心下一陣煩亂。

那日回府後，她與哥哥周文海提及池溫文一事，周文海便叫她不要氣餒，還告訴她只有抓住了這樣的人才，周府將來才能發展得更加枝繁葉茂。

所以她算準了池溫文回書院的日子，一大早就堵在這裡，準備再勸他一番。可沒想到池溫文直接繞道走了，連一絲眼神都沒分給她。

周彩薇越想心裡越不甘，池溫文本就是她發現的一顆明珠，怎麼她就握不住呢？

回到周府，周彩薇直奔周文海的院子。

周文海正在院中舞劍，看到匆匆趕來的周彩薇臉上沒有一絲笑意，便知道她定是遇到了什麼事。

他將手中的長劍遞給一旁的下人，走到周彩薇身旁，貼心地問道：「妹妹這是怎麼了？」

周彩薇擠了個不像笑的笑容，隨後眼中便泛起了水光。「哥哥，我今日又去找了池溫文，他根本看都不看我一眼，更別提跟他搭話了。」

周文海心下了然，原來又是在他那兒受了委屈。他安慰周彩薇。「文人多是假清高，妳不必耿耿於懷。眼下有兩種方法可以拉攏他。」

周彩薇抬眸望向他，靜靜等著下文。

「要麼跟他的娘子打好關係，要麼成為他的人。」

周彩薇果斷道：「我明兒個就去找他的娘子。」

周彩薇雖然認定池溫文有才學，但是他萬一秋闈沒考上呢？她有心幫助周家發展，可這不代表她想把自己的將來搭進去。

打定了主意，周彩薇專門挑了個午飯時間，準備去有餘食肆點幾盤菜，跟夏魚套套近乎。

那樣小的一個食肆，只怕難有客人光顧，也只有她好心去捧場，等她去光顧七、八回，多照顧一下夏魚慘澹的生意，不怕夏魚不被她感動。

周彩薇來之前是這樣想。

然而，當她從馬車上下來時，卻發現有餘食肆門外竟排起了長隊，她想往前擠都擠不進去。

「別插隊，去後面排隊。」

「就是就是，我們都排好一會兒了。」

「瞧著挺有模有樣的一個姑娘怎麼還插隊呢？」

就這樣，周彩薇被排隊的人你拉一下我扯一下地從隊伍中央甩到了隊尾。

儘管她拿出一副楚楚可憐的姿態，但排隊的大爺、大嬸們就跟瞧不見似的。

「怎麼會這麼多人？」周彩薇排在隊伍後面喃喃自語。

站在她前面的大爺回過頭，好心跟她解釋道：「他家的滷肉特別好吃還不貴，來晚就沒了。」

想起那鮮香味美的滷肉，大爺就忍不住地咂著嘴。

大爺前面的大娘聽到兩人的對話，也跟著回頭，插話道：「而且他家只有中午才賣滷肉、肘子之類的熟食，晚上賣的是炒菜。我家小孫子最愛啃他家賣的豬尾巴了。」

「他家豬耳朵也好吃！」

「是嗎？我買過一回滷雞爪，又軟又糯滋味可好了，這次我再加一份豬耳朵嚐嚐。」前面排著隊的人開始相互交流起來。

周彩薇心中冷笑，一群沒見識的人，城中哪個酒樓做的飯菜不比這個小破店的好吃？也就這些沒吃過的窮人才會覺得這裡的東西好吃。豬尾巴、雞爪那種髒兮兮的東西是人吃的嗎？

不過，有一點她怎麼也想不通，明明上次來的時候食肆還沒多少人，怎麼幾日不見就排起了長隊？

這事說起來，還要感謝朱阿婆的小孫子——小木頭。

前幾天，朱阿婆把小木頭帶到鋪子裡玩，還沒到飯點，小木頭就聞到隔壁傳出來的滷肉香味，非吵著要吃肉。

朱阿婆沒辦法，黑著臉給小木頭買了一根最便宜的豬尾巴。

小木頭拿了豬尾巴，高興地蹦蹦跳跳就去路口找小夥伴們玩。

那群小孩正蹲在路口的大樹下挖泥巴，瞧見小木頭手中香噴噴的豬尾巴，都流著口水圍了過去。

小木頭就在他們「讓我嚐一口我就跟你玩」、「不讓我嚐就不跟你玩了」的威逼利誘之下，把自己的豬尾巴分給了幾個小孩。

幾個小孩嚐完沒吃夠，就回去找家裡的大人鬧著買。買完後，大人們嚐著也覺得不錯，再加上食肆的定價沒別家那麼虛高，他們就時不時地來買點滷肉解解饞。

有餘食肆賣的熟食又便宜又好吃，一下就被周圍幾條街的人們知曉了。

由於夏魚最近忙著做烤鴨，騰不出空多做些滷味，食肆裡的滷味每天只有這麼多，賣完就沒了，所以大家不到中午就開始排起長隊來。

周彩薇長這麼大都沒排過隊，就在她快要站不住時，終於輪到她了。

食肆的櫃檯被改成一個擺放著各色滷味熟食的長桌。

王伯站在櫃檯後，問道：「姑娘，您要來點什麼？」

本來周彩薇打算隨便買點滷肉，回頭打發給車夫算了，最重要的是讓夏魚知道她來照顧過她的生意。

可是桌上的滷味香氣撲鼻，一下就讓她饞得口水氾濫，她想起方才那個大爺說滷肉好吃，便道：「麻煩給我來一斤滷肉。」

王伯歉意一笑，指了指桌上的一口空鍋。「不好意思，滷肉剛賣完，現在只有滷雞爪、豬頭肉、鴨爪、鴨胗、鴨心……」

這些都是夏魚處理鴨子剩下的東西，被她加到了滷味中。

周彩薇越聽越難以想像，內臟還能吃？雖然滷味很香，可她一想到那種血淋淋的東西，一下就沒了胃口，還是買完賞給車夫吧。

猶豫了半天，她才道：「您看著隨便來一斤吧。」

王伯用油紙將滷味包好，遞過去。「姑娘，您拿好了。」

周彩薇柔柔一笑，眼中的嫌棄之意一閃而過，她接過那包滷味，踮起腳尖朝廚房裡張望。「掌櫃的，你家老闆娘呢？」

王伯以為她是來過這裡的食客，今日沒見到夏魚所以隨口提一嘴，便笑著回道：「那是我家老闆，她有事不在。」

老闆？周彩薇聽到後，根本難以置信，沒想到池溫文竟然是個吃軟飯的？果然周文海說得對，文人都是假清高，是她高看了池溫文。

這種沒骨氣、沒志氣之人，就算考上秋闈將來也難成大事。

拉攏池溫文這件事還是及時止損為好，免得周家白白浪費了感情，到頭來也沒能將一灘爛泥糊在牆上。

一出食肆，周彩薇便將那包滷味扔給車夫，笑道：「今天辛苦了，這是犒勞你的。」

第三十四章

傍晚，送走了五個幫工，夏魚伸了個懶腰，道：「還是請人幫忙輕鬆，什麼都不用做，只管盯著他們。」

這幾天夏魚都沒有去食肆，全權把生意交給了王伯幾人，她和李華兩人專門負責烤鴨的事。

李華檢查著大缸裡的鴨子，以免有的沒被醬汁醃好，邊催著夏魚。「妳快回屋歇歇吧，早起就開始調配醬汁，忙活了一上午，下午還要把第二天的滷味做好，咱幾個就數妳最辛苦。」

「能賺錢的事不叫辛苦。」夏魚彎眼一笑，等明天把鴨子晾乾，就能上爐烤了。

還好現在天氣涼，處理好的鴨子能放上一夜，不然鐵定得變餿。

一陣微寒的冷風吹過，夏魚緊了緊衣領，突然想起了池溫文，也不知這幾日他在書院過得怎麼樣，新買的厚衫是不是又有點薄了？

這麼胡亂想著，她就想起那天送池溫文去書院的情景。

回憶著那抹在額頭停留不久的溫涼感覺，她的手不由摸了摸光潔的額頭，嘴角的笑意掩都掩不住。

李華看她傻笑著站在屋門口，開著玩笑道：「想啥呢？臉都紅了。」

夏魚迅速將手背到身後，嬌嗔道：「哪有呀，李嬸妳看錯了。」

說完，她就找了個藉口溜回屋中。

賞菊會的前一日，張府派來一輛馬車，將夏魚院中晾乾的鴨子運到張府。

為了盡可能保持鴨子剛出爐的新鮮熱燙口感，夏魚將預定的幾個烤爐全送到了張府，準備在賞菊會那日掐著時間開始烤製。

她之前有想過把烤鴨換成醬板鴨，這樣的鴨子不怕放涼，冷食也好吃。

但是張茂學問過老太太後表示，老太太沒吃夠烤鴨，想藉這次機會吃個夠，醬板鴨等冬季辦賞梅會再做。

最後，夏魚思來想去，便想出在張府現烤現吃的方法。

天還未亮，夏魚就帶著洪小亮、白小妹和李華去了張府。洪小秀離不開李華，便也跟著去了。只留王伯一人在食肆裡，把今日的滷味賣完後閉店。

張府的廚房裡，得了吩咐的小廝們給夏魚幾人打下手，一行人很快便開始烤製鴨子。

第一爐烤鴨出爐時，張府裡來得最早的一批人正好可以在正廳裡享用烤鴨。

正廳裡擺著四張大圓桌，上面擺滿各式各樣的瓜果點心和菜餚，但是最惹人注意的還是桌子中間那盤熱氣騰騰的烤鴨。

張老夫人坐在主位，笑得滿臉褶皺，手中的筷子先挾了一片切好的烤鴨。雖她是舉辦賞菊會的人，但她卻一直都沒在院子的菊花叢中出現過，因為她一直都守在桌前，等著烤鴨出爐。

先進來的是孫老夫人，與張老夫人年輕時就認識，兩人表面姊妹情深，內裡攀比了一輩子。

孫老夫人帶著丫鬟走進正廳，她一進來就看到了張老夫人有滋有味的吃著烤鴨，便笑道：「老妹妹妳可真會享受，辦了賞菊會，卻自己躲在這兒偷吃。」

這話便是隱晦地指責張老夫人待客不周到。

張老夫人如何聽不出這層意思，但她一心惦記著烤鴨，不想跟孫老夫人廢話。她讓身邊的下人給孫老夫人挾了一塊烤鴨，笑道：「老姊姊快嚐嚐，這是我孫子特意為了我這賞菊會訂的烤鴨。」

孫老夫人晚來得一子，兒媳又遲遲沒有喜事，家裡子嗣單薄，為孫子這事愁得不行。聽到張老夫人炫耀自己的孫子，她心裡惱極了，面上卻還是掛著笑。「老妹妹真是好福氣啊，只是這鴨子油多肥膩，咱這把年紀可頂不住啊。」

言下之意便是，妳有孫子也不怎麼孝順，讓妳吃這麼油膩的東西，就不怕妳鬧肚子丟了老命？

張老夫人挾起烤鴨，在她眼前晃了晃。「妳看這鴨，烤得皮焦肉嫩，嗞嗞流油。哎喲，我這輩子都沒吃過這麼好吃的鴨子，就算吃一回也值了。」

烤鴨的香味隨著張老夫人筷子的晃動，不停地往孫老夫人的鼻腔鑽去。

她嚥了嚥口水，面上撐著笑。「城中好幾家酒樓都有烤鴨，老妹妹怕是沒去嚐過吧？」

張老夫人知道她在嘲諷自己沒見識，也不跟她爭，指著盤中的烤鴨道：「老姊姊再不吃可就涼了。這烤鴨妳若是能在城中的大酒樓裡嚐到，我便把那支琉璃簪還給妳。」

這琉璃簪原本就是孫老夫人的東西，在太陽下一晃，流光溢彩，好看極了，是孫老夫人最喜愛的物件。不過後來被張老夫人打賭贏了去，就再也沒還給她。

一聽自己能拿回琉璃簪，孫老夫人便高興地應道：「那老妹妹可就把簪子備好了！」

張老夫人笑了笑，又加了條件。「若是在酒樓中找不來，妳就把妳那只翡翠玉鐲留下。」

「好！」孫老夫人爽快應下。

這烤鴨在城中已經時興了一陣，各大小酒樓都有賣，她就不信她跑遍城中所有的酒樓，買不到一隻一模一樣的烤鴨。

孫老夫人拿起筷子，把那塊香氣四溢的烤鴨放入口中，只入口那一下，她便驚住了。

這滋味簡直是絕了！焦脆酥皮的油香帶著鮮鹹，還透著微甜，入口沒有一點鴨子的腥寒之氣。

她心裡咯噔一下，莫不是這老太婆又給她下套了？

張府的賞菊會直到日暮才結束，這期間分批來的客人有男有女，有老有少，大家賞完菊後，都聚在正廳品嚐張老夫人特意準備的烤鴨。

不少人一嚐到烤鴨的滋味就立刻折服，紛紛向張老夫人打聽是在哪兒請的廚子。

張老夫人也不藏著，直接告訴他們是請城西有餘食肆的老闆來做的。

就這樣，有餘食肆的名氣一下傳到了城中各戶的耳中。

張老夫人這次的賞菊會，因為烤鴨賺足了風頭，聽那些邊吃烤鴨邊奉承她的人，她心底的滿足感油然而生。

夏魚臨走前，伺候張老夫人的丫鬟送來一個裝著白銀的小匣子，足足有五十兩之多。

夏魚忙拒道：「先前張二公子已經付過部分銀兩，餘下的用不了這麼多。」

小丫鬟一笑，硬將匣子塞到夏魚懷中。「老夫人說了，她今兒個高興，你們也忙活了一整天，餘下的便是辛勞費了。」

夏魚道：「就算是辛勞費也用不了這麼多。」

這些鴨子算上成本和人工費，總共不過一半的銀子，更何況之前張茂學都給過訂金了，剩餘的實在是太多了。

丫鬟想都沒想一下，脫口而出道：「拿著吧，我們張府最不缺的就是銀子。」

顯然這話她平時沒少跟人說。

這話深深刺在夏魚的心上，她差點一口血噴出來。多氣人啊，人與人之間的貧富差距怎麼就這麼大呢！

最後，夏魚索利收下銀子，跟丫鬟道了謝，帶著白小妹幾人離開了張府。

能賺這麼多的銀子，也多虧了大家，夏魚回到家直接給每人分了二兩銀子，並且休息一天，讓他們明兒個去城裡逛逛，順便給自己添點厚實的冬衣。剩餘的銀子她便存起來，用於繳納鋪面和宅院下次的租金。

第一次摸到銀子的白小妹激動得當場就哭得唏哩嘩啦。「嫂子，妳對我太好了……」

她真的一點也不後悔跟著夏魚。

夏魚拍了拍她的肩膀，笑道：「收好了，明兒個逛街別叫摸包兒的偷走了。」

二兩銀子實在太多了，李華不好意思收錢。「妞妞，有小亮那份就夠了，我這就不要了。」

這次做烤鴨出力最多的就是李華，每天早早起來給工人們分活，晚上還要再檢查一遍。

夏魚怎麼也不能叫她白忙活一場。「李嬸，咱公私分明，妳幫我出力，我給妳工錢，這是應該的。而且東陽城物價高，不比村裡或鎮上，這二兩銀子妳買幾身衣服、做幾床新被也就沒了，拿著吧。」

李華拒絕不過，只好收下，心裡亦是感動得不行。原來小亮說得沒錯，他確實跟了個好東家。

當初洪小亮第一次往家裡拿那麼多錢時，她還以為洪小亮學壞了，錢來得不乾淨，還拎著棍子打了洪小亮好幾下。
想到這兒，李華笑得眼淚都流了出來。
第二日，幾人喜氣洋洋地一道出了門，夏魚覺得今天比過年都高興。她去成衣鋪買了幾件時興的裙子，順道給池溫文和夏果添兩件準備過冬的棉衣，然後和李華他們告了別，準備去書院看看池溫文和夏果。
突然，她一個激靈呆住了。「哎呀，我怎麼忘記了，今天是休息日。」
她看了看天上的日頭，這都已經中午了，估計兩人都走回家了。
她交代幾人繼續逛後，火速奔回了家中。
一進門，池溫文和夏果兩人果然已經先一步回到了家裡。
兩人回來時，見家中無人，食肆也大門緊鎖，還以為發生了什麼事，正要出門找，夏魚就氣喘吁吁地跑了回來。
她看到站在院中的池溫文清瘦了許多，整個人又增添了幾分文雅的書墨氣息。
兩人相視凝望，還沒開口說話，夏果接過夏魚拎著的布包，忙問道：「姊，你們都去哪兒了，方才池大哥都急瘋了。」
「我們去城中逛街了……」夏魚心裡一虛，說話的聲音越來越小。
當時明明說好休息日去接他們兩人呢，她一高興竟然給忘了。
「妳高興就好。」池溫文臉色深沈，眸中閃過一絲受傷，原來逛街比自己重要？虧他剛才急得雙眼通紅，差點就失控了。

說完，他面無表情地回到屋中。

夏魚急忙塞給夏果一些銀錢，叫他出去買些飯菜。

支開了夏果，她轉身進了屋子，對獨自喝水的池溫文諂媚一笑。「這不是在張府大賺了一筆嘛，高興過頭了，我保證沒有下次了，下次休息日，我一定早早就去書院門口等著。

「我沒有忘記你們，你看，我今天逛街還給你和果兒買了兩件冬衣呢。」說完，夏魚獻寶似的將布包推到他的跟前。

池溫文嘆了一口氣，幽怨的眼神瞟了她一眼，看著她一臉討好的笑容，心底終究生不起氣來。「罷了，下次有什麼事在家留張紙條。」

要不是這次范襲抓著他的基本功說事，硬是不同意他中途回家，他又何必如此擔憂？看來五天回家一次這事得盡快安排了。

「嗯，知道了！」夏魚瞧見他見底的瓷杯，殷勤地又給他滿上一杯茶水。

「這幾日家裡怎麼樣？」心裡的石頭落地，池溫文打量起夏魚，她雖然瘦了些，但氣色似乎不錯。

夏魚翻出王伯帶回家的帳簿，遞過去，躊躇道：「生意還行，但是好像和想像中的有點偏差……」

「嗯？」池溫文找到食肆這些日子的收支記錄，只見上面盡寫著滷味、滷味、滷味……

飯菜賣出的數量比起滷味差遠了。

他伸出雙指彈了彈帳簿，思索片刻道：「這裡的人似乎很偏好滷味熟食這一口，可以考慮多做些熟食。」

夏魚點了點頭，認同道：「是啊，王伯都找我好幾次了，讓我多做些滷味。不過前幾天在忙活張府的事，就沒時間顧得上多做。」

她也打算之後多做些滷味熟食來賣，雖然食材下滷鍋之前處理起來比較麻煩，但也比在灶火前拎炒鍋輕鬆得多。

夏魚想了想，又道：「我準備雇一個短工幫忙處理食材，到時候咱就省了這一步驟，能輕鬆不少呢。」

說到這裡，她腦海裡浮現出李華的身影。

對呀！正好李華想給兩個孩子攢點錢，讓她也跟著一起幫忙處理食材，還能順道當監工。賺錢也不是非得要靠洗衣服才能賺錢呀。

池溫文沒有反對。「食肆的事我現在幫不上忙，妳自己看著辦，別太累就好。」

兩人又隨便聊了兩句，池溫文又問起。「周家大小姐可又找過妳？」

夏魚回憶了一下，搖了搖頭。「沒有。」

池溫文這才放下心來，既然周彩薇沒有找過夏魚，他也不必再擔憂了。

眼下已過了飯時，夏果只買了三碗牛肉麵回來。幾人早就餓得前胸貼後背了，也顧不得味道怎麼樣，狼吞虎嚥便將一碗麵吃完了。

晚上幾人熱熱鬧鬧地回來後，夏魚跟李華提起幫忙處理食材的事情。李華聽了當然高興，立刻就應了下來。

夜裡，池溫文躺在床的外側，夏魚在裡側，兩人一人一個被窩，低聲細語聊起書院發生的趣事。

夏魚聽到他講起范先生被學生氣得吃了三碗飯的時候，咯咯笑個不停。「范先生還真是個愛吃的人。」

池溫文倏然想起那日夏魚喝醉時，曾說過她上學的事，還有最早之前她脫口而出的勵志金句，便問道：「妳上過學嗎？」

「啊？」夏魚轉頭望向他，不知他為何突然問起這件事。

她回憶了一下原身淒慘的身世。「我以前都被家裡的親戚剝削，哪有條件去請先生呀。」

池溫文側過身，用胳膊支起腦袋，垂眸看向她無瑕的臉龐，皎潔的月光蒙在窗上，映得她的眼睛亮亮的。

夏魚的眼睛眨也不眨，似乎說的話一點也不摻假。

「幹麼突然問起這件事？」她心裡泛起了狐疑，莫不是他發現了什麼？

「沒事。」池溫文似笑非笑。

夏魚喔了一聲，總覺得有哪裡不對勁，但瞧池溫文沒打算繼續追問，她也不再提這事，省得言多必失。

池溫文就這麼靜靜地看著她，眼眸中的貪戀久久不散，夏魚身上散發的獨特清香在他的鼻尖縈繞，這正是讓他日思夜想的熟悉氣息。

這些日子看不到夏魚，他才發覺自己的想念和擔憂有多深，一閒下來腦海中全是她的身影。

他輕輕在她的額頭落下一吻，良久道：「我想妳了。」

夏魚第一次聽到他對自己說這樣的話，臉上瞬間又紅又熱，說起話來也是支支吾吾。「你在書院讀書，想我做什麼？」

「妳呢？」池溫文眼中帶笑，看著她一臉嬌羞，將她擁進懷中，繼續問道。

夏魚本來想嘴硬說不想的，但是不知怎的說出來的話就變了。「想，唔……」

話音未落，夏魚就被一個溫熱的薄唇覆上。

她感覺自己就像一條游魚，被引著在水裡到處游來游去，漸漸地連呼吸都變得急促起來。

她腦子裡懵懵的，只有一個想法，都到這一步了，要不要開車？開童車還是野車？算了，都到了兩情相悅之時，有什麼不好意思的。

雖然她上輩子沒談過戀愛，但也不妨礙她知道男歡女愛之事。

夏魚挪了挪身子，鑽進池溫文的被窩裡。但她突然又想起一件事，池溫文自小離開池府，並沒有人教他男女之事，他行不行啊？

她推開池溫文，真誠發問道：「後面的流程你會嗎？」

你儂我儂的氣氛一下被打斷，池溫文深吸了一口氣，咬牙道：「會！」

「誰教你的？」夏魚好奇地追問著。

「在畫本子上看的！」

「原來你也會偷看那種書，哈哈哈哈……」

夏魚的笑聲猶如魔音，響徹整個院子。

兩人的關係跨出一大步，早上一齊從屋裡走出來，李華登時覺得氣氛和以前不大一樣。

夏魚最是藏不住小心思的，她臉上帶著嬌羞的紅暈，粉唇紅得有些不自然，眼中流露出的甜蜜毫不掩飾。

池溫文的心情似乎也不錯，看到洪小秀在玩布老虎，竟然主動上前教她認了兩個字。

李華抿嘴一笑，還真是小別勝新婚！

由於書院只放假兩日，兩人還沒來得及多甜蜜一會兒，池溫文就不得不帶著夏果再次踏上了去書院的路。

夏果得了范襲的囑咐，臨走前，從家裡包了一大份新鮮出爐的滷味給他帶去。

不過，范龔還囑咐了他，這件事千萬不能讓池溫文知道。

夏果只好疊了個小包裹，假裝揹了幾件換洗衣裳，把滷味藏在中間。

要說范龔為什麼不找池溫文？因為他知道，找池溫文就等於找了個奸商，他會想盡一切法子拔光自己的羊毛，倒還不如叫心眼實在的夏果幫他帶。等他得空去了食肆，再把銀錢結了。

路上，滷味的肉香和夏果形影不離，儘管他盡可能跟池溫文保持距離，可香味依然飄到了幾里地之外。

走到半路，夏魚鬱悶地朝四周張望著。「怎麼一路我都聞到有肉香啊？這兒也沒有賣熟食的攤子跟著咱啊。」

夏果心虛地低著頭，一言不發。

池溫文指了指夏果肩上的布包，悠悠道：「賣熟食的在這兒呢。」

夏果畢竟年齡小，被揭穿後嚇了一跳，立刻結結巴巴道：「不、不是，這是范先生讓我帶的。」

夏果說完，在心裡默默哭泣。范先生，這不能怪他，要怪就怪這包滷味實在太香了，他盡力了。

夏魚湊過去嗅了嗅，果然，夏果的小布包裡散發著濃郁的滷肉香味，她奇怪道：「帶就帶唄，怎麼還藏起來？」

夏果偷偷瞄了池溫文一眼，沒有說話。

池溫文瞧見夏果的小動作，一點也不驚訝，問道：「范先生叮囑你不讓我知道？」

夏果點了點頭，眨著無辜的眼睛。

「行了，現在我知道了，東西給我，我給范先生送過去。」池溫文面上風輕雲淡，心裡卻計量著要用這包滷味換幾天假期合適？

第三十五章

夏果正發愁該怎麼面對范先生，聽到池溫文說要幫忙送過去，急忙把布包從肩頭卸下遞了過去。

夏魚不懂范龔為何要瞞著池溫文，便繼續問道：「范先生為什麼不讓你知道？」

「可能怕我給他拿得少。」

夏魚絲毫沒有懷疑。「原來是這樣啊！」

到了竹喧書院，夏魚目送兩人進了院子，才轉身抬腳往回走去。

路過擺攤的肉鋪，夏魚瞧見桌腳下扔了一個小腿高的竹筐，筐裡裝的盡是大腸、小腸之類的下水之物。

這些東西大酒樓是不收的，有錢人根本不會點；小食肆也不愛收，做得不好就會有一股怪味，所以賣得很便宜，幾乎是給錢就賣。

她的腳步不由得停了下來。「老闆，大腸怎麼賣？」

沒有處理過的大腸確實不招人喜歡，但如果做得好，吃起來就又香又有嚼勁。

做成滷肥腸可切片直接吃，涼了後若是加上一把麻椒和乾辣椒回鍋，做成一盤油光紅亮的煸肥腸，更是下飯又饞人。

肉攤老闆彎腰把筐子拉出來，用腳踢了一下。「一筐二十文，裡面的小腸一併送妳了。」

還送小腸？小腸也好呀，可以做成腸衣灌香腸，正好她還想將滷味熟食的種類做得多一點。

夏魚果斷答應了下來，讓夥計送到城西的宅院去。

李華正在廚房裡帶著兩個短工處理雞爪、鴨子和生肉，見她買回一筐下水，不解問道：「妞妞，妳買這麼多下水做什麼？」

夥計將下水倒在一個大木桶中，夏魚給他付了錢，抬頭笑道：「我準備做肥腸。」

一旁矮瘦的王大娥面上浮出難以描述的表情，連忙道：「妹子，這東西可不好吃，過年時我做過，一家人捏著鼻子都沒吃一塊。」

夏魚道：「這個呀，得處理乾淨了才好吃。」

來幫工的王大娥和趙蓮皆是一臉不相信。

夏魚往桶裡添了些水，盯著這一大桶下水，不由陷入了沈思。

大腸和小腸處理起來很麻煩，現在請的兩個短工肯定空不出手幫她處理這些東西，還是再請兩個人來幫忙才好。

片刻後，她對李華道：「李嬸，等會兒妳去看看，找兩個人來幫忙處理下水，如果有人願意做，我多付他們一倍工錢。」

考慮到可能沒人願意做這種髒活，夏魚臨時把工錢加了一些。

一聽到能多給一倍的工錢，王大娥和趙蓮都心動了。王大娥問道：「妹子，我願意做，妳看成不？」

趙蓮跟著道：「我也想做，妹子，我不嫌髒。」

有現成不嫌髒、願意做這活的人自然是好，也省得李華再挨個兒問別人了。

夏魚笑著點頭道：「好，那我現在就教妳們怎麼把這些大腸和小腸清洗乾淨。」

李華將處理了一半的生肉挪到一旁，給幾人騰出個空隙。

夏魚給王大娥和趙蓮一人一副大腸和小腸，開始跟她們示範起來。

小腸和大腸的處理方法完全不一樣。小腸需要用刀背將裡面的肉泥刮出，一遍又一遍直到刮乾淨，再泡在鹽水中保存；而大腸則是要加麵粉、白醋和食鹽兩面揉搓，將油脂處理乾淨。

兩種處理方法都很考驗人的手法和耐心。

好在王大娥和趙蓮都不是笨拙之人，夏魚只教了她們一遍，兩人就記得差不多了。

李華雖然在廚房另一側清洗著生肉，但也時刻關注著夏魚那邊的動靜，心下也將處理方法記了個大概。

這樣就算夏魚不在，她也能知道幫工們有沒有偷懶少了步驟，或是大腸和小腸處理得乾不乾淨了。

待兩人徹底上手後，夏魚起身吁了一口氣，跟李華道：「李嬸，明天妳還得找兩個人來，不然這一堆肉就沒人處理了。」

地上的幾盆肉雖多，但也不是難處理的，只是自從能請到人幫忙後，夏魚也就變得不愛收拾這些雜七雜八的事了。

不過今天的人手不夠，她還是得動手幫忙清洗這些東西。

忙碌了一個下午，處理好的大腸經過焯水後，終於可以跟別的食材一樣享受老湯滷煮的待遇了。

夏魚給王大娥和趙蓮結了工錢，兩人沒急著走，心裡好奇又期盼，想看看自己處理完的大腸真的好吃嗎？

大腸上鍋，夏魚又開始研究起香腸的配料。

王大娥看到夏魚一點也不避諱，當著她和趙蓮的面，又是往碗裡加酒，又是加白糖的，便開著玩笑。「妹子，妳這也不怕我們偷師啊？」

夏魚笑了笑。「不怕。」

李華笑道：「妞妞這配方可不是誰都能學會的，糖和鹽都是固定的量，多一點少一點都影響味道，更別提其他的香料了。妳要真能學會，那也是妳的本事了。」

王大娥哈哈一笑，將視線移開。「我要有那本事，也去開酒樓了。」

幾人談笑間，滷肥腸也做好了。

夏魚撈出一截醬色鮮亮的肥腸，在案板上切成一段段的圓圈，盛盤後遞給李華幾人。

「嚐嚐怎麼樣？」

剛出鍋的肥腸還冒著騰騰熱氣，味道又香又奇怪。說是臭味吧，可是和滷汁的香味融合在一起並不臭；但要說不臭，滷香中又夾雜著一股特殊的味道。

李華知道夏魚的手藝，她先挾起一塊肥腸放入口中。

肥腸入口軟嫩厚實，肥而不膩，嚼起來很是彈牙，吃在嘴裡又香又臭，但卻莫名的好吃。

「妞妞，沒想到大腸也能做得這麼好吃！」李華吃完，又挾了一塊放入口中。

其實王大娥和趙蓮在肥腸出鍋時，聞到那一陣陣香味就受不了了，但是心裡總是有一道過不去的檻，所以遲遲沒有下筷子。

這會兒看到李華吃得停不下來，再也顧不得什麼了，紛紛挾起肥腸放入口中。

兩人吃到肥腸的那一刻，眼睛都發出異樣的光彩，沒想到大腸做出來竟然這麼好吃！

「妹子，我真是服了妳這手藝！」王大娥豎起大拇指誇道。

趙蓮也跟著點頭。「難怪妳家食肆門前整天排隊呢，真是太香了。」

最後，兩人走的時候一人買了一截肥腸，要帶給家裡的人也嚐嚐。

待王伯、白小妹和洪小亮從食肆回來後，迎接他們的便是一桌豐盛的肥腸宴。

滷肥腸、乾煸肥腸、肥腸豆腐煲、酸筍炒肥腸……

洪小亮站在正屋門口就看到那桌各式各樣的肥腸，他驚得下巴都掉了下來。「姊，咱們食肆最近的生意還行啊，也沒窮到吃下水的地步。」

洪小亮對大腸有著極深的陰影。

在他還沒去鎮上找活計的時候，曾幫村裡的一個大伯幹農活，那個大伯買不起肉，就喜歡買大腸做菜吃。

洪小亮在他家幫忙時，幾乎頓頓都有大腸，而且大腸的味道極重，熏得他連飯都嚥不下去。

所以當他看到一桌的肥腸時，立刻想起那段痛苦不堪的回憶。

白小妹洗了手，瞥了他一眼。「都這麼長時間了，你還不相信嫂子的手藝嗎？」

洪小亮是想誇，可他真的誇不出來啊，他只想哭。

一群人都入座吃飯了，洪小亮還站在門口遲遲邁不開腿。

「小亮，你幹麼呢，還不進來吃飯？」夏魚在屋裡問道。

一陣刺骨的冷風吹過，洪小亮不由得哆嗦了下。「姊，我、我有點熱，在院裡涼快一會兒。」

最後，洪小秀端了個小碗出去，給他遞去一段乾煸肥腸。「哥哥，好吃！」

面對洪小秀天真烏亮的眼眸，洪小亮實在不忍拒絕，屏著氣息將肥腸放入口中。

奇怪？怎麼又麻又辣，軟軟彈彈的？而且入口湯汁迸濺，香中帶臭，臭中有香，吃過後讓人欲罷不能，比想像中的滋味好吃百倍。

自打賞菊會過後，有餘食肆烤鴨的銷量日漸增多。

一開始，城中也有不屑去城西的人，不過在忍了幾日後，實在忍不住對烤鴨的思念，可無奈城中的大酒樓又做不出這個味道，最後，只能拉下面子專門跑去城西一趟，就為了買一隻烤鴨。

藉著烤鴨的熱潮，夏魚順利將肥腸也推到了人們的飯桌上。

肥腸味美價廉，成了普通人家最喜歡的一道菜。而那些高門貴戶，雖口上嫌棄肥腸不乾淨，說著不要、不吃，私下卻讓下人去買的次數最多。

夏魚都看過不少次好幾戶跑腿的小廝呢。

不過人家不願往外說的事，她自然也不會多嘴喊一句「喲，這不是張員外家的富貴嗎」。

這日，北風凜冽，吹得人頭皮直發麻。

夏魚將厚重的棉布簾掛在門上擋風，還沒過一會兒，就湧來不少的食客。

「王伯，來二兩滷肉、五個雞爪、三截肥腸……」

說話的人搓了搓凍僵的手，在嘴巴上哈了口熱氣。「天真冷。」

「是啊，眼瞅著就入冬了，日子一天比一天冷哪！」王伯熟練地上秤收錢，動作一氣呵成。

夏魚聽著兩人閒聊，惆悵地望向門簾。

現在她手頭好不容易攢了些銀錢，想換間大的鋪面，可往牙行跑了兩趟都沒有合適的地方。

城中鋪面小店居多，換了過去跟現在沒什麼區別；面積稍大點的店鋪位置都在城郊，每日光是去集市採買都得跑上半天的路程，實在是不稱心。

客人走了一撥又來一撥，夏魚和王伯一上午都沒歇口氣，眼瞅快到中午飯點了，一下子湧進三、四個人，將狹小的屋子擠得滿滿當當。

「你們食肆的滷味有問題！」為首的婦人外披白色孝服，紅著眼眶，怒氣沖沖地望向夏魚。

夏魚放下手中的油紙，疑惑道：「大嬸，妳這話是何意？」

婦人被這麼一問，立刻聲淚俱下，嚎啕大哭道：「我男人就是吃了你們這兒賣的肥腸，昨夜腹痛一宿，今早、今早人就沒了！」

正在挑滷味的食客臉色一變，擺了擺手。「我想起家中還有事，改天再來。」

後面排隊的幾人也猶豫了一會兒，跟著相繼離開，只留下五、六個看熱鬧的人。

夏魚盯著婦人，等著她的後續，可她再也沒有說話，只是一個勁兒的哭，連賠錢的事都沒提。

夏魚解開繫在身上的襜衣扔在桌上，問道：「妳男人在哪兒呢？帶我去看看。」
她一天賣好幾鍋的肥腸，已經賣了一陣子，這還是第一個出現腹痛致死的客人。
婦人拿出一條嶄新的絲綢帕子，抹了一把眼淚，指著門口道：「就在屋外面，不信妳出去看看！」
「妳把妳家男人的屍體拉來了?!」夏魚的眼睛瞪得溜圓，難以置信的盯著婦人。
她只覺得這婦人有病，男人都死了，不老老實實地放靈堂裡供著，反而把屍體拉去大街上，也不嫌瘮人。
她有些懷疑這婦人是來鬧事的。
婦人面色不善。「是啊，在妳家吃死的人，當然要拉到妳家門口了。」
夏魚狐疑道：「吃死人妳為什麼不報官？」
婦人一愣，明顯沒想好該怎麼回答這個問題。
跟著婦人來的一個小老頭長得賊眉鼠眼，他見婦人沒反應過來，立刻替她答道：「我們要讓大家都知道，妳家賣的東西有問題，不能讓別人也上當了！」
「對、對，就是這樣！」婦人使勁點了點頭。
夏魚掃了一眼這幾個穿著孝服的人，掀了門簾就走出食肆。
王伯一時拿不定主意，他立刻進廚房喊了洪小亮，叫他搭輛馬車快些去書院找池溫文回來。

如果這人真的是吃自家食肆的東西死了，那夏魚可是會被關進大牢的，得快些叫池溫文回來才行。

有餘食肆的門口聚著一大群人，他們見夏魚從屋裡出來，便下意識地讓出一條道，議論的聲音也戛然而止，質疑的目光猶如把把利刃，紛紛刺了過去。

夏魚大步走上前，看了一眼躺在破草蓆上的人。

只見這人身上蒙著一層白布，露出一雙沾滿泥巴、穿得變形了的粗布鞋，看不出長什麼模樣。

婦人跟在夏魚身後走出來，見到地上的死人，一下便跪倒在地，趴在屍體上痛哭起來。

「孩兒他爹，你死得好慘啊！」

「把他身上蒙的白布掀開。」夏魚在一旁淡淡道。

「什麼？」婦人猛地抬頭，不明白夏魚有何用意。

夏魚道：「不讓我看見人，我怎麼知道他是真死還是假死？」

婦人來之前只接到交代讓她演戲，並沒有說草蓆上的人是生是死，她的心裡也不確定。

「這是假死？」人群中有人發出質疑的聲音。

「不知道啊。等會兒掀開白布不就知道了。」

看熱鬧的人好奇心被吊得更高了。

婦人難為情地看了一眼躺在地上的人，磨蹭了一會兒，突然哭的聲音更大了。「我男人都死了，妳還讓大家都看他的屍體，讓他不得安寧，妳有沒有良心啊！」

夏魚覺得自己是不是聽錯了話？她好氣又好笑，越發覺得這婦人在找茬了。「大嬸，妳說這話不心虛嗎？把妳男人從靈堂拉到大街上的人可是妳啊，到底是妳不想讓他安寧還是我？」

婦人無理取鬧道：「要不是吃了妳家的滷肥腸，我男人會死嗎？肥腸那骯髒玩意兒是人吃的嗎？」

婦人說這話，在場的人可都不愛聽了。

他們幾乎都吃過有餘食肆的肥腸，還很喜歡吃，但讓這婦人說成骯髒玩意兒，話裡話外還透著鄙夷，著實讓人聽了不爽。

賊眉鼠眼的小老頭走上前，勸道：「弟妹，妳別傷心啊，妳要是跟著去了，我大姪子可怎麼辦啊，他們要看就讓他們看看吧。」

婦人得了指示，用帕子沾了沾眼角，顫抖著手將蒙著的白布掀開。

躺在草蓆上的是一個四、五十歲的中年人，他確實死了，死得透透的，灰白色的皮膚讓人看著就心驚膽戰。

婦人害怕得緊，掀到一半，像是躲瘟病似的把白布甩到一旁。

白淨的布搭到他髒兮兮、皺巴巴的舊衣服上，對比格外的鮮明。

「看完了，妳蒙上吧。」夏魚忍著反胃道。

這是她第一次看見死人，說不害怕那是假的，但現在這命案關係到她，她只能強裝淡定，不能亂了方寸讓人乘虛而入。

婦人聽到夏魚讓她再把白布蓋上，整個人都要跳起來了，這是她第一次接觸真正的死人。

以前幫池旭陽做事，頂多就是撒潑鬧事，讓人家生意做不下去，從沒玩過這麼大的。

婦人求助的目光望向身後的老頭，老頭微抬下頷，示意她照做。

這些夏魚都看在眼中，心中也明白了，那個賊眉鼠眼的老頭才是主心。

婦人想到那一匣子的珠寶，心一橫，拎起白布的兩個角，閉著眼往上蓋。

圍觀的人只當她是悲痛，不願再看到自己丈夫的屍體。

等她將白布蓋上後，夏魚嘆了一口氣。「大嬸，報官吧。」

她已經肯定，這個婦人和地上躺著的男人沒有任何關係了。

婦人和跟著她來鬧事的人齊刷刷地抬頭看向夏魚，一臉錯愕。

這時候不是該問他們用多少銀子才能解決這事嗎？而且他們也沒打算報官。

婦人想了想池旭陽的交代，道：「不行，妳得先賠我五百兩銀子。」

池旭陽的目的就是讓夏魚害怕自己攤上命案，然後乘機勒索她一筆，再讓她的食肆臭名昭著，讓她在東陽城待不下去。

夏魚呵呵一笑。「去衙門報官。」

婦人決定賴定了。「賠錢！」

「死了人不報官，先叫賠錢的事我還是第一次見。」夏魚笑道。

她的一番話惹來眾人哄堂大笑。

賊眉鼠眼的老頭沒想到夏魚是個不上套的，便上來勸和。「老闆啊，上衙門對妳沒有一點好處，不然咱就兩人各退一步，妳破點財，我們不去報官。」

「是啊、是啊，去報官妳可得坐大牢了，不划算。」跟他們一夥的另一個中年男子勸道。

兩人一唱一和，說得夏魚真要去坐牢了似的。

然而，夏魚卻毫不動搖，若是真賠了錢，就等於她變相承認她賣的吃食有問題，那才是有口說不清。

拉扯間，竹暄書院的馬車驟然在街頭停下，池溫文和范襲依次下了馬車。

池溫文一眼便看到了站在寒風中的夏魚，他踱步走上前，拉住夏魚早已凍得冰涼的手。

「怎麼了？」

夏魚朝地上的草蓆抬了抬下巴。「說吃咱家的肥腸吃死人了。」

「不可能！我天天吃他們家的肥腸都沒事。」范襲隨後而來，中氣十足的聲音震天響。

「怎麼不可能，人都在這兒躺著呢！」婦人朝范襲吵吵嚷嚷道。

「我讓報官，他們非不讓報，硬要我賠錢。」夏魚三言兩語將事情說了個明白。

池溫文和范襲也都一下反應過來這些人是來訛人的，哪有死了人不讓報官的。

「我男人死了，沒找你們賠命都算好的了，賠點錢還不願意。」婦人看他們人多，心裡有些急了。

夏魚走過去一把掀起那蓋著死人的白布，努力不看過去，道：「大嬸，妳跟地上躺的這個人根本不是一家的，對吧？」

婦人的心一下提到了嗓子眼，偷偷看了一眼身旁的老頭，然後僵著脊背心虛道：「妳、妳胡說什麼，妳憑什麼說我們不是一家的？」

池溫文掃了屍體一眼，隨即明白了夏魚的意思。

他淡然道：「地上這個人衣衫破舊，滿身泥污，不僅鞋子、衣服上有泥巴，就連指甲縫裡也有泥巴，可見生活不富裕，平時沒少做農活。」

說完，他又斜眼打量了婦人一番，道：「而妳，雖然身上穿著孝服，看不出裡頭的衣物，但是妳手中拿著的絲綢帕子一看就不是平常人家該有的東西。」

第三十六章

婦人神色一慌，餘光瞥見老頭那殺人的目光，趕緊把帕子塞進袖筒。「這、這是我撿的……」

這帕子是昨天池旭陽的夫人王枳賞她的，她因為喜歡極了，就貼身帶著，沒想到現在卻成了她最不想看見的東西。

「撿的？還有這種好事？妳在哪條街、哪個店門前撿的？我也去撿一條。」范龔說起話來也是絲毫不饒人。

「就在城中，陽香酒樓門口。」婦人腦袋裡一片混沌，張口就把池旭陽的店址給報了出來，想著如果有人去查，池旭陽能幫她圓謊。

賊眉鼠眼的老頭一聽都快氣炸了，哪有把自己東家報出去的道理，東家想壞這家人，必是跟他們有仇，婦人這麼一說，他們肯定就知道是東家做的手腳了。

陽香酒樓？夏魚和池溫文相視一望，兩人心裡都有了底，總算知道是誰想要害他們了。

最後，范龔的小廝找來衙門的捕快，一行人從城西又轉移到了城南的府衙。

這一路上，吸引不少看熱鬧的人，人群如滾雪球般越滾越大，越來越多。

婦人的幾個同夥中途想要回去通風報信，都被池溫文揪了回來。

池府中，池老爺和王氏正抱著自己的大孫子歡喜得緊。

池旭陽看老兩口心情不錯，便站在一旁，吹著耳邊風道：「爹，娘，慧雲這次為了生大寶哥兒，可是差點丟了半條命，我覺得還是把她的位分抬一抬吧……」

「這事想都別想！」王氏橫著眼，打斷他的話。

當初為了不讓池家骨肉流落在外，又能保住王氏一族在池家的地位，她才想了個法子，讓慧雲無名無分地進府，連個姨娘都算不得。

「可是，慧雲畢竟是大寶哥兒的親娘啊！」池旭陽著急了。

慧雲是他成婚第三個月，在外收購一家食肆時認識的老闆娘。

那時她雖然已為人母，卻依舊風華絕代，妖豔如花，舉手投足間都流露著魅人的韻味。更絕的是她彈得一手好琵琶，纖纖玉手一撥，便是一首悠揚顫心的曲目。

池旭陽素愛聽曲，更愛聽由美人之手彈奏出的樂曲，慧雲兩廂俱全，一下便擊入池旭陽的內心。

想起家中那個容貌並不出眾，也無才情的表妹，若不是王氏相逼，他是斷斷不會娶王枳那般寡淡的女子為妻的。

有了王枳作比較，過沒幾天，池旭陽便和慧雲私會在一起了。

就在幾個月前，慧雲的相公生了一場大病去了，池旭陽就直接將身懷六甲的慧雲帶回家來。

而慧雲因為身子弱，胎兒不足八月便落了地，孩子一出生，直接就被王氏抱走了，母子兩人至今都未見過面。

王氏瞧著懷裡睡得正香的嬰孩，道：「此事沒得商量，往後枳兒便是大寶哥兒的親娘，你自己記好了。」

這也是王枳同意慧雲入府的條件。她與池旭陽都成婚兩年多了，肚子還沒有一點動靜，就算王氏不急，她都急得不行了。

而眼下有個現成的孩子給自己，還是有著池家血脈的孩子，王枳自是樂得高興，只要這孩子沒了娘，她就是他的親娘了。

「行，孩子給王枳養，但是慧雲的位分也要有。」池旭陽哪裡知道兩個婦人對慧雲存了歹毒的心思。

他只覺得孩子給誰養都一樣，最重要的是他要和慧雲光明正大的在一起。

「一個青樓女子有什麼好的，誰知道她以前被多少人用過？我允許她在府裡生孩子已經夠寬容了，今後你就把她忘了吧！」過橋抽板、卸磨殺驢說的就是王氏。

「忘了？我怎麼可能會忘了她？」池旭陽一臉苦澀道。

「明天我會找個說辭將她送去莊子，時間久了你就能忘了。這樣不潔的女人不能進我們池家的門。」王氏不冷不淡地說道。

池老爺對王氏的話表示贊同，這樣的女子確實不能進到池家。

池旭陽驚得一愣，才回味過來王氏的意思，吼道：「慧雲才剛生完孩子，妳就要把她送走？妳這不是逼她死嗎！」

王氏自當沒聽見他這話，笑著讓池老爺摸摸大寶哥兒的小臉。

池旭陽發瘋似的咆哮了一聲，王氏懷中的嬰孩被驚醒，哇哇哭個不停。

「你個挨千刀的叫什麼叫！」王氏狠狠剜了他一眼。

池旭陽猛地奪過大寶哥兒就摔在地上，啼哭聲戛然而止。

池老爺和王氏都還沒有反應過來，地上便暈開一灘鮮血，兩人大腦一片空白，站在原地都驚住了。

池旭陽雙目猩紅，狀似癲狂，手指顫抖地指著王氏道：「妳不讓我和慧雲在一起，就休想搶走我們的孩子！」

這時，一隊衙役隨著捕頭破門而入，正巧看到這一幕駭人的情景。

捕頭立刻拔刀指向發瘋狀態的池旭陽。「池府池旭陽，涉嫌兩起關天命案，帶走！其妻王枳，涉嫌參與農戶張來案，搜！」

話音一落，幾個佩刀衙役便滿院子搜人，最後在王枳的院中將她逮捕。

王氏看到自己的兒子和兒媳都被抓走，這才幡然回神，抓住捕頭的袖子，求道：「官老爺，我兒是無辜的，剛才不過是我遞孩子時不小心失了手，孩子才掉到地上的——」

比起一個不到百天的嬰孩，當然是自己兒子的命最重要。

「我眼睛不瞎，耳朵也沒聾！」捕頭冷冷一哼，虎毒尚不食子呢，他就沒見過下如此狠手的親爹！

王氏急忙褪下手腕上的金鐲子和頭上的金簪子，一併往捕快的懷裡塞，哭道：「大老爺，求求您了，我兒真的不是故意的！」

捕快見自己人已經把王枳帶了出來，也懶得理會王氏，直接甩手走出池府，金鐲子和金簪子「哐啷」掉得到處都是。

池老爺早就呆在了原地，不知所措。

就在之前，婦人和她的三個同夥被帶到衙門後，幾人死咬著張來就是吃了有餘食肆的肥腸才死的。

衙門的人身經百案，怎麼可能看不出婦人是在訛人？但是他們本著大事化小的想法，也想著勸和，讓夏魚賠點錢完事。

可是夏魚不甘，非要驗屍給個說法。另一方面，范龔也亮出了身分，驚動了知府柳大人。

柳大人迅速讓人審了案子，婦人和她的同夥經過一番恐嚇，嚇得不用細問，便紛紛吐露幕後的主使人就是池旭陽和他的妻子王枳。

那個賊眉鼠眼的老頭便是池旭陽身邊的人，他知道的事情經過最清楚。

夏魚因為烤鴨，名聲在城中大起，池旭陽自然也得知他們夫妻來到了東陽城，他還查到了池溫文去書院讀書，有意參加明年的秋闈。

池旭陽怕池溫文真的會考上，池家被搶走，於是就下了狠心，決定讓有餘食肆聲名狼藉，讓池溫文和夏魚滾出東陽城。

打定了主意，池旭陽便開始尋找合適的人選。

張來是周邊村子的一個孤寡老人，無依無靠，僅依著幾畝地生活。

池旭陽從旁人的口中聽說了他，就把目標定在他的身上，這樣的人就算突然失蹤，也不會太惹人注意。

於是，他故意在張來進城賣菜時打翻他的菜筐，然後用請客的方式賠禮道歉，兩人在一家小飯館喝得酩酊大醉。張來醉後，池旭陽便將他帶到自己的外院，給他灌了致死的毒藥。

好巧不巧，王枳出來捉姦，遇到了從外院走出來的池旭陽，池旭陽滿身酒味，她以為池旭陽又養了女人，就跟他一番哭鬧。

池旭陽被她煩得沒有辦法，就把自己的計劃告訴了她。王枳一聽說池溫文要把池府搶回去，當然不甘了，她跟池旭陽一起找到了婦人，讓婦人演一場戲。

為了讓婦人演得更賣力點，王枳還賞了她一方新帕子。

事情水落石出，不僅查出池旭陽殺人殺子的案件，還連帶查出池家有匿稅的情況。

池旭陽被關進大牢等候問斬，王枳被打了二十大板，王氏一夜白了頭，池老爺依舊心慌慌不知所措。

慧雲失了孩子，哭得昏天暗地，但她還有個四歲的女兒，就算再難熬也得熬。

這件事過後，池溫文立志要考出個功名，當大官，不能再任由別人這麼明目張膽地欺負自家人。

有餘食肆的嫌疑被洗清，同時，大家也都知道了德高望重的范先生也喜歡吃肥腸。

一時間，肥腸的熱度在城中居高不下，再也沒有哪家高門大戶的老爺偷偷摸摸的吃肥腸了。

不少酒樓、食肆的老闆都找到夏魚學習處理清洗大腸的方法，把肥腸也引進自己的店裡。

冬日的天空中飄起了小雪花，落地即化。

夏魚穿著厚實的棉襖，把自己裹得比粽子還嚴實，再一次踏入牙行的大門。

「六子，城中有合適的大鋪面嗎？」一進門，夏魚就叫著牙行夥計的名字。

那些大鋪面的店鋪，基本都是百年老字號，一時半會兒難黃，排隊等鋪子的人也多。

為了能早點換間鋪面，夏魚還專門拿出食肆賣的香腸來收買牙行的夥計套實話，但依舊無果。

六子發愁地搖了搖頭。「老闆，等有空出來的鋪子，我一定去通知妳。」

夏魚嘆了一口氣，便失望地離開了牙行。

回到食肆，白小妹給她遞了一個銅製的暖手壺，讓她暖和一下。

夏魚剛將壺外的棉布包好，白慶就一臉春風地進了屋門，將她拉進廚房裡。「妹子，跟妳說件事。」

夏魚不知他為何把自己拉進廚房，奇怪道：「白大哥，什麼事呀？」

「池家因為匿稅，官家要將陽香酒樓賣掉抵稅，優先自己人，一千兩銀子，妳想要不？」

夏魚眼睛一亮，這不就是打著瞌睡找枕頭的事嗎？如果陽香酒樓公賣的話，最低得三千兩銀子起跳，眼下這一千兩的價格簡直太合適了！

不過她手裡只攢了二、三百兩銀子，剩餘的銀子該怎麼辦？

雖說陽香酒樓優先官家自己人買下，夏魚很心動，但她還是有些顧忌。「白大哥，東陽城當官的人可不少，輪得到我搶嗎？」

白慶朝她揚眉，爽朗一笑。「輪不到妳我來這兒幹啥？」

「什麼意思？」夏魚仍舊一頭霧水。

「前日，京城來了個大官巡查民情，一時半會兒走不了。」白慶神神秘秘壓低了聲音。「城裡那些當官的，誰敢一下子拿出這麼多銀子盤下酒樓，那不是送上門讓人暗查嗎？」

夏魚登時明白了他的意思，這些當官的，但凡手頭有大把閒錢的，誰私下裡沒點見不得人的事？

京城來的人可是下手極狠的，但凡揪到誰的一點錯誤，必會將芝麻大的小事無限放大。所以安全起見，那些人只好選擇放棄，眼巴巴瞧著一塊肥肉吃不到嘴裡。

而那些清清白白的好官也沒那麼多銀子盤下酒樓，這機會自然輪到夏魚的頭上。

白慶想了想，又補一句。「不過，現在只是簡單的報個名，要是想買酒樓的人多，還得再篩選。」

「好，白大哥，你幫我報個名。」夏魚堅定地點了點頭，這個機會她一定要把握住。

「那好，等有了消息我再來通知妳。」白慶說完，還沒等夏魚留他吃飯，便離開了食肆。

夏魚一邊打包秦府預定好的十隻烤鴨，一邊發起愁來。

現在食肆的生意是好了，靠烤鴨和滷味熟食可以日入幾十兩銀子，但是想要在幾天內賺夠剩下的銀子可是太難了。

而且白慶也說了，現在還只是報名階段，難保有其他人跟自己一樣也收到了內部消息，搶先一步報了名。

萬一下一步是拍賣呢？那她要賺的銀子可得更多了。

「老闆，真是不好意思，我今天出門著急，忘了帶銀子，一會兒再給妳送來。」一個來買烤鴨的人面色焦急地跟夏魚說道。

夏魚點頭笑道：「沒事，不用著急。」

待那人匆忙離開，一個念頭忽然在夏魚的腦海中閃過——

辦卡！

前世，大街小巷的店鋪都有辦儲值卡的活動，那她為什麼不能在這個時代也發揚一下？存五十兩銀子送五兩，存一百兩銀子送十二兩，這優惠活動聽著都讓人心動。

而且，辦卡不僅可以暫時緩解食肆的窘境，也方便了食客，就算客人來買飯菜時不帶錢都行，直接從帳上扣款。

夏魚覺得自己太厲害了，怎麼能想到這樣精妙絕倫的主意呢！

說辦就辦，晚上食肆關門後，夏魚就讓王伯寫了幾十張內容一樣的紙張，上面詳細描述有關儲值活動的相關內容和獎勵，下面署名有餘食肆。

這些便是夏魚準備的傳單，隨著預定的烤鴨發送到大客戶們的手中。

傳單有了，夏魚開始著手畫儲值卡的圖樣，明天找鐵匠打些銅牌。

這張卡夏魚不想做得太廉價，也不準備做太多。

當她把圖紙展示給王伯幾人看時，正堂裡立刻安靜了下來。

王伯搖頭道：「一個銅製的牌子幾乎要二兩銀子，太貴了。」

「是呀，妞妞，做個牌子也太貴了吧。」李華跟著道。

萬一沒人辦卡，那找人打好的儲值卡不就白白浪費了嗎？這樣投入的風險太大。

「要的就是貴呀！」夏魚解釋道：「這樣才能突顯客人的特別。那些公子哥兒和小姐們不是素愛攀比嗎？但凡有一個擁有，那就是矚目。打開了一個市場，還怕沒人跟著辦嗎？」

不過前提是卡要精緻、另類、矚目，不然隨便一個破木牌誰稀罕炫耀？

洪小亮站在夏魚的身旁，點頭道：「我覺得這個方法挺好，儲值一百兩銀子送十二兩，那可是白白送他十二兩的菜呢，特別適合張二公子這種愛請人吃飯的常客。」

這個想法和夏魚不謀而合，她第一個想到的人也是張茂學。

第二日，洪小亮一早便跑去鐵匠鋪子，督促製卡。

夏魚將儲值活動的傳單貼在進門處，引得不少人圍著觀看。

「這儲值活動是個什麼東西？」一個年輕婦人聽到旁邊人的議論，忙插話問道。

「這上面寫了，在食肆裡辦卡，存五十兩銀子送五兩，相當於辦一張五十兩銀子的卡，裡面有五十五兩銀子可花。」旁邊的人好心跟她解釋道。

「那個一百兩的合適，充一百兩，就等於有一百一十二兩銀子可以花了。」身後不知誰跟著說了一句。

年輕婦人有點心動，可是她手頭又沒那麼多錢，心動也沒用。她無奈地搖了搖頭，走去櫃檯買了些便宜的滷味。

有餘食肆的辦卡活動如春風般迅速傳到城中。

面對這麼多的優惠，窮人心動，富人觀望，畢竟還沒有人去試過，誰知道有餘食肆會不會突然黃了跑人？

也有商人看透了更深一層的意思——提前預支，這對自己的生意無疑是利大於弊，如果客人在自家辦了卡，那就根本不用擔心同行把客人搶走了。

是以城中不少商人也跟著動了心思，甚至有速度快的也跟著貼了辦卡公告，找匠人訂製卡片。

一早，張茂學接到夏魚遞來的書信，便坐著馬車來到有餘食肆。

「老闆，妳需要我幫忙做什麼？」一進門，張茂學就熟門熟路地鑽進廚房裡。

「張二公子，你來了。」夏魚正在切黃瓜，看到他來，便淨了手，給他搬了一張凳子。

廚房另一側，白小妹接過夏魚沒切完的黃瓜，繼續切起來。

夏魚笑了笑，道：「張公子，辦卡不？」

「辦什麼？」張茂學一臉懵。

他這兩天被大哥張修文逼著讀書，一直沒出門，還沒聽說過辦卡這事，進門時連門口貼的那張傳單都沒來得及看，就直接進了廚房。

夏魚拿出一張傳單遞過去，神秘道：「儲值卡，多儲多送，儲得多，優惠多。」

張茂學仔細地閱讀起傳單，馬上道：「辦！給我辦個五百兩的！」

夏魚特意找他幫忙，他豈有不捧場的道理？充五百送六十，足夠他在有餘食肆吃到天荒地老。

夏魚沒想到張茂學一下出手就是五百兩，震驚地問道：「你就不怕我這食肆半道黃鋪，把你的錢捲跑了？」

張茂學一笑，露出兩個小虎牙。「不怕，我家最不缺的就是錢。」

夏魚無語。「……」

「老闆，妳等著，我讓人把銀子給妳送來。」張茂學一副巴不得立刻把銀子送來的樣子。

自從張老夫人吃過有餘食肆的飯菜後，現在和張茂學已經成了口味相同的食友，連每個月給他的零用錢都翻了幾倍。

這都得感謝夏魚的好廚藝呢。

第三十七章

夏魚急忙攔住要去拿錢的張茂學，扶額道：「別急，正事還沒跟你說呢。」

「什麼事？」張茂學眨著無辜的眼，又重新坐了回去。

夏魚亮出一張黃燦燦的銅製卡片，上面雕花刻鳥，還有精美的鏤空設計，最中間印著「有餘食肆」幾個大字，讓人一看就覺得高貴又有品味。

「這就是儲值卡，你能不能適時地幫我宣傳一把？」夏魚來回晃了晃卡片。

張茂學會意，原來夏魚是想讓他幫忙宣傳啊，這簡直太簡單了！

「沒問題！正好今日傍晚有遊船會，到時候就看我的吧。」張茂學自信滿滿道。

下午，張茂學讓人送了銀子，拿著銅卡就直接去了遊船會。

遊船會在城東金河之上，是周家舉辦的，來的都是非富即貴之人。

張茂學一上船，周彩錦便帶著一群小姐圍了過來。「茂學哥哥！」

今日的遊船會畢竟是周家辦的，張茂學忍住要逃跑的衝動，咧出一個比哭還難看的笑容。「周二小姐。」

「哎呀，彩錦，妳和張二公子真是天造地設的一對璧人呀！」周彩錦的小姊妹抿著嘴笑道。

「是呀，妳看張二公子臉都紅了，肯定是對妳也有意思。」
「彩錦妳的眼光可真好。」
姊妹團嘰嘰喳喳地吹捧著周彩錦，淨挑她愛聽的話說。
周彩錦被誇得美滋滋的，一點也不覺得害羞，看向張茂學的眼神越發熾熱。
「周二小姐，荀虎他們在男賓那裡等我呢，我先過去了。」張茂學一臉尷尬，找了藉口就朝著男席走去，他今天還有任務在身，可沒功夫多陪周彩錦扯笑。
見他要走，周彩錦也沒有挽留，拉著小姊妹們跟在他的身後一道去了男席。
反正張茂學去哪兒，她就跟到哪兒，這也不是第一次了。
張茂學瞥了眼身後跟著的幾個小姐，無可奈何地嘆了口氣，要不是張家和周家還有生意上的往來，他一定撅了周彩錦的面子。
到了男席，不少人都朝張茂學吹口哨。「喲，來了還不忘把佳人也帶上？還是說你個草包想讓美人代你作詩？」
張茂學攥著拳頭，臉色鐵青。「吳公子慎言。」
他不介意被人說是草包，但他是真不想跟周彩錦扯上什麼關係。
遊船會是各家公子、小姐展示才情的玩樂場所之一，在這裡既可吟詩作對，又能博奕作畫，不少愛出風頭的富家子弟都樂意聚集此地。
張茂學最不喜讀書，來這種地方純粹是因為這裡提供的點心還不錯。

「茂學，過來！」張茂學的好兄弟荀虎在一個角落朝他招手。

張茂學不再理會吳家公子的諷刺，徑直朝荀虎走去。

周彩錦和她的小姊妹們卻被一眾公子哥兒圍起來搭訕。「周二小姐明日可有空？我在青山樓預定了一桌好菜……」

荀虎見張茂學面色不佳，攬過張茂學的肩頭，將他拽到裡頭的位子坐下，問道：「怎麼了？臉色這麼差？」

「沒什麼。」張茂學沒有提剛才的不愉快。

他從袖中摸出一張泛著黃色光芒的銅卡，問道：「兄弟，辨卡不？」

張茂學一將那張銅製卡片拿出，就引得不少人的注意。

「咦？這是什麼，還挺精緻好看的。」荀虎拿過卡片，細細看起來。

吳家公子坐在隔壁桌位，撇了撇嘴，大聲吆喝道：「不就是一張破卡片，有什麼稀奇的！」

聲音之大，引得男席和對面女席的人都看了過來。

張茂學從荀虎手中抽出卡片，故意捏著一角讓大家都能看清楚。「也沒啥稀奇的，不過是本小爺隨便花了五百兩銀子買的玩物罷了。」

五百兩？所有人都倒吸了一口氣。

雖然在座都不是窮人家，但要花五百兩買一張破銅片，也還是會捨不得的。

吳家公子臉色一沈，拿起面前的酒杯就將杯中酒一飲而盡。

他一個月頂多也就三十兩的零用錢，比財力可是比不過張茂學的。而他之所以瞧不起張茂學，純粹是因為自己比他多讀了兩年書。

女席之中瞬間譁然，一個眉清目秀的青衣女子款步走來，羞答答地問道：「敢問張公子這張卡是在何處買的？」

雖然她問的是卡，眼睛卻不時瞄著張茂學的人。人人都說要嫁個才華洋溢的才子，可她不一樣，她只想嫁個有錢人。

張茂學道：「這是有餘食肆的儲值卡，儲五百兩銀子送六十兩，以後去那兒吃飯不必花錢，直接記卡便可。」

「這不就是儲值錢的飯卡嗎？」吳家公子突然大笑起來，他還以為張茂學花錢買的是一張沒什麼用的卡呢，原來不過是有餘食肆的儲值卡。

這卡他也能辦，他娘最喜歡吃有餘食肆的豬蹄，一頓能吃兩個。只要他回家慫恿他娘，這卡明天他也能擁有。

張茂學呵呵一笑。「是飯卡啊，不過全城限量，只有二十張。」

一聽說全城只有二十張，女席有幾個小姐動了心思，如果得了這張卡，那她們在小姊妹的面前就又多了一件值得炫耀的東西了呢。

而且，聽說有餘食肆儲值最低檔是五十兩銀子，五十兩銀子她們還是花得起的，買這麼一張漂亮的卡也值了。

「哇，張公子好厲害，能讓我看看這張卡嗎？」青衣女子一臉崇拜道。

還不等張茂學將卡遞給她，周彩錦便走過來，一把將她推到一旁，毫不客氣道：「想要就自己去買啊，買不起別看。」

她才不會讓別的女子碰張茂學的東西呢，而且這女的一看就目的不單純。

青衣女子被推了個趔趄，狠狠瞪著周彩錦。「說得跟妳能買得起似的。」

周彩錦冷哼一聲，立刻喚來身旁丫鬟。「去有餘食肆給我買一張五百兩銀子的飯卡！」

丫鬟領了命，立刻退了下去。

青衣女子喊了一聲。「誰知道真去還是假去？」

周彩錦高傲地仰著頭，站在張茂學身旁，似是宣示著主權。「是不是等會兒妳就知道了。」

張茂學朝青衣女子抱歉一笑，默默將卡片收了回來，他怕周彩錦會做出更極端的事情。

荀虎看了一眼黑著臉色的周彩錦，意味深長道：「兄弟，你真慘。」

整天被這麼一個夜叉似的娘兒們圍追堵截，也不知張茂學一天天的日子是怎麼過來的？

「一邊去。」張茂學用胳膊肘撞了他一下。「怎麼樣，辦卡不？」

「辦！你都給我推到臉上了，兄弟我能不給你個面子辦嗎？」荀虎說完，叫來一旁跟著的小廝，讓他明天去有餘食肆辦一張二百兩的儲值卡。

看到自己的好兄弟如此捧場，張茂學的心情一下愉快了許多，他舉起桌上的酒杯道：「夠意思！」

冬天的天色黑得很快，食肆的東西一賣完，夏魚和王伯幾人就關了門回家，窩在屋裡吃起咕咚鍋來。

因為之前的氣候不夠冷，不能將羊肉凍硬了刨出羊肉片，所以就一直沒吃上咕咚鍋。眼下正是零下溫度的天，羊肉凍得很快，吃涮羊肉簡直是再合適不過了。

為了照顧不能吃辣的洪小秀，夏魚專門調製一鍋鮮味十足的菌湯鍋底。

特製的菌鍋湯底咕嘟沸騰著，薄得打捲的羊肉片在鍋裡一涮，立刻就皺在一起變了顏色。

夏魚調了一碟蒜泥麻醬的蘸料，還沒開始吃呢，就聽到發財在院子裡「汪汪」直叫。

「有人在敲門。」洪小亮放下碗筷，起身跑去開大門。

門外，一個穿著粉色棉襖的丫鬟趾高氣揚道：「有餘食肆是你們家開的嗎？」

洪小亮一愣，怎麼會有客人找到家裡來了，莫不是把東西忘在店裡了？

他點了點頭。「是的，請問您有什麼事嗎？」

「我家小姐要辦卡，那個五百兩銀子的儲值卡給我來一張！」丫鬟說著，將一張五百兩的銀票甩到洪小亮面前。

洪小亮見到銀票，眼睛都直了，立刻道：「您稍等，我這就給您拿卡去。」
說完，他一路小跑進屋裡。「姊，快！給張卡，門口有人要辦五百兩的儲值卡！」
夏魚起身一邊從櫃子裡拿卡，一邊奇怪問道：「這麼晚了，是誰來辦卡啊？」
而且又是一張五百兩的儲值卡。
洪小亮撓了撓頭。「不知道，看起來像是哪個大戶小姐的丫鬟。」
夏魚把卡遞了過去，交代道：「記得問清客人是哪戶人家的、住在哪裡，平日來買東西的是哪個下人，再讓她想個買東西時的暗號或手勢……」
這些都是為了避免以後有人用假卡來冒名頂替。
王伯擦了擦嘴，起身拿了登記本。「我跟小亮一起去，問得太多他記不住。」
「對，我記不住。」洪小亮使勁點了點頭，還是王伯最貼心。
夏魚將切成塊的白蘿蔔丟進鍋裡，催道：「快去吧，問完進來吃鍋。」
洪小亮和王伯應了一聲，提著燈籠就去了門口。
李華涮了一片肥嫩的羊肉。「這羊肉真嫩，咬起來也不費勁，真好吃。我還是第一次吃咕咚鍋呢。」
白小妹給洪小秀挾了一塊冬瓜，跟著道：「我也是第一次吃呢，這鍋吃起來又暖和又省事，想吃什麼菜都可以煮，真是方便得很。」
「可不？大家圍在一起，還熱鬧咧！」李華臉上的笑容明顯比以前多了許多。

看著鍋中不斷冒起的白煙，夏魚淡淡一笑，家裡還缺個池溫文呢。

自從上次池旭陽的事情後，池溫文幾乎就很少回家了，每當思念她的時候，就讓人送來一封書信。

夏魚回頭看了一眼裡屋的櫃子，裡面大概已經放了幾十封的書信。

是的，池溫文每天都讓范龔身邊的小廝送來一封信，小廝還順道再給范龔帶回去一份滷味或飯菜。

想到這裡，夏魚忍不住嘴角抽搐了一下，這小廝真是太可憐了。

「小秀，妳在幹麼呢？」李華突然驚呼一聲。

夏魚和白小妹不約而同望了過去。

只見洪小秀的桌前擺了七個小碟子，每個碟子裡都有一點不同口味的醬料。

她指了指第一個碟子。「哥哥愛吃甜的，這是糖，給哥哥的。」

然後指了指第二個碟子。「娘喜歡吃酸的，這是醋……」

「夏魚姊喜歡吃辣的，這是辣椒；池大哥喜歡吃鹹的，這是鹽……」

原來，洪小秀按照每個人的口味，給大家都放了一碟調料。

「妳這孩子，淨瞎弄，太浪費了！」李華皺眉訓斥道。

洪小秀立刻蔫了下來，眼裡蒙上一層水霧。

夏魚笑了笑，拿過屬於自己的那碟辣椒。「小秀真厲害，能記住我們這麼多人的口味。

正好今天的鍋不辣，這碟辣椒我真是太需要了。」

白小妹也跟著點頭。「我也喜歡小秀調的醬料。」

洪小秀用袖子蹭了一把眼淚，欣喜道：「真的嗎？」

夏魚和白小妹皆是對著她點了點頭，洪小秀立刻破涕為笑。

夏魚想了想，道：「要不下次我做個九宮格，能有九種口味。小秀妳想不想試試呀？」

洪小秀不知道九宮格是什麼，不過她依舊高興道：「想！」

李華在一旁嘆了一口氣。「不用慣著她。」

夏魚給李華挾了幾片肉，笑著安慰道：「李嬸，小秀這也是一片好心嘛，她能記住大家的口味，說明她已經適應了這個大家庭呀。」

李華點了點頭，心疼地看了洪小秀一眼。

在洪小秀小的時候，李華因為著急趕著給人家送補好的衣服，便將她臨時放在村裡的一戶人家看管。

那戶人家趁李華不在，便故意嚇唬洪小秀，說李華不要她了，她以後就是沒爹沒娘的孩子了，還笑話她是個沒爹的孩子。

洪小秀幼小的心靈從此就受到了創傷，不論李華去哪兒，她都要寸步不離的跟著，而且對生人特別排斥。這一直是李華心中的痛。

不過現在……李華回憶了一下，洪小秀好像已經開始慢慢跟家裡的人說話了，有時候還會主動幫忙幹活。
這確實是個好兆頭。
王伯和洪小亮拿著五百兩的銀票，歡歡喜喜地進了屋。
鍋裡的蘿蔔和豆腐已經煮得入了味。
夏魚給兩人撈了一些熱騰騰的菜，道：「外頭冷吧？快坐下吃點暖暖身子，想吃肉就自己隨便涮。」
洪小亮把銀票遞給夏魚，眨眼一笑。「姊，妳猜猜剛剛辦卡的是誰？」
李華用筷子敲了他一下。「快說，你這孩子啥時候學會賣關子了，真是要急死人。」
洪小亮癟了癟嘴。「是周家的二小姐，周彩錦。」
這夏魚就不奇怪了，周彩錦是張茂學的第一號粉絲，這麼晚來家裡只為買一張卡也是有可能的。
只一天就收夠了盤下酒樓的銀錢，夏魚晚上激動得一夜沒睡，心裡就盼著白慶趕緊來給她回信。
今日，天空一片灰濛濛的，過沒多久便下起了鵝毛大雪。
夏魚和王伯先去食肆開了門，掛了棉布簾子，又在屋中生了一盤炭火，驅趕著沁人的寒意。

一切就緒後，洪小亮和白小妹才推著木輪車，將在家裡做好的幾大鍋滷味熟食運到食肆，隨後兩人一起去集市採買食材。

夏魚去了廚房，將醃製好的鴨子放進烤爐裡，烤製著錢府預定的五隻烤鴨。

「掌櫃的，給我辦一張二百兩銀子的儲值卡。」

大堂裡，荀虎的小廝一早便趕了過來。

「欸，稍等一下。」王伯翻出登記本開始錄入資料。

一上午過去了，食肆只賣出了這一張儲值卡。

就在夏魚懷疑自己的儲值活動是不是出了什麼問題時，七、八個丫鬟氣喘吁吁地奔進店裡。

「掌、掌櫃的，辦一張五十兩的儲值卡。」黃衣丫鬟喘得上氣不接下氣。

「我、我也是。」

「給我也來一張……」

第三個人的話還沒說完，就又進來了三、四個丫鬟。「辦張卡！」

「排隊排隊，我們先來的。」之前來的人不滿道。

夏魚望向這些蜂擁而入的人，不明白她們怎麼這麼著急？

不過，這些嘰嘰喳喳的丫鬟們片刻就為她解開了謎團。

「城中那個衣裳鋪的儲值卡真是坑死人，我差點被小姐罵死。」一個穿著碎花襖的丫鬟憤憤不平地說著。

「是呀，我也是，那個木牌拿回去後，我家小姐直接扔火盆裡當柴燒了。」

「這還不是都怪那個方小姐……」

夏魚靜靜聽了一會兒，總算聽明白了事情的經過。

昨夜，周彩錦的丫鬟拿了銅卡回去後，周彩錦直接把卡摔在那個青衣女子方小姐的臉上，還說她小門小戶登不了檯面，盡想著耍手段勾搭男人。

那個方小姐也不是什麼善茬，兩人當時就大吵了起來，言語中還提及城中一家成衣店也能辦理儲值卡，只二十兩就能辦一張，有什麼好稀奇的。

這話雖然說得無心，但是一眾小姐、公子們都聽進心坎去了。

敏銳如他們，已經預料到今後誰手中有這麼一張儲值卡，便是聚在一起時拿出來炫耀的資本。

於是，他們一大早便讓下人們去城中的成衣店辦理儲值卡，畢竟二十兩就能辦到的儲值卡，誰也不會當冤大頭花五十兩去有餘食肆辦。

可是，當下人們將一塊塊刻了幾個字的木片交到他們手裡時，他們悔得腸子都青了。

這玩意兒沒有一點美感可言，做工粗糙，根本拿不出手，太磕磣了。

繼而，大家又想起張茂學說過，有餘食肆的儲值卡只有二十張，便讓下人們又火速趕到了城西買卡。

剩餘的十七張卡不過一盞茶的功夫便賣光了。
那些來得晚的人一聽說卡賣光了，皆是一臉沮喪，有的甚至還忐忑不安。「老闆，下次什麼時候還賣啊？」
夏魚想了想。「不一定，反正近期是沒有新卡了。」
夏魚不打算放卡這麼快，畢竟第一批才剛賣完，物以稀為貴，人的好奇心要越吊著才越容易上鉤。
問話的人沒有得到肯定的回答，失望地嘆了一口氣，然後，他舔了舔嘴角，盯著櫃檯上的滷味，道：「老闆，給我來一斤滷肉、一罈果酒。」
沒幫主子買到東西，那他也不能白跑一趟城西。
送走一批客人後，夏魚將零散的銀兩包在手帕裡，準備拿去城中的錢莊換成銀票。
門外，大雪還在紛紛揚揚的飄著，街頭已然是銀裝素裹，一片刺目的潔白。
雪花隨風落在夏魚的衣襟裡，讓她不由得打了個冷顫。
這裡的冬季實在不好過，就算穿棉衣和棉鞋，也擋不住無縫不入的寒風，隨便一動彈，衣服裡的熱氣就消散得無影無蹤。
她撐起油紙傘，在街頭尋了輛馬車，搭了車便直奔城中的錢莊。
這樣的天走路去實在是不方便。
今天因為下雪，街上的人格外少，夏魚換完銀票從錢莊出來，街上也不過兩、三個行人匆匆走過而已。

她搓了搓凍僵的手，正要轉身離去，餘光卻瞥見一個穿著桃紅色裙襖的曼妙身影，挽著一個身材魁梧男子的手臂走進了一家酒樓。

「慧雲？」夏魚不禁脫口而出。

她認識慧雲是因為那日在衙門時見過。

慧雲在衙門外哭喊著叫池旭陽的名字，在內受審的池旭陽聽到她的聲音時就像是發了瘋，對身旁的衙役又踢又咬。

這還沒幾天呢，慧雲怎麼就跟別的男人手挽手了？

第三十八章

夏魚本不想多管閒事，但腳不聽她的話，等她反應過來時，人已經跟著進了酒樓。

慧雲桃紅的裙襬消失在樓梯拐角處。

夏魚站在樓梯口往上看了一眼，二樓全是雅間。

她喚來小二，道：「給我找一間挨著剛才那對男女的房間。」

小二打量了她一眼，一副「我懂」的表情，給她找了一間空房，壓低聲音道：「夫人，這間隔音絕對不好，保證您能聽清隔壁的動靜。」

敢情這是把她當成來捉姦的了。

夏魚尷尬地給小二塞了幾個銅板表示感謝，然後把門關上。

她掃了一眼這間屋子的格局，和平常的雅間沒什麼不同，一張桌子，幾張凳子。

唯一不同的大概是靠近隔壁屋子的這面牆。

牆上及耳的高度已經變得黑黃骯髒，夏魚可以想像得到，這估計是被人趴著聽牆根多了留下的痕跡。

她甚至懷疑，這家酒樓是不是就靠這樣體貼入微的「捉姦服務」才有生意的。

還沒等她感嘆完，她突然注意到，牆根處的花盆後有一個洞眼。

服務還挺全套的，夏魚剛要吐槽兩句，隔壁的動靜便清楚地入了耳朵。

「老爺，慧雲身子弱，喝不得酒，我這兩日新學了首曲子，不如我唱給你聽呀。」嬌滴滴的聲音聽起來宛如黃鸝鳥般清脆。

「哎，先喝了再唱！不然妳和池旭陽幹那件事傳出去，妳可也是要坐牢的！」雄厚的聲音裡夾雜著不滿。

池旭陽？夏魚的耳朵突然豎了起來，聽他們這兩句話的意思，池旭陽和慧雲似乎還做了什麼不好的勾當？

慧雲的聲音沒有再響起，渾厚的聲音又道：「怎麼，不給面子？妳之前的男人是怎麼死的，需不需要我給妳描述一遍？」

「哪有，人家喝就是了。」慧雲的聲音再次響起。

慧雲之前的男人？難不成是被慧雲和池旭陽一起害死的？

夏魚心裡有了幾分懷疑，她悄悄移到花盆後的洞眼處，想看看那男子到底是誰，怎麼會發現慧雲和池旭陽做的醜事？

洞眼似是被蒙了一層紗，屋裡的人物看起來朦朦朧朧，洞前也同樣擺著一盆花草，將視線切割成幾部分。

不過，夏魚還是能看到慧雲在一個蓄著短鬍的中年男子腿上坐著。

夏魚對這中年男子沒有印象，畢竟她才來東陽城沒幾個月，連城中有多少戶人都沒弄清呢。

男子的手不安分的在慧雲身上摸來摸去，時不時閉著眼嗅著她身上的香味。慧雲神色不甘，她的手指在男子的酒杯中輕輕滑過，夏魚清楚的看見，有一粒淺粉色的小藥丸落入杯中。

慧雲斂了神色，換上一副嬌羞模樣，眼角暈著媚態，一手輕撫著男子的眼睛，一手將杯子放在他的嘴邊。「慧雲喝了，老爺您也喝。」

男子一點也沒有猶豫，任由慧雲將酒水送入口中。

不多時，男子的眼神迷離，面色潮紅，呼吸急促起來，手上的動作更加粗魯，口中還不住地輕呼著。「慧雲、慧雲，妳好美啊，不要離開我，我要把妳娶回家……」

「男人都是一個樣。」慧雲也不管那個男子會不會聽見，輕嗤一笑，也不反抗，任由男子隨意放縱。

夏魚蹲在洞眼處，大氣不敢出，眼前上演著真人搏鬥片，她的腦子卻是飛速地轉動著。

那日慧雲在府衙外那麼撕心裂肺地喊著池旭陽的名字，估計就是怕池旭陽一不小心就把他們之前幹的事說漏了吧？

但她不明白的是，池旭陽怎麼會對慧雲用情那麼深？深到不嫌棄她之前是個青樓女子，甚至為了她殺人殺子？

夏魚沒有心思繼續看「真人搏鬥」，她在房間坐著等了一會兒。

另一邊的淫聲浪語漸漸消散，男子的聲音響起。「不愧是徊春樓曾經的花魁，技術就是不一樣，可比我家那個死魚一般的快活多了。」

慧雲媚惑的聲音道：「老爺您滿意就好，慧雲甘願這輩子跟隨您，任由您隨叫隨到。」

男子愉悅道：「好！明日我便讓人把我家隔壁的院子盤下，專門給妳住！」

夏魚嘖嘖搖了搖頭，這人膽子也忒大了，直接把人養在眼底下。

「那我之前男人的死……」

「妳都是我的人了，那件事我自然不會告訴旁人，反正池旭陽也要問斬了，不會有旁人知道是你們聯手殺了他的。」

夏魚瞳孔一縮。果然，人是慧雲和池旭陽聯手殺的。

之後便是些風花雪月的情話，夏魚沒再聽到任何有用的訊息。

她心裡煩躁不安，知道了這件事，她到底要不要報官？但她又沒有證據。

這個中年男子雖然是目擊證人，但瞧眼下的情景，他肯定會幫慧雲隱瞞真相，而慧雲自是不會承認自己的罪狀。

夏魚坐在屋子裡冷得發顫，直到隔壁的人離去，她才跟著出了酒樓。

算了，這件事還是告訴白慶吧，讓他留意著慧雲的動靜，看看能不能找到蛛絲馬跡。

回去的路上，夏魚見一個老翁提著一筐紅豔豔的晚山楂，蹲在路邊瑟瑟發抖。

她突然想起以前答應過洪小亮，要做糖葫蘆給他和洪小秀吃，便將老翁的一筐晚山楂都買了下來。

這些山楂果可以做成糖葫蘆，不僅顏色好看，味道酸甜可口，還能消食開胃呢。

眼看著天就要黑了，夏魚忙帶著一筐山楂回到食肆。

食肆裡，張茂學和荀虎還有一個公子點了一桌的酒菜，正吃到興頭上。

夏魚一進門便聽到張茂學的聲音。「潁老弟，怎麼樣，我沒騙你吧？這家食肆做的菜，味道可是一絕！」

被喚為潁老弟的潁公子吃著蔥爆羊肉，不住地點頭。「是不錯，張二哥你真是會找地方享受，怪不得人都說你最會吃呢。」

張茂學坐在過道的位子，抬頭正要再誇兩句，一眼便看見提著山楂果的夏魚走了進來。他眼睛一亮，立刻打招呼。「老闆，妳回來啦？我正好找妳有事。」

夏魚笑著問道：「什麼事呀？」

「就上次說的那個什麼醬板鴨，下個月十號我祖母要辦賞梅會，還煩勞妳再做八十八隻醬板鴨。」

張茂學現在很受張老夫人器重，這次的賞梅會都全權交給他來打理了。

「沒問題。」又有生意上門，夏魚自然歡喜地應下。

張茂學探頭看了一眼她手中的山楂果，激動道：「老闆，最近又要上什麼新菜了嗎？」

夏魚這才意識到，自己最近忙著找鋪面的事，已經很久沒有更新菜單了。

想起昨晚說的九宮格，夏魚笑道：「再過幾天吧，到時候有九宮格涮羊肉火鍋。」

「九宮格火鍋，那是什麼？」荀虎愛獵奇，對什麼新鮮事物都很感興趣。

穎公子也一臉興致勃勃地盯著夏魚，對這個九宮格火鍋很好奇。

夏魚想了想，解釋道：「是咕咚鍋的一種。」

「就是咕咚鍋啊……」穎公子滿臉的期望立刻落空，心道這也沒什麼新鮮的。

倒是荀虎抓住了夏魚話中的重點，更加迫不及待的想知道九宮格是什麼東西，涮羊肉又是什麼東西？

張茂學對夏魚的手藝十分有信心，登時捧場。「等出了九宮格火鍋，我一定帶祖母來嚐嚐鮮！」

夏魚笑著阻攔道：「這麼冷的天就別折騰老夫人了，想吃的話我去府上做。」有餘食肆的生意能有今天，多虧了張老夫人和張茂學的幫忙，這天寒地凍的，她主動上門服務也是應該的。

「行，什麼時候有九宮格火鍋了，妳就讓人知會我一聲。」張茂學也沒跟她客氣，一口便答應了下來。

末了，他從筐裡捏出一粒山楂果，問道：「老闆，妳這是要做什麼？」

荀虎和穎公子不約而同地探頭望向筐子。

夏魚給他們一人拿了一個山楂果。「做糖葫蘆。」

「糖葫蘆？」張茂學一臉興奮。「現在能做嗎？」

夏魚看著他閃爍著希望的小眼神，不忍心拒絕。「行，你們在這兒稍等一會兒。」

冰糖葫蘆的做法很簡單，但也是有講究的，熬製的糖稀要清澈透亮，熬製過程不能輕易攪拌，還要注意火候不能太大。

洪小亮得知夏魚要做冰糖葫蘆，興沖沖找出一把竹籤，主動承擔起洗山楂和串山楂的任務。

夏魚見桌上放著幾個橘子和蘋果，便讓洪小亮一起洗淨做成水果糖葫蘆。

屋外的溫度低，做好的糖葫蘆放在門口等一會兒，就凍得硬邦邦的了。

夏魚給張茂學三人一串山楂糖葫蘆、一串蘋果糖葫蘆和一串橘子糖葫蘆，剩下的準備給自己人分。

張茂學眼疾手快，迅速搶了一串橘子糖葫蘆，荀虎也跟著拿走一串蘋果糖葫蘆，只給穎公子留下一串山楂糖葫蘆。

穎公子沒有搶到水果糖葫蘆，拿著山楂那串撇嘴道：「你們那兩串肯定不好吃，街頭賣的都是山楂糖葫蘆，哪有賣別的樣式的。」

張茂學才不管他那句酸溜溜的話呢，拿起橘子糖葫蘆便放入口中。

晶瑩剔透的糖殼又甜又脆，咬在嘴裡咯嘣作響，酸酸甜甜的橘子汁水飽滿，和糖殼混在一起淡化了酸味，讓橘子吃起來又甜又水汪。

他忍不住誇道：「荀虎，這比你爹從京城拿回來的貢橘都甜呢。」

「真的嗎？」荀虎看著自己手中的蘋果糖葫蘆，也大口咬下一塊。琥珀色的糖殼宛如冰碴，被牙齒一碰便碎，水靈靈的蘋果酸甜爽脆，口感豐富，比以往吃的山楂糖葫蘆好吃多了。

荀虎直呼。「這蘋果也變得更甜更水靈了。」

「咱倆交換嚐嚐。」張茂學把自己的橘子糖葫蘆與他的蘋果糖葫蘆交換。

兩人不住地發出滿足的聲音，引得穎公子直流口水。

眼看兩人你一口、我一口，水果糖葫蘆馬上就被吃完了，穎公子急忙道：「給我也留一口嚐嚐。」

張茂學看了看他手中的那串山楂糖葫蘆，道：「你不是說你的好吃嗎？再說了，我的是橘子，荀虎的是蘋果，我們兩個都沒吃過對方的口味才互相交換的，你用啥交換？」

穎公子把自己的山楂糖葫蘆遞過去。「這串送你們倆了。」

張茂學和荀虎同時搖了搖頭。「不稀罕。」

穎公子眼巴巴望著兩個人。「那你們說怎麼辦？」

張茂學指了指這桌酒菜。「除非這桌你請客。」

穎公子登時就不甘了，本來今天就是因為張茂學跟他打賭輸了，才請他吃飯，怎麼最後要訛他掏錢了？

張茂學拿著竹籤敲了敲盤子，惋惜道：「不想吃就算了，我這橘子糖葫蘆的橘子可能真是老闆用貢橘做的，花點銀子嚐嚐貢橘可不虧呢。」

荀虎跟著點頭附和。「是啊，這橘子比我家的貢橘還好吃，很可能是貢橘中的極品。」

潁公子聽得有些心動，他早就聽說京城的貢橘又甜又多汁，因為數量少，價格貴，只有那些大官人家才能購買。

誰若是吃過貢橘，那說出去可就是炫耀的資本啊！

夏魚在櫃檯後面聽這兩個人不打草稿的吹噓，心虛得頭都不敢抬起來，悄無聲息地進了廚房。這橘子就是食客來吃飯時送的，被他們吹得天花亂墜。

張茂學繼續道：「你看，你要是吃了這串橘子糖葫蘆，那就等於你吃過貢橘了，以後你也是吃過貢橘的人啊！」

「行！這頓算我請客！」潁公子一咬牙，搶過張茂學手中的那串橘子糖葫蘆就吃起來。

甜滋滋的汁水充盈著口腔，讓人不禁眼前一亮，這味道可比酸溜溜的山楂糖葫蘆好吃多了。

「果真比平時吃的橘子要甜得多。」潁公子連連點頭誇道：「這頓飯請得值！」

最後，潁公子不但請了客，還多給夏魚十兩銀子的小費，可把夏魚高興壞了。

有錢真好，連小費都是按兩給的！

見幾人喜歡吃水果糖葫蘆，夏魚便琢磨著明日多買點水果，做成水果糖葫蘆帶去書院，讓池溫文和夏果也嚐嚐鮮。

把這事交代給負責採買的白小妹後，夏魚又想起要做九宮格用的火鍋。她找來一張紙將圖樣畫好，然後交給了洪小亮，讓他明天去鐵匠鋪打幾口鍋子。安排好幾件事後，夏魚這才放鬆下來。

她看著窗外被雪映得發紅的天邊，嘆了一口氣，每天要顧著食肆的大小雜事可真不容易啊，要是池溫文在就好了。

第二日，待夏魚做好了水果糖葫蘆，正要送去書院，白慶就來找她了。

夏魚立刻請白慶進食肆大堂。「白大哥，我正想著去過書院再去找你一趟呢。」

白慶搓了搓凍紅的手，道：「有信兒了，明兒個上午，妳去知府柳大人的府上，跟門童知會一聲就有人帶妳去裡頭商量鋪面的事。」

夏魚給他倒了一杯熱水，打聽道：「要買陽香酒樓的人多嗎？」

「還行，加上妳一共仨。」白慶握著熱呼呼的水杯暖手。「一個是文從事的親戚，一個是史教頭媳婦的妹家。」

夏魚對這兩個人有些印象，文從事笑面虎，和高太守的關係最為密切，城中的人都不敢得罪他。

史教頭行事高調，常年不在家，每次回家都要騎馬在城中狂奔一圈，恨不得讓所有人都知道他回來了。

白慶又跟夏魚講起這兩家要買鋪面的人。「文從事那個親戚家裡是開布莊的，做了有兩年的布莊生意吧；史教頭媳婦妹妹家是開客棧的，早就有意想再開家酒樓。」

夏魚點了點頭，心裡有了底，也不知道知府大人明天會用什麼形式把陽香酒樓賣出去？

說完酒樓的事後，夏魚特意支開王伯，將食肆的門關上，跟白慶說起昨日自己的所見所聞。

「慧雲？看著挺弱的一個女子，沒想到……」白慶聽後驚詫不已，臉色立刻嚴肅起來。「這件事我一定會好好盯著的。」

把這件事交代完後，夏魚便安下心去書院了。

今日，她不僅做了橘子和蘋果的糖葫蘆，還做了葡萄、山藥豆和豆沙的糖葫蘆，足足裝了一大籃。

到了竹暄書院門口，夏魚跟門童說明了來意，門童都沒去通報，直接讓夏魚去范龔的院子等著。

五顏六色的糖葫蘆擺在盤中，看著就叫人喜歡。

范龔像個老頑童一般，盯著一盤糖葫蘆左看右瞅，不知道該選擇哪個好，最後，他選了一串看起來比較樸素的山藥豆，悠哉地吃起來。

薄脆的糖殼咯嘣咬碎後，其次便是軟綿沙甜的山藥豆。

范龔稀奇地轉著竹籤，看了半晌道：「山藥豆還能做成糖葫蘆吃？」

夏魚點頭道：「只要您想吃，什麼都可以做成糖葫蘆。」

范龔現在最愛吃的就是溜肥腸，他認真思考了片刻，問道：「能把肥腸做成糖葫蘆嗎？」

夏魚驚得手一抖，腦海中驀然浮現出後世辣條糖葫蘆和青椒糖葫蘆的樣子。她豎起大拇指誇道：「范先生您真是商業奇才，這想法太獨特超前了！」不去賣糖葫蘆真是可惜了。

范龔樂得大笑起來。「不瞞妳說，我的願望就是老了以後擺個小攤賣零嘴。」

「然後睜眼開始吃，吃到晚上睡覺？」熟悉的清冷聲音從門外傳入。

「對對對，你怎麼知道……」范龔正說著，突然發覺不對，立刻望向門外。

頎長的身影逆光立在門口，周身暈著光環，叫人看不清眉眼，只能感受到從他周身散發的淡漠疏離。

見到屋裡嬌小靈巧的人，他嘴角彎起一抹笑，眸中的薄冰釋然，頃刻間化成三月的暖風。

夏魚心頭一動，邁步走過去，笑著將他拉進屋裡，雙眼彎成月牙，問道：「果兒和白祥呢？我剛叫門童也去叫他們來了。」

「他們還在上課，上午是來不了了。」池溫文揉了揉她的頭頂。

「嚐嚐，我做的糖葫蘆。」夏魚笑盈盈地遞去一串豆沙糖葫蘆。

池溫文上次吃糖葫蘆的記憶還是在小時候，此刻拿起這串紅彤彤的糖葫蘆，恍惚間又回到了小時候。

「快嚐嚐這糖葫蘆，可好吃了。」范龔高興得像個小孩。

幾人談話間，夏魚突然想起夏果的功課，便問道：「范先生，夏果最近怎麼樣？」

說到這個，范龔自豪一笑。「我發現那小子有學醫的天賦。」

天下再沒有比做伯樂更有趣的事了。

前幾日，范龔例行去院子裡抽查學生背書，無意間看到在翻醫書的夏果，便隨便問了他一些書上的知識。

沒想到夏果背得一字不差，對各種草藥也辨認得很清楚。

雖然夏果說是因為自己從小去山上挖草藥賣錢才有幸識得的，但范龔覺得這或許就是冥冥中的巧合。

於是他在書庫裡找了許多醫書給夏果看，那些常人覺得枯燥的內容，夏果讀得是津津有味，廢寢忘食，這讓范龔更是對他留意了幾分。

范龔生怕夏魚知道夏果適合學醫，不讓他再繼續讀書了，忙道：「現在還是先讓他留在書院讀書，等到了合適的機會，再給他找一個好師傅學醫。」

這對夏魚來說無疑是個好消息，她就知道，夏果這種踏實實學習的孩子也是有自己的光芒的。

「好。」夏魚自然不會拒絕，更何況，竹暄書院的絕版存書很多，在這裡多讀些書也沒什麼壞處。

范龔吃完糖葫蘆，一拍手，道：「對了，我去飯堂跟于嬸說一下，中午多加幾道菜，丫頭妳也留在這兒吃飯。」

范龔其實很饞夏魚的手藝，但他是個識趣的人，也知道這小倆口已經好久都沒見面了，還是給人家留點私人空間吧。

第三十九章

本來之前池溫文都已經跟他商量好了，五日歇一天回家，可是後來不知怎的，池溫文突然變了卦，瘋了似的挑燈夜讀，也不提回家的事了。

可讓范龔感嘆了好一陣。

范龔出了門，叫了掃雪的小廝一同跟著去了前院。

小廝回頭望了屋子一眼，高興地問道：「先生，我今天不用再跑腿送書信了吧？」

范龔嘖了一聲，瞅了他一眼。「怎麼不用跑腿了，你不是還得去一趟給我買滷肉嗎？」

小廝一下子蔫了，耷拉著腦袋，興致缺缺道：「喔。」

范龔敲了他腦袋一下。「回來給你分兩塊。」

小廝又一下子有了幹勁。「行！」

屋裡，池溫文和夏魚對坐在桌子兩側。

夏魚興奮地跟他講起最近的辦卡活動，還順帶提了一嘴張老夫人賞梅會的事情。

池溫文望著對面充滿活力的姑娘，心中有些失落又有些心疼。

失落的是自己幫不上什麼忙，心疼的是夏魚一個人挑起食肆的所有事情。

夏魚突然打了一個噴嚏。

池溫文摸了摸她冰涼的手，皺眉道：「怎麼不穿厚一些？」

夏魚翻著自己的袖子，道：「你看我都穿了兩層棉衣，再穿厚點都沒法走路了。」

池溫文起身給她倒了一杯熱水，在她身旁坐下。「喝點熱水。」

夏魚摸了一下滾燙的杯子，險些將熱水潑出去。「燙……」

池溫文眉眼含笑，沒再說話，默默拉起她的手放進自己的胸膛裡。

暖和的溫度讓夏魚漸漸反應了過來，她恍然大悟，又氣又羞道：「你是故意的！」

他早就知道這水燙得入不了口，乘機拉著她暖手。

池溫文把她擁入懷中，聞著她髮間的清甜氣味，這些日子的疲憊一掃而空。

他沈聲道：「明日妳多加小心，文從事和史教頭都是難纏之人，若是他們親自出面，妳不必爭搶。再辛苦一陣子，我會加倍補償妳的。」

夏魚伏在他的胸膛，傳出悶悶的聲音。「好。」

等他考完試，她一定要讓他天天劈柴幹活，以解這些日子來的相思之苦。

知府柳大人府上，在偏廳等候的除了夏魚，還有一個白胖的男子和一對精瘦的夫妻。

白胖的男子逢人便瞇起笑眼，一副憨態，看起來很平易近人。

他彬彬有禮地朝幾人行了個禮，開始介紹自己。「鄙人姓文，家裡是做布莊生意的，相聚便是緣，希望以後能跟各位多有來往。」

伸手不打笑臉人，夏魚對著他回了一笑。「幸會。」

那對夫妻冷冷一笑，男的拔高了嗓門道：「我們是史教頭的親小姨子，客套話不必多說，今日咱都是衝著陽香酒樓來的，就不必假惺惺的打招呼了。」

說完，便不再理會一臉尷尬的文金貴。

文金貴瞧夏魚也是一人，便湊過來打探底細。「小娘子是哪家介紹來的？」

夏魚道：「衙門的一個衙役。」

語畢，史教頭的小姨子牛花輕蔑道：「原來是沾著我們的光來拍賣酒樓的啊！」

這次提出把陽香酒樓優先賣給自己人的便是史教頭。

他在軍中一早接到媳婦的來信，說小姨子想買下陽香酒樓，就快馬加鞭奔回東陽城，跟上頭人提了意見。

跟著附和的便是文從事，他家的表親剛在東陽城站穩腳跟，正想換一間大些的門面，他便慫恿了幾個關係好的老爺一起同意了這個提議。

文金貴一聽夏魚背後沒什麼勢力，默默往後挪了兩步，表示自己的態度。

夏魚無所謂地坐在椅子上，目光盯著門口，等著柳大人的到來。

一炷香後，就在牛花夫妻倆等得不耐煩的時候，柳大人帶著兩位穿著常服的中年男子一同走進屋內。

夏魚三人一齊朝柳大人行了一禮。

夏魚暗暗打探著那兩個穿常服的人，只見他們身穿緞面衣袍，腳蹬皂靴，腰間繫著一枚價值連城的羊脂玉珮，一看就大有來頭。

她覺得這兩個人八成就是京城來暗訪的。

柳大人客氣地讓幾人坐下，然後交代了下人奉茶。

牛花隨口抱怨道：「柳大人，你這有什麼事啊，讓我們等這麼長時間！」

因為史教頭在軍中頗有勢力，牛花早就習慣了仗勢欺人，而且據說柳大人是個沒有背靠關係的孤官。這會兒她對柳大人說話也沒有半分客氣。

柳大人臉色一僵，也不太好發脾氣，便耐著性子解釋道：「方才臨時有些要緊事處理。」

牛花的男人早就等得煩躁不堪，這會兒一點也壓不住脾氣，怒道：「什麼事啊，是家裡死人了，還是出門被馬車撞了？有事你就不會讓人過來通知一聲，就讓我們乾等著？」

這火爆脾氣跟史教頭是十足的像。

柳大人陰沈了臉。「我看這酒樓也輪不到你們買了，二位請回吧。」

「憑什麼？」牛花不服氣地嚷嚷。「我姊夫都說了，這是官家給的福利，為了讓自己人以後辦事更賣力。你憑什麼不讓我們買？」

牛花的男人跟著道：「就是啊，小心我們告訴史教頭，說你不公正！」

跟著柳大人來的兩個男子相視一望，默契的點了點頭。

他們一看牛花夫妻，便知史教頭有問題，如果沒人撐腰，他們是斷然不敢如此放肆的。

兩人暗暗記下了名字，決定回去一定要好好查查這個人。

柳大人注意到兩個暗訪人的小動作，冷著臉喚來下人，將牛花夫妻趕出了府邸。

文金貴是文從事的表姪，與文從事一樣慣會看人眼色，他也注意到今日柳大人身旁的兩個人，第一時間想到的便是從京中來的貴人。

思來想去糾結一番後，文金貴起身拱手道：「柳大人，鄙人突然想起家中還有要緊事，先告辭了。」

文從事做事向來謹慎小心，不會留下蛛絲馬跡的紕漏，但他不同，他是個商人，又有文從事做靠山，有時難免會動些歪心思。若是讓人查到了他的頭上，文從事一定不會饒過他的。

廳中瞬間只剩夏魚一人，柳大人對她有很深的印象，尤其是她與范龔還有交情。

不過礙於有外人在，柳大人便板著臉，一本正經問道：「妳是哪家人，做什麼生意的？」

夏魚四下張望，沒想到自己突然成了老天眷顧的幸運兒，一時間有種天旋地轉的不真實感。

「咳。」柳大人柳南風輕咳一聲，提醒著她。

夏魚一下回過神，滿面春風地笑道：「回大人，民婦夏魚是外鄉人，家裡做食肆生意，因同鄉在衙門當差，這才得了信兒前來購置酒樓。」

柳南風不知她還有同鄉在衙門當差，順嘴問道：「妳的同鄉叫什麼？」

「白慶。」夏魚如實答道。

她與白慶本就是同鄉，兩家人都行得正坐得端，倒也不怕人暗查。

京城來暗訪的兩人皺了皺眉，給柳南風比了個手勢。

柳南風會意，揮了揮手。「今日就到此為止，妳先回去吧。」

夏魚將兩個暗訪人的動作瞧在眼裡，聽到柳南風的話更是心中咯噔一下。

今日來就是為了商定哪家人更有資格購買陽香酒樓，此時被否定，怕是就沒有挽留的機會了。

最重要的是，以後再也遇不到這麼便宜的鋪面。

她清了清嗓子，明亮的眼眸盯向柳南風，直截了當地問道：「大人，可是有哪裡不妥當？按理說，那兩家人已經出局，陽香酒樓最優先購買者就是我了，可民婦瞧您的意思，好像還不中意？」

柳南風只是按照身邊那兩個人的指示說話，此時也回答不上，便為難地看向身旁暗訪的兩個人。「這……」

其中一個神色莊重嚴肅的人開口道：「雖然現在只剩下妳一個人，但是必要的流程還是要過一遍的。妳且先回去，三日後必定給妳答覆。」

他的心裡不僅對文從事和史教頭存疑，對夏魚也不放心，區區一個開食肆的普通人家，一下子能拿出這麼多銀兩，不得不叫人疑心。

夏魚又怎會不知道他心裡所想？她朝說話那人行了一禮，笑眼中帶著堅決，表明了自己的態度。「民婦本本分分做生意，不怕大人來查。若是大人沒查到什麼，還望一定要信守承諾，將陽香酒樓優先售予民婦。」

「那是一定的。」柳南風開口笑道：「夏老闆請放心，我們為官之人怎會拿信譽開玩笑？」

「多謝柳大人，民婦告退。」夏魚行禮後便退出了偏廳。

待人走後，柳南風抹了一把額頭的汗，謹慎道：「兩位少卿大人，今日來的只有這三戶人家了。」

「文從事和史教頭就不必多說了，這兩人自然是要查的。」身旁一臉嚴肅的蔣大人接著道：「不過後來的那個夏魚，無依無靠，穿著打扮不過是平民之輩，怎能一下子拿出這麼多的銀兩？」

柳南風恭敬一笑。「蔣大人有所不知，這個夏魚雖然只是一家小小的食肆老闆，但是她的手藝出眾，賺錢點子更是精明。」

「哦？」蔣大人的興致被挑起。「怎麼個賺錢法？」

柳南風道：「大人最近不妨赴宴賞茶一番，就會發現城中現下最時興一種辦理儲值卡的活動，這個活動就是夏魚帶起來的。」

「儲值卡？」蔣大人和羅大人異口同聲問道。

他們在最繁華的京城都沒聽說有什麼儲值卡的活動。

柳南風給兩人解釋一番儲值卡的行銷模式和市場需求，驚得兩人直呼稀奇。

一直沈默寡言的羅大人點頭道：「我覺得將陽香酒樓交予夏魚是再合適不過的事了。」

如果夏魚能將酒樓壯大起來，那就不單單帶動了東陽城的經濟發展，還能讓官家多些稅收。

蔣大人沒有反駁，只是道：「等回頭查了底細再說。對了，還有她那個同鄉白慶，也一併摸了底，別以後出了岔子。」

從柳南風的府上出來，夏魚沒有急著回食肆，而是找到一家常來送鴨子的商販，叫他提前幫忙準備收八十八隻鴨子，準備迎接張老夫人的賞梅會。

下個月初十，也不過還有二十幾天，現在準備也不算太早。

日子照常過，九宮格的火鍋還沒做好，夏魚便將凍硬的牛肉刨成卷，做成多汁肥牛飯。

一碗蒸得噴香的白米飯，澆上醬汁透亮的圓蔥牛肉卷，再加上幾片鮮嫩的菜葉和半顆溏心蛋，聞起來就鮮香撲鼻，讓人垂涎三尺。

且不說鮮嫩肥美的牛肉卷，光是鮮甜的醬汁拌著米飯，就能讓人吃到停不下來。

多汁肥牛飯一推出，便受到了極大的好評，也引得城中多家食肆模仿，但比起夏魚做的還是差些味道。

蔣大人在府上一邊吃著下人送來的肥牛飯，一邊翻閱著調查的資料。「別說，這有餘食肆還真是清白得很，沒啥好查的。倒是史教頭的親戚，查出不少……不對，今天的肥牛飯味道怎麼不對！」

羅大人狐疑地看了他一眼，扒了一口碗裡的肥牛飯，皺了皺眉。「味道和昨日的確實不同。」

「劉一，這飯的味道怎麼變了？」羅大人叫來跑腿的小廝。

昨日的肥牛飯醬汁濃郁，鹹甜適口，拌著米飯吃起來香極了；今日的肥牛飯雖然看起來與昨天的沒什麼不同，但是味道可差遠了。

不僅肉質又厚又硬，醬汁也是鹹中缺鮮，甜中帶膩，叫人吃一口便不想再繼續吃下去。

劉一悄悄打探著蔣大人，只見他嚴肅的神情更加緊繃，看起來直叫人心裡發突。

他硬著頭皮道：「昨日的肥牛飯是小的路過城西有餘食肆買的，今日見城中的酒樓也有賣，就省了個事，就近買了……」

劉一的聲音漸漸弱了下去。

蔣大人眉頭一挑。「有餘食肆？」

劉一點頭道：「是是是，是有餘食肆的。大人您不愛吃這家的，小的這就去有餘食肆再給您買一份回來。」

想起昨日沒有吃夠的肥牛飯，蔣大人沒有阻攔，對劉一揮了揮手。「兩份。」

劉一點頭哈腰就要下去，羅大人在一旁也伸出兩根指頭。「我也要兩份。」

等過幾日回京，恐怕他再也吃不到這麼合胃口的飯食了。

劉一走後，蔣大人煩悶地將那碗肥牛飯推到一旁，道：「既然有餘食肆沒什麼污點，那就叫柳大人通知夏魚，來簽過戶房契吧。」

羅大人默默點了點頭，他早就說過，把陽香酒樓給夏魚最合適。

「對了，聽說夏魚的相公正在準備秋闈一事。」羅大人突然道。

蔣大人道：「我知道。」

羅大人沈思道：「若是她家相公能考過，再參加春闈和殿試，夏魚是不是就能跟著去京城了？」

夏魚去了京城，那他是不是就又能吃到肥牛飯了？

蔣大人心頭一驚，急忙道：「羅兄，作弊不可取！」

羅大人沒好氣地白了他一眼。「我當然知道，我就是在想，要不要在春闈前幫他引薦一些名師，多加輔導一番。」

蔣大人這才安下心，悵然道：「范襲可是教過聖上的先生，有他指點，估計也不再需要其他人了。」

三天的時間過得很快，就在夏魚埋頭刨切牛肉卷的時候，洪小亮急匆匆地跑來，道：

「姊，剛有人讓我跟妳說，明天帶上銀錢，去一趟柳大人的府上！」

夏魚停下手，激動得差點將一盆牛肉卷掀翻。

成了！以後她也是擁有大酒樓的人了！

她忙將手洗乾淨，迫不及待地把這個好消息告訴了王伯幾個人。

這一夜，食肆的所有人都激動得睡不著，一起坐在正廳裡聊到很晚，憧憬著未來的景象。

他們從沒想到，有一天他們也能在東陽城裡擁有屬於自己的酒樓。

王伯更是激動得老淚縱橫，陽香酒樓兜兜轉轉又回到了自己的眼前。

翌日，夏魚開心地頂著兩個黑眼圈去了柳府。

一切手續都辦得很順利，不過一上午的時間，夏魚便拿到了陽香酒樓的房契和鑰匙。

她揣好房契，順路就繞到了陽香酒樓。

位於城中最繁華的地段，大門緊閉的陽香酒樓一眼便能叫人認出來。

陽香酒樓一共三層，從外看起來莊重氣派，閎敞奪目。青瓦飛簷，門柱雕花刻鳥，門上的銅製牌匾因無人打理，蒙上一層灰，早已不復昔日金燦燦的光輝。

夏魚拿出鑰匙，輕輕一轉鎖孔，銅鎖便落入手中。

她閃身進入酒樓，一下便被屋內富麗堂皇的裝潢深深震撼到了。

一樓的大堂除了進門處的櫃檯，大大小小擺著二、三十張桌子，大堂的正中央竟然還有一個小型的戲臺子。

精緻華美的大燈從中空的屋頂墜下，二樓和三樓的房間門序列映入眼簾。

從一樓的後門走出，便是敞亮的廚房，七、八個爐灶聚集在廚房中間，兩側擺著高低不一的貨架。

從廚房的後門出去，便是一個獨立的院子，院子裡水井、柴房、茅廁應有盡有。

夏魚粗略地在一樓走了一遍，激動的心情久久不能平復。

她十分慶幸陽香酒樓裡的設施還沒有被扔掉或破壞，不然她又得花一大筆錢來裝修了。

夏魚鎖好門，找了個鎖匠重新換了一把門鎖，這才加快腳程回到有餘食肆。

當她把房契亮出來時，王伯幾人再次激動不已，一連摸了好幾把房契。

洪小亮道：「姊，什麼時候帶我一起去酒樓看看吧，我還沒去見過城中的酒樓長什麼樣呢。」

白小妹也興奮道：「嫂子，我也沒見過呢，有空也帶上我。」

夏魚收好房契，笑道：「好，等明天上午閒了，帶上李嬸，我們一起去酒樓看看！」

洪小亮高興地手舞足蹈。「正好咱訂做的九宮格鍋子也快做好了，不如等咱開業那天再推出九宮格火鍋吧？」

夏魚點了點頭，她也正有此意。

這幾日眾人可以趁空閒時去酒樓裡打掃一番，等忙完張府的賞梅會，正好可以搬進新的酒樓。

賞梅會這一日，夏魚帶著提前做好的八十八隻醬板鴨去了張府。

幾日前，她收到了張茂學的請帖，邀她一併去張府欣賞傲雪的臘梅，並商議些要事。

到了張府，夏魚跟著下人將板鴨送進廚房，交代好一切才準備離開。

廚房燒火的小丫鬟眼巴巴叫住她。「夏魚姊姊，這次妳怎麼不在府上做鴨子了呀？」

上次夏魚來府上做烤鴨，他們這些幫忙的下人都跟著過了一把嘴癮呢。

一旁洗菜的下人也道：「上次妳做的那些冬瓜糖，我們還想再吃一回呢。」

夏魚今天受邀參加賞梅會，不能在廚房逗留太久，便笑著回道：「醬板鴨可以冷食，所以我一早便做好了才送來的。你們要是還想吃零嘴，改日我做些叫人給你們送來。」

洗菜的下人一聽有零嘴吃，高興得眉開眼笑。「這太好了！」

燒火的小丫鬟想了一下，道：「夏魚姊姊，不如妳把零嘴分成小包賣，我們以後嘴饞了也可以自己去有餘食肆買呢。」

夏魚覺得這還真是個不錯的主意，等搬進新的酒樓後，她不僅可以賣酒菜和滷味，還可以賣些零嘴和簡餐。

從廚房出來，夏魚就被張茂學身旁的小廝帶去了後院的梅樹林。

張府的後院極大，道兩旁種滿了香味濃烈的臘梅樹，這些梅花有黃有粉，黃的淡雅，粉的嬌嫩，遠遠便能聞到幽香。

穿過一道被下人掃得乾乾淨淨的石板路，夏魚就瞧見不遠處有一座掛著棉擋的亭子。

第四十章

亭子四周掛著厚厚的棉擋，裡面燒了一盆無煙銀炭，暖和得很。

夏魚進去時，張茂學身旁坐著周彩錦和荀虎，還有幾個臉生的公子、小姐，幾人的氣氛異常尷尬。

見到夏魚，張茂學彷彿看到了救星，立刻起身將她請了進來。「老闆，妳終於來了，就等妳一個人呢。」

夏魚笑著坐到一個空位上，問道：「什麼事啊？還非得把我請到這裡說。」

穿著粉色坎襖的李家小姐率先道：「老闆，我們還想辦那個儲值卡。」

她身旁的黃公子點頭道：「聽說妳家食肆最近不打算再出這種儲值卡了，我們想跟妳商量一下，能不能私下給我們幾人辦一張卡。」

上次儲值卡的活動，他們幾個人都沒有趕上，之後的宴會被那些辦了卡的人一頓炫耀，心裡又氣又惱，就想透過張茂學跟夏魚求一張儲值卡。

夏魚啞然失笑。「城中別家也有儲值活動，你們可以去其他家辦理。」

她最近的事情實在太多，忙得焦頭爛額，實在分不出心再去打理儲值卡的事情。

周彩錦不屑地嗤聲道：「其他家捨不得成本，做出來的卡都醜死了，而且還不限量。他們還不是虛榮心作祟，想要一張不一樣的。」

周彩錦毫不避諱的把眾人的心事挑明，再次把氣氛壓抑得更加窘迫。

李家小姐不滿地看了她一眼。「妳現在是有卡了，要是妳也沒有，看妳想不想要。」

周彩錦嗤笑一聲，輕蔑道：「我有沒有卡又怎樣？就算我沒有卡，也捨得花五百兩銀子收一張五十兩的卡來。

「哪像你們，又虛榮又小家子氣，想辦卡還只辦最少銀子的。」末了，她又補上一句。

「妳不就是辦了一張五百兩銀子的儲值卡嗎，有什麼可驕傲的，和那些五十兩銀子辦的卡也沒什麼不同啊！」一旁的劉小姐不甘示弱道。

這裡不是周家辦的宴會，他們自然不用巴結周彩錦。

周彩錦昂了昂下巴。「是沒什麼不同，但我就是花了五百兩辦的！」

聽著這些人的爭論，夏魚心裡又有了一個想法——給儲值卡分等級。

儲值一百兩以下的為普通會員卡，五百兩以下的為卓越會員卡，五百兩以上的為尊貴會員卡。這一刻，她終於體會到商人是怎麼不放過任何賺錢機會的。

眼看著幾人就要打起來了，張茂學急得手足無措。

夏魚拉著想要揮拳頭的黃公子，笑吟吟道：「過些日子有餘食肆要搬到城中，屆時會有新的儲值活動，到時候大家可以再次去辦理。」

「還是限量二十張嗎？」李家小姐怕到時候搶不到，趕緊問道。

限量肯定要的，不限量怎麼能有銷量？

夏魚沒有否認。「新的活動和上次不同，具體規則會在發行的當天公布。」

劉小姐心思活絡，她一轉眼珠，笑道：「老闆，我能不能先預定一張儲值卡？」

話音一落，沒辦到卡的幾人也跟著嚷嚷道：「我也要預定！」

「給我也留一張！」

周彩錦在一旁冷冷一笑。「真是一群沒見識的，區區一張儲值卡也搶著辦。」

反正她是有卡了不著急，每次宴會只要她把那張精緻的銅卡拿出，就有不少人不自覺地圍過來，可讓她搶了不少風頭呢。

夏魚笑咪咪道：「新的儲值卡不預定喔。到時候會分為三個儲值等級，每個等級的卡都不一樣。」

「分等級？」一群人大眼瞪小眼，沒明白她是什麼意思。

夏魚只好將暫時擬訂的三個等級跟眾人提了一嘴。

黃公子心裡登時不樂意了。「怎麼還分等級呢。」

分了等級豈不是要儲值更多的錢才能跟人顯擺？

「裝不起就不要裝！」周彩錦鄙視他一眼後，驕傲地揚起脖子。「尊貴會員卡本小姐要定了！」

彷彿剛才嘲笑別人搶著辦卡的不是她。

夏魚接著和藹可親地笑道：「普通會員卡、卓越會員卡和尊貴會員卡都是限量絕版，每一批的卡樣都不同，很有收藏紀念意義。」

夏魚覺得自己比起某平臺的客服也差不了多少了。

「那我每種會員都辦，豈不是可以集齊所有的卡樣？」荀虎饒有興致的道。

他向來喜歡收集成套的東西，家裡的書卷、畫卷、古董都必須是成套的。有餘食肆的卡樣精美，如果可以集成一套，那他倒是不介意破費。

見到夏魚點頭，亭子裡的幾個人都蠢蠢欲動，各懷心事。

這時，有下人將切好的醬板鴨端來。

色澤紅潤的鴨肉被切得整整齊齊擺在盤中，香味濃郁，勾人食慾。

張茂學知道這是夏魚的手藝，二話不說便拿起一塊板鴨放入口中。

板鴨與烤鴨不同，肉質緊實，入口酥爛，微辣的口感剛剛好，吃起來讓人欲罷不能。

張茂學覺得自己能吃完這一盤醬板鴨。

看到張茂學埋頭大吃不說話，荀虎便知這是合了他的胃口，也跟著吃起來。

「這骨頭竟然也是酥的？」荀虎驚訝道。

他還沒見過能把骨頭做得酥爛的廚子呢。

「這是老闆做的，快吃！」張茂學抽空回了他一句。

這個老闆指的自然就是夏魚了。

話音一落，亭子裡的幾人也開始拿起筷子挾起醬板鴨。

大家都吃過有餘食肆的飯菜，知道這家飯菜的美味，今日見到這道新菜，自是不想錯過。

轉眼間，張茂學和荀虎已經狼吞虎嚥吃掉了半盤醬板鴨。

幾個本來保持著儀態，慢條斯理小口品著鴨肉的公子、小姐們，嚐到酥香的醬板鴨後，再也顧得不形象，直接甩開筷子上手搶盤中的板鴨。

最後，張茂學讓下人又上了五盤醬板鴨才吃了個過癮。

這次張府的桌席設在待客廳，待客廳門小廳大，掛個門簾，燒個銀炭爐，屋內便暖如初春。

張老夫人坐在主位，吃著下人挾來的醬板鴨，不住地點頭。「這鴨子做得酥爛適口，吃著甚是省力。」

孫老夫人坐在她的旁邊，虎視眈眈盯著她手腕上多出的一只翡翠玉鐲，心中怨氣橫生。「這鴨子做的是好咬好嚼，就是辣得叫人不喜，我們年紀大了，哪能頂得住這樣的辣味？」

張老夫人不愛聽這話，說得跟她年紀很大似的。「老姊姊妳受不了，不代表別人也受不了，反正我能受得住。」

孫老夫人雖然嘴上那樣說，但是吃得可不少，不一會兒面前的骨頭就堆成了一座小山。

她喝了一口丫鬟遞來的溫水，道：「老妹妹，這次妳又是在哪兒找的廚子，該不會又是請有餘食肆的老闆吧？」

張老夫人點頭道：「我家孫子在那兒辦了張儲值卡，平時辦宴吃飯方便得很。」

「儲值卡？就是現在城中特別紅的那種破卡片？」孫老夫人輕嗤道，語氣中滿是不屑。

「怎麼？妳家也有辦？」張老夫人問道。

孫老夫人呵呵一笑。「那種玩意兒有什麼好辦的，不就是一張唬人的破木頭片子。」

張老夫人默默拿出一張泛著金光的銅卡，精美貴氣的銅卡一下便將孫老夫人的目光吸引了過去。

「這是什麼？」孫老夫人盯著銅卡問道。

她還沒見過這麼好看的卡片呢，比她家擺在廳裡的那只寡淡玉盤好看多了。

張老夫人道：「這是有餘食肆的會員卡，我孫子在裡面儲值了五百兩銀子呢。」

孫老夫人一哽，不想失了臉面，撇嘴道：「不就是一張會員卡，有什麼稀奇的，明天我也去辦一張。」

張老夫人搖了搖頭。「妳怕是辦不到嘍！」

孫老夫人以為她是在暗諷自己不捨得掏五百兩銀子辦卡，便不服氣道：「這有啥辦不到的，明天我非得去辦一張來！」

張老夫人摸了摸腕上的鐲子，微微一笑。「妳要是能辦到和這個一模一樣的卡，我不僅把這個鐲子還給妳，我庫房收藏的物件還能任妳再選擇一件。」

孫老夫人警惕地看了她一眼。「老妹妹，妳不會又給我挖什麼坑吧？」

張老夫人哈哈一笑，拍了拍她的胳膊。「我給妳挖什麼坑呀，是妳自己說要辦卡的。我只是順嘴提了條件，這麼多年來不是習慣了嘛！」

孫老夫人心中雖然有疑，但也想不出哪裡不對勁，就應道：「行，我要是能辦到卡，妳必須把我的鐲子還給我。」

至於另一個物件，那她就不客氣了，張老夫人庫房可是富得流油呢。

「要是辦不到呢？」

孫老夫人遲疑了片刻，揀了一件家裡最不值錢的物件。「我前兩天剛得了一只玉盤，辦不到我就把玉盤送妳。」

賞梅會一結束，張老夫人又讓丫鬟給夏魚送去一小匣子的銀子。

這兩次都是沾了夏魚的光，她才能贏得孫老夫人的寶貝，給夏魚多賞些銀錢她樂意至極。

而這次賞梅會過後，有餘食肆再次迎來一波人流，來預定板鴨的人排起長隊，最久的要等到三天後才能排到。

夏魚一忙起來，更是沒有時間去新的酒樓打掃，只得叫王伯或洪小亮閒的時候雇些短工去打掃一番。

她眉頭緊蹙，明顯感覺到食肆裡人手不夠。

現在尚且人手不夠用，那新的酒樓就更不用說了。

晚上，一家人吃完飯，圍坐在火爐邊烤花生和瓜子。

夏魚交代李華道：「李嬸，這些天妳留意點來幫忙的人，看看誰手腳麻利，品行不錯的，跟他商量長工的事。」

雖然之前馮老闆給過她一紙名單，但難保時過境遷，人心有變，凡事還是多留意些的好。

李華用小鏟翻炒著花生和瓜子，抬頭不解道：「咱這短工不是挺好的嗎？需要的時候雇人，閒的時候不用雇人還省錢。」

王伯一下想到了剛盤下的陽香酒樓，他問道：「阿魚，是不是新酒樓缺人手？」

夏魚點點頭，長嘆一口氣。「本想著盤一間大點的鋪面能改善一下條件，沒想到麻煩事還挺多呢。」

要是池溫文在就好了，她就不用想這些麻煩事了。

王伯思慮了片刻，道：「我從池府離開前倒是認識幾個陽香酒樓的廚子，人都不錯。不過他們後來都被池旭陽趕出了酒樓，也不知人還在不在東陽城？」

「那王伯你這兩日且去找尋一番，食肆記帳的事我先來。」夏魚道。

「那我這邊還留意長工嗎？」李華不確定地問道。

夏魚道：「要，先留意五個人就行。其餘的等王伯那邊的信兒。」

雖然暫時商定了要招的長工人數，但夏魚心裡還是沒什麼概念，她只得再次來到書院，準備聽聽池溫文的意見。

兩人相見還是在范襲的小屋裡，這次夏魚特地給范襲帶了兩隻板鴨，樂得他捧著板鴨合不上嘴。

夏魚盤下陽香酒樓的事，池溫文一早就知道了，此刻見到她愁眉苦臉的趕來，便知是遇上了什麼事。

「是酒樓遇到了什麼難題？」池溫文聲音和煦，聽得人心頭癢癢的。

夏魚的眉頭依然舒展不開，發愁道：「嗯，新的酒樓太大，人手這方面我腦袋裡一團亂麻，不知道該怎麼分配才好。」

池溫文輕輕一笑，沒有急著跟她說要怎麼辦，反而問道：「新酒樓的名字想好了嗎？」

夏魚望向他含笑的眉眼，遲疑道：「要不還叫陽香酒樓？」

雖然她已經買下了酒樓，但這畢竟是池家百年的家業，多少還是要顧及池溫文的感受。

池溫文似是看穿了她的想法，搖頭道：「不用顧慮我，我已經不是池家人了。」

池家這麼多年對他不管不顧，他亦不會好心的幫池家延續百年基業。

夏魚聽出他語氣中的決絕。「那……就叫有餘酒樓？」

這個名字還是池溫文當時取的呢。

池溫文沒有反駁，又問道：「那新的酒樓妳想怎麼經營？」

這個問題夏魚早就想過，她眨了眨眼，回道：「除了飯菜和滷味，我還想再賣些零嘴閒食，還有簡餐。」

「簡餐？」這對池溫文來說又是一個新名詞。

「就是三明治、漢堡、炸雞、薯條、下午茶之類的。」夏魚覺得她就算這麼解釋，池溫文也不一定能聽懂。

而後她又補了一句。「就是方便帶走，邊走邊吃的食物。」

池溫文若有所思道：「我記得陽香酒樓的後廚有八個灶臺，可以雇四個廚子，每人兩個灶臺。讓白小妹監督，順便做替補。」

夏魚頓悟，這樣分配確實比較合理，不僅自己人輕鬆了不少，還給白小妹升職了。

她一下被打開了新思路，歡躍道：「採買的事可以交給小亮，再雇幾個人分別負責打雜，還有一樓、二樓和三樓的待客。」

池溫文打斷她的想法。「三樓的幾間房比較大，可以當作我們自己人的住處，也能減少雇傭人手的開支。」

他不認為酒樓初期的盈利能一下達到最大化，起步還是要以節省開支為主。

有了池溫文的一番指點，夏魚豁然開朗，滿面春風地離開了書院，心裡擬定一份人員職務分配表。

王伯依舊打理櫃檯帳簿，白小妹負責後廚事宜，洪小亮包攬採買，李華督促所有幹雜活的人。

有了自己人的監督，很多事都能省下不少心。

而她也有空餘時間多想些吸引人的菜色。

回到家，夏魚將自己的想法跟眾人說完後，所有人都為之一振，歡呼雀躍，恨不能明天就去新的酒樓開工。

人生最大的樂趣之一，莫過於升職和加薪了。

夏魚惦記著酒樓三樓的改造，想看看需要再添置幾張床什麼的，所以抽空又去了趟酒樓。

她扶著被擦得錚光瓦亮的樓梯扶手上了三樓。

這幾天，洪小亮一有空便帶著人來清掃，酒樓已經被打理得一塵不染。

如果說一樓是大堂，二樓是雅間，那三樓就是豪華包廂了。

整個樓層從高處俯瞰便是一個回字形，站在三樓木製的走廊上，可以看到整個大堂的景象，氣派至極。

三樓一共有六間房，回字形的南北兩邊各是一間超大客房，東西兩側是四間大小一樣的客房。

客房裡不僅有桌子、妝櫃和屏風擺件，還有一張可以臨時歇腳的雕花木床。

家具雖有磨損，但細微之處面面俱到。超大客房裡甚至還有一個擺了書卷的書櫃，和一架做工精細的箏琴，屋內高雅的格調陡然提升了幾分。

看來之前池家人在這座酒樓裡也投入了不少心思。

這一趟看下來，不僅沒有什麼需要添置的，反而還多了兩架箏琴無處安置，倒叫夏魚又頭疼了幾分。

眼下酒樓已經被打理得差不多了，夏魚便叫眾人收拾行李，隔三差五地送去酒樓，省得臨到跟前忙亂而少了東西。

王伯和李華兩人也有了信兒。

李華在幫忙的幾人中挑了五個幹活俐落、脾氣溫和、手腳乾淨的幫工，將這些人的名字告訴了夏魚。

王伯在城中輾轉了兩、三個地方，終於找到了還留在城內的兩名廚子。

這兩人當初在陽香酒樓燒菜時還是幹勁十足的年輕小夥子，如今也成了歷經滄桑的糙漢。

離開陽香酒樓後，別家酒樓怕得罪池家人，不敢收留他們，小食肆也信不過外人，兩人屢屢被拒於門外。

他們不是沒想過自己開一間食肆，但是會做飯不代表會經營。在經歷過一次失敗後，兩人就靠著給人搬運貨物和打雜維持生計。

日子久了，他們就漸漸被人遺忘了。

當得知王伯想請他們再次回到酒樓當廚子，兩人激動得熱淚盈眶，泣不成聲。

沒想到有生之年，他們還能再次拎起炒勺當廚子。

雖然只暫時找來兩個廚子，但是別的人手都夠了，夏魚不想耽誤太久，敲定了一個自己覺得吉利的日子，便叫洪小亮去訂做招牌和會員卡，準備開張。

開張前的日子，夏魚琢磨著把酒樓後院的觀賞涼亭打掉，改成一排員工宿舍。這樣離家遠的幫工可以臨時住在酒樓裡，省去了來回的奔波。

於是她用張老夫人賞的一匣銀兩蓋了兩間寬敞的屋子。

男住左，女住右，又在屋子裡打了幾張上下鋪，每屋足夠住下七、八個人。

有餘酒樓開業這天，竹暄書院放了一天的假，范龔和池溫文帶著夏果和白祥都來到酒樓參加開業剪綵。

「有餘酒樓」黃澄澄的招牌在陽光映照下甚是耀眼，引得不少人前來圍觀。

當大紅的布條被剪斷，一掛鞭炮放完，所有在門口等著的客人都一窩蜂地湧進酒樓，都快要把門檻踏破了。

「掌櫃的，我要辦卡！」

「我先來的，別擠啊！」

「我！我要辦尊貴會員卡，我先！」

這些人之前就收到張茂學幾人透露的消息，說有餘酒樓開張時會推出新的會員卡，所以他們一早便在酒樓的門前守著。

嘈雜喧鬧的場面讓隔壁幾家看熱鬧的店鋪都傻了眼。

夏魚喊破了嗓子才維持住秩序，讓一眾客人排隊辦卡。

「儲值一百兩以下的為普通會員，特製銅卡限量三十張；五百兩以下為卓越會員，特製銅卡限量二十張；五百兩以上為尊貴會員，特製銅卡限量十張！」洪小亮在門口不停重複吆喝著。

池溫文和王伯兩人一起在櫃檯奮筆疾書地登記著，范龔在一旁做最後的核對。

「排隊超過六十人以後的可以散啦！」夏魚在隊末喊道。

排在第六十一個的人都快哭了。

大堂的排隊還在進行，終於輪到了排隊許久的孫老夫人，想起自己失去的玉盤，她咬了咬牙，道：「給我辦一張尊貴會員卡！」

她就不信這次張老夫人還能比得過她！

第四十一章

開業的第一天，有餘酒樓推出了一道新菜——九宮格涮羊肉火鍋。

圓圓的鍋底被井字分為九個格子，每格都可以選不同口味的鍋底。

愛吃辣的可以點超辣、麻辣、酸辣和微辣的鍋底；不吃辣的可以點菌菇、三鮮、番茄和時蔬的鍋底。

咕嘟冒泡的湯底中翻騰著各種食材，大家現吃現煮，配上不同的蘸醬調料，另有一番風味。

今日來的客人必點的就是這道九宮格涮羊肉火鍋。

「小二，這一卷一卷的是什麼東西？」一個客人問著上菜的小二。

大柴停住腳步，將托盤立在身側，露出一個相當標準的職業微笑。「客官，這是羊肉卷。將羊肉在滾燙的湯鍋中涮至變白，蘸了醬料便可以吃了。」

在開業的前幾天，夏魚專門給他和另一個招呼客人的錢三上了一堂培訓課。

客人挾起薄如紙片的羊肉卷，疑惑道：「這麼薄的東西是肉？」

不過他還是按照大柴的指點，將肉卷放進鍋內煮起來。

煮好的羊肉卷蘸了醬料入口，鮮而不羶，醇香細嫩，比平時吃的肉塊口感好太多了！

「這真的是肉？」客人眼中閃過一絲驚豔。

大柴笑著回道：「是的，如假包換的羊肉。」

「再來兩盤羊肉卷！」

如果說客人最初點九宮格火鍋的原因是因為新鮮，那他們此時已經被這盤鮮薄的羊肉卷所折服了。

有餘酒樓的涮羊肉火鍋立刻又風靡了整個東陽城，每日酒樓不僅客聚如潮，還有不少人專門來買羊肉卷回家做菜吃。

其間，夏魚還專程去了竹暄書院和張府一趟，讓范襲、池溫文幾人和張府的主子們吃了個痛快。

不過，這樣的喧沸在別家也跟著做出羊肉卷後逐漸歸於平靜。

夏魚也正好得了空在酒樓裡添置一些物件。

櫃檯旁，夏魚單獨做了一個小貨架，用來擺放冬瓜糖、沙琪瑪、鍋巴、麻辣雞絲條等一些成包的小零食。

這些小零食她只需要自己調製好口味，剩餘的步驟就交給廚子烤製、油炸，倒也不費勁。

菜單上，夏魚也添加了漢堡、打滷饢、薯條、熱狗、果汁等方便快捷的食物。

一樓的大堂不小，除去一張寬大的櫃檯和食客們用的桌椅外，還剩餘一個九尺長的戲臺子。

夏魚打算好好利用這個戲臺子。

她讓大柴和錢三幫忙從三樓將箏琴抬下來，分別擺在戲臺子兩側，請了兩個伶人來彈奏，準備展開下午茶會活動。

有餘酒樓的活動向來新潮，一有風吹草動，城中的公子哥兒和小姐們便忍不住想來圖個新鮮。

因此，下午茶會的消息一傳出去，便引得不少公子、小姐們前來打聽詢問，有些府上閒著無事的夫人們也都跟著來湊個熱鬧。

由於報名的人太多，酒樓的坐席有限，夏魚不得不規定條件。來的人必須帶一個或兩個友人，再採取抽籤的方式預約次日的茶會。

過了晌午，酒樓的客人陸續離開。

夥計們手腳麻利地按照夏魚的吩咐，在地上鋪了一層米色線毯，將矮桌矮椅換成了新製的高桌高椅，並在桌上鋪上一層淡藍色的桌布。

收拾妥當後，夏魚便叫兩個伶人上臺演奏。

到了下午茶會規定的時間，小姐、夫人們成群結對而來，一進酒樓便被深深地震撼住了。

這裡的擺設與平日截然不同，就像是換了一家店鋪似的。

大紅色的戲臺被一層墨綠色的簾布遮住。

琴聲從伶人的纖纖玉手間流出，悠長愜意，讓人恍惚置身於靜謐的森林間，耳畔響起泉水緩流而下的清脆。

五張鋪了桌布的高桌比木桌看起來更加整潔敞亮，帶著扶手靠背的座椅上也蓋了同色的桌墊。

桌面上，幾枝含苞待放的臘梅立於瓶中，散發著淡淡的幽香。

整個店鋪看起來高雅恬靜，讓人不由得屏住呼吸，不忍打破這份美好。

夏魚穿著藍白相間的窄袖高腰長裙，烏髮盤起，與這裡的氛圍自然地融為一體，一點也不顯得突兀。

愣在門口的小姐和夫人們看著她這一身打扮，眼中皆是閃過一絲驚詫。這種窄袖裙子的裝扮似乎也不錯？

後來的幾個公子們也看呆了，他們本以為下午茶會和別的宴席沒什麼不同，不過是普通的聚會而已。

但現在看來，這不能說沒什麼不同，簡直是毫無關係。

夏魚微笑著招待聚在門口的客人。「歡迎大家來體驗下午茶會活動，今日茶點一律八折優惠。」

說完，她便將這些人引入座位。

「這下午茶會是幹什麼的？」蔣夫人問出了眾人都想問的問題。

夏魚回笑道：「下午茶就是約自己的閨中密友或知己，一起來喝喝茶、吃吃點心，放鬆心情，暢聊人生，享受閒暇時光的小聚會。」

這麼一解釋，眾人也就明白了。

他們平時聚在一起舉辦的宴席不過是虛假姊妹情之間的互相攀比，而下午茶會則是和真閨密一起享受的時光。

理解了下午茶會的含義，一些與自己好姊妹、好兄弟同來的人瞬間覺得輕鬆了不少。

但同時也都覺得，這種茶會還是更適合女子來閒坐。

黃家小姐坐在軟軟的椅子上，問道：「老闆，茶點有什麼啊？」

夏魚將菜單上的內容念給眾人聽。「鬆餅、三明治、蘋果醬夾片、甜脆桃仁、水果沙拉、果茶或花茶……當然，還有一些店裡的小零食也可以售賣。」

看著那些帶著同伴的人，花了高價從別人手中買來抽籤的周彩錦撇了撇嘴，昂著頭高聲道：「妳剛才說的那些東西，每樣都給本小姐來一份！」

有閨中密友有什麼了不起的，下次她也要帶著大姊一起來。

其他人見這些茶點的定價不算貴，便每人都點了幾樣。

在婉轉悅耳的琴聲中，不少人都放鬆了下來，與同伴湊坐在一起，享受著精緻美味的茶點，小聲交談著，時而抿嘴偷笑，時而蹙眉嘆氣。

這樣的環境比乾巴巴坐在家裡聊天舒服太多了。

有餘酒樓火鍋的風頭剛過不久，又颳起了下午茶的風潮，夏魚穿的那款窄袖高腰長裙也時興了起來。

城中不少酒樓都開始擺起了下午茶會。

不得不說，這些酒樓將下午茶會辦得還真有模有樣，情調和氛圍一點也不輸有餘酒樓。只可惜，夏魚做的那幾樣茶點他們學不來。

有餘酒樓的下午茶會依舊被各家小姐和夫人們追捧，需要預定座位。

就這樣一直忙碌著，直到臘月二十一日的傍晚，灰濛濛的天空飛揚起大片雪花，池溫文和夏果一同從書院揹著包袱回家，夏魚才意識到要過年了。

池溫文回到家擱下了東西，簡單吃了一口飯，便去屋裡開始整理核對帳簿，爭取在年前把舊帳清算索利。

三樓的六間房，四間小房分給了夏果、洪小亮、李華和白小妹，兩間大房給王伯住一間，夏魚和池溫文住另一間。

大房裡很寬敞，進門是吃飯用的圓桌椅，往裡走是放了書櫃和書桌的書房，最裡面是一張梨木架子床。

屋裡燃著自家的炭，池溫文在書房裡翻著帳簿，夏魚坐在外間數著這大半年來攢下的銀錢。

「從開業忙到現在，店裡的夥計都挺用心，我想明天給大家結了工錢，讓他們回家安心過個好年。」夏魚分出一部分銀子，將剩餘的鎖在匣子裡。

池溫文骨節分明的手指撥著算珠，聽到夏魚的話，他抬眸道：「好，正好妳也歇息幾日。」

近一個月來，書院連著幾番測試，他都沒顧得上回家，酒樓的瑣事全都壓在夏魚身上。

看著夏魚瘦弱的小身板，池溫文眉頭緊皺，淡若深潭的眸中閃過一絲心疼。

夏魚突然想起了前幾天的事，糾結了半晌，道：「池旭陽前幾日剛被斬首，池老爺派人過來請你回家過年，你想回去嗎？」

池溫文周身的氣息倏然冷下幾分，眸中似是結了一層寒霜。「不去。」

夏魚默然。也是，她本就應該知道他的心意。

池溫文斂了幾分氣息，恢復了往日的平淡，握著她的肩膀，目光堅定道：「記住，我的家人只有妳、王伯和夏果。」

夏魚抬頭撞進他平靜無波的清眸，輕輕點頭道：「知道了，下次池家人再來，我不會理他們的。」

過年的前幾天，大街小巷張燈結綵，處處洋溢著吉祥喜慶。

有餘酒樓的夥計們不僅拿到了工錢，還額外得了一筆賞錢，眾人皆是又驚訝又感動。

「老闆，這、這不合適吧？」大柴激動得說話都有些結巴。

他們雖然簽的是長工的契約，但來這裡還沒幹多長時間，夏魚卻給他們雙倍的工錢。這還是他們第一次得到這麼多的工錢呢。

夏魚將歇業的木牌掛在門口，回身笑道：「這是你們應該得到的，都安心拿著吧，回家過個好年。」

自從開業以來，客流不斷，雜活繁多，但大家任勞任怨，毫無怨言，這賞錢夏魚給得心甘情願。

「多謝老闆！」錢三小心地將銀錢收進包袱裡，臉上的笑容久久不散。

在後廚幫忙幹雜活的周嫂終於直起了腰，眼中滿是希冀。「這次回家我就讓孩兒她爹看看，我掙的銀子不比他掙的少！」

崔孀來來回回數著手中的銀錢，眼眶有些微熱。「我也能給閨女做件新衣裳了。」

兩個廚子相視一望，滄桑的臉上終於露出了久違的笑容，心頭壓抑許久的沈悶也隨之飄散。

將幾個夥計送出了門，屋裡就只剩下自己人了。

「嫂子，二妮來城裡看她姑姑，一個人人生地不熟的，我去陪陪她，年前再回來。」白小妹也提早收拾好了。

「好，妳注意安全，有事趕緊回來。」夏魚點頭囑咐道。

「知道了。」白小妹應了一聲，滿心歡喜地走出了酒樓。

李華帶著兩個孩子收拾好行李，語氣中夾雜著一絲傷感。「妞妞，我準備帶小亮和小秀回去看看他們爹，估摸著過完年能回來。」

要是洪大武沒走該多好，就能和他們一起過上好日子了。

夏魚拍了拍李華的手臂，讓她放寬心。「沒事，咱們酒樓初六才開市，你們不用急，路上注意安全。」

洪小秀拿著自己的小木鳥，眨著烏溜溜的大眼睛道：「夏魚姊姊放心吧，哥哥會保護我們的。」

一旁的洪小亮登時來了勁，拍著胸脯道：「放心吧！」

洪小秀現在的性格已經開朗了很多，沒事還會主動跟酒樓裡的熟人說兩句話了。

夏魚將提前準備好的幾包小零食遞給她，笑著誇道：「小秀真乖，這些帶著路上吃。」

夏魚、池溫文、王伯還有夏果，一直將李華母子三人送上出城的馬車，才轉身往回走。

路上的積雪被來往的行人、馬車踩踏得又硬又滑，不少人都從家裡拿出鐵鍬，鏟起自家門前的冰雪。

夏果到底是小孩子心性，一邊走，一邊在冰雪上出溜打滑，看得夏魚是提心吊膽的，生怕他摔了。

「對了，姊，我想找白祥去東頭的市集玩。」夏果放慢了腳步，跟在大人的身旁。

夏魚給他塞了些銀錢，笑著叮囑道：「去吧，注意安全。順道跟白大哥和棗芝嫂帶話，說咱過年去拜年。自己看天色早點回家。」

夏果高興地應了聲，就直奔衙門附近的胡同去。

王伯想起前幾日來找自己敘舊的老友，便也跟夏魚和池溫文打了個招呼，轉身朝另一個方向走去。

回去的路就只剩下池溫文和夏魚兩人。

「晚上想去看放燈嗎？」池溫文突然問道。

「放燈？」

「嗯，每次臨近過年，城郊的河畔便有不少人燃放孔明燈祈願。」池溫文望了一眼無風的天色。「今天沒那麼冷，放燈的人可能會更多。」

「好呀！」難得有空閒的時間，夏魚也想去湊個熱鬧。

過了晌午，兩人隨便吃了飯，便趕去城郊。

到了城郊，天色幾近黑暗，臨近河畔的小路上支起不少賣孔明燈的攤子。

有些人已經撐起紙燈，在裡頭燃了燭火，碩大的孔明燈緩緩升起，悠悠飄向黑幕般的夜色，為墨色的黑暗增添多彩的星光。

「要放一盞燈嗎？」池溫文側頭問道。

夏魚眼眸中跳躍著欣喜，點頭道：「要！我想放一盞紅色的燈。」

說完，池溫文便去小攤上買了一盞紅色的孔明燈。

兩人來到河畔，尋了個人少的地方，燃上孔明燈裡的燭火。夏魚學一旁姑娘的樣子，雙手交扣在胸前，低頭許了一個願望，然後將紙燈緩緩送入天上。

「許了什麼願望？」池溫文彎起唇角。

夏魚咧嘴一笑，眸中帶著狡黠。「你猜猜。」

「嗯……算了，說出來就不靈了。」池溫文仰頭看完那盞紅色的紙燈，幽幽道：「其實我方才也許了一個願望。」

「什麼？」夏魚下意識的問出口。

「希望我們永遠不會分開。」

夏魚和池溫文站在河畔，身邊一盞接一盞的孔明燈升起。

兩人相望，彼此的眸中倒映著對方的身影，萬家燈火為兩人暈著一層柔和的光芒，這天地間也彷彿只剩下對方。

夏魚臉色一紅，嬌嗔道：「都說了，說出來就不靈了，你幹麼要說出來！」

池溫文拉過她微涼的小手，難得彎起眉眼笑道：「不說出來妳怎麼知道？再者，這是我們兩人之間的事，靈不靈別人說的也不算。」

夏魚無言辯駁，只得悄悄用力捏了一下他溫熱的手掌。

「走吧，回去了，等會兒夏果和王伯該等急了。」池溫文牽起她的手，也不顧旁人的目光，往城內走去。

因為城郊離城中還有一段路程，兩人便坐了一輛馬車回去。

回去後，夏魚一開門便看到王伯在桌上留下的字條，上面寫著夏果今夜要在白祥家住，他也要與老友暢談整晚，讓他們兩人不必擔心。

夏魚有些不放心。「這真是王伯留的嗎？」

池溫文將字條收好，燃了炭爐，溫柔笑道：「放心吧，是王伯的字跡。現在臨近年關，衙門比平日巡守得更加嚴謹，不會出事。」

聽聞這話後，夏魚懸著的一顆心才放了下來，她搓了搓凍僵的手，放在炭爐上烤了一會兒，問道：「晚上想吃什麼？」

池溫文往牛皮水袋裡灌了些熱水，紮緊封口，遞給她暖手。「妳想吃什麼，我去幫妳做。」

「你會嗎？」夏魚不可思議地瞪大眼睛望著他。

池溫文抽了抽嘴角。「算了，妳等一會兒吧。」

他昨天抽空跟廚子邱強學做了最簡單的兩菜一湯，番茄炒蛋、肉末溜豆腐和蛋花湯。倒也不用夏魚特意點什麼菜，他只會這三樣。

說完，池溫文就走去後廚，準備大顯身手一番。

夏魚從門口探進來，關切道：「需要我打下手嗎？」

「不用。」池溫文將她趕了出去。

大堂裡空蕩蕩，雖然燃了炭爐，還是擋不住絲絲寒意。夏魚熄了炭，跟池溫文打了一聲招呼，去三樓的房間先歇著。

房間裡收拾得整整齊齊，夏魚燃了炭爐，隨手拿了一本書架上的書卷，等待著自己的晚飯。

兩本書翻完後，樓下依然沒有動靜，夏魚不放心，披了一件衣服便下樓去了廚房。

廚房裡，池溫文剛把米飯蒸好，還差一道肉末溜豆腐。

夏魚看著他艱難地把豆腐切成小塊，有點不忍心道：「要不還是我來吧？」

池溫文眼風一掃，夏魚不自覺地閉上嘴。「您慢慢來，不急。」

終於等到池溫文做完晚飯，夏魚餓得前胸貼後背，直接在廚房裡的矮桌上就吃了起來。

也不知道是不是因為太餓的原因，這頓飯還意外的挺好吃。

無論是酸酸甜甜的番茄炒蛋，還是爽滑鮮嫩的溜豆腐，配著米飯吃都格外香。最後一碗熱呼呼的蛋花湯下肚，身上寒意頓時被驅散得一乾二淨。

兩人圍坐在廚房裡的矮桌旁，很快就把飯菜消滅乾淨了。

「看不出來，你很有做飯的潛力嘛！」夏魚誇完又道：「不過就是做飯太慢了，肉末溜豆腐再鹹一點、蛋花湯再嫩一點就好了。」

他難得做一次飯菜，她還挑三揀四的。池溫文眉頭一挑，忍住把人扔出去的衝動。「吃飽了？」

察覺到對方的氣氛有些不對，夏魚打著哈哈道：「我去刷碗。」

池溫文拿過她手中的碗，無奈道：「還是我來吧。」

第四十二章

知道夏魚有泡澡的習慣，忙完一切，他又燒了幾大桶水，讓夏魚泡了個熱水澡。

夏魚坐在房間的銅鏡前，用乾布絞著髮絲上的水，心頭已經嘆了無數次的氣。

這麼長的頭髮也太難乾了吧！

突然，一雙溫熱的大手接過她手中的布巾，替她慢慢擦拭著髮梢上的水珠。

透過銅鏡，夏魚看到同樣烏髮披肩，髮梢帶著水珠的男子，滿目寵溺地站在自己的身後，細細替她搓著髮絲，生怕弄疼了她。

她一把搶過布巾，起身將他拉到凳子上，然後替他擦拭著濕漉漉的烏髮。「我的頭髮都快乾了，你快點擦自己的吧，別著涼了。」

「嗯。」池溫文輕輕應了一聲，任由她為自己擦拭髮絲。

烏絲如瀑，披瀉在他的肩頭，讓他看上去多了一絲肆意放縱。

夏魚起了貪玩的念頭，待他頭髮快乾之際，將他的長髮編了兩條麻花辮。

「哈哈哈哈……」夏魚看著垂在他身後的兩根麻花辮，笑得直不起腰。

池溫文眯了眯眼，一把將她扯進自己的懷中。

還未來得及捆綁的麻花辮瞬間又鬆散開來，烏絲垂在他的胸前，擋住了兩人交疊在一起的熱吻。

夏魚覺得自己像是被人抽乾了空氣，呼吸越來越緊促，大腦一片空白，不自覺地嚶嚀一聲。房間內的溫度陡然上升，夏魚突然覺得身下一空，接著整個人就被壓在了床上。勾在床側的淡色帷幔不知何時悄然落下，屋中只聽得微微發顫的輕呼聲此起彼伏。

窗外的雪不知何時停了下來，只留狂肆的北風呼呼颳著。

屋內卻是溫暖如春，地上的炭爐還在燒，桌上油燈忽明忽暗地跳動了兩下，最終歸於平靜。勞累過後的夏魚意識漸漸模糊，靠在身旁人的懷裡睡了過去。

清晨，天色擦亮，窗外又飄飄然落起雪花。

習慣了平日的早起，夏魚睜開眼睛，正要伸懶腰，卻感覺渾身疲乏痠痛，腰肢也被人禁錮在懷中。

想起昨夜的瘋狂，她心頭湧上一絲妙不可言的興奮，臉上卻是又紅又臊。

「醒了？」低沈沙啞的聲音從身後傳來，夏魚側身看向早已清醒的枕邊人。

池溫文眸中盡是一汪碧波蕩漾的春水，小心翼翼將她整個人映在其中。

「你什麼時候醒的？」夏魚把腦袋湊進他的懷裡蹭了兩下。

昨晚已經熄滅的火苗再次被她撩起，回應她的只有雨點般細碎的輕吻，不多時，室內再次燒起熊熊的燎原之火。等兩人一番折騰後，天色已經大亮。

夏魚推開攬在自己身側的人，嬌嗔道：「快起來，樓下前後兩個門都在裡面鎖著呢，一會兒王伯和果兒回來進不了屋子了。」

池溫文彎起唇角，慵懶地道：「這個時間估計他們還在吃早飯呢。」

咕嚕！提起早飯，夏魚的肚子很給面子地呼應了一聲。

她窘著小臉，黑亮的眼睛眨了兩下。「我覺得我們也該起來吃早飯了。」

「嗯，我去買些粥回來，妳再睡會兒。」說完，池溫文在她眉間輕落一吻，才撩開帷幔起了床。

當然，在池溫文走後，夏魚自然是翻來覆去都睡不著，她索性起身，洗漱一番下了樓。難得閒來無事，她從櫃檯裡翻出一張草紙，羅列起要準備的年貨，等一會兒吃完飯後去年集上看看。

這時，一陣粗魯的敲門聲傳來。

「掌櫃的在嗎？」說話的人語氣中帶著不耐煩。

「是不是要過年，人都走了？」另一個聲音在一旁響起。

「走什麼走，沒看見外面連個鎖都沒落，肯定是在屋裡插門閂了！」

夏魚仔細聽了聽動靜，門口約莫有四、五個人，應該都是男的，他們似乎也不是來訂餐的食客。

這樣的實力懸殊，鬼才去開門呢！

她輕輕擱下筆，彎下腰蹲在櫃檯下，避免被人從縫隙裡瞧見。

門外的敲門聲還在繼續，夏魚在裡面就是不應聲。有餘酒樓位於正街上，人來人往，那些人肯定不敢砸門而入，就是聽著砰砰的敲門聲比較鬧心。

「牛叔，我去後門看了，後門外頭落鎖了，他們可能是從後門走的。」

「算了，走吧。」為首的人也早就等得不耐煩了。

聽到他們說要走，夏魚吊著的一顆心才落下來。

「你們找誰呀？」熟悉稚嫩的童聲在門口響起。

「小孩，你知道這家人住在哪兒嗎？」

夏魚的心咯噔一下，這不是夏果的聲音嗎？

她抄起櫃檯下的算盤，噌地站起身，桌上的毛筆一下被她撞飛，啪的一聲掉在地上。

「不知道，我是來買滷味的。」夏果異常淡定地說著。

「牛叔，我剛才聽到屋裡有動靜。」

「哎，那小孩怎麼跑了……」

夏魚手握算盤，面色複雜。早知道夏果這麼機靈，她就繼續躲著了。

門外的人沒再繼續關注夏果，轉而又大力敲起大門。

「掌櫃的，我知道妳在裡面，快把門打開！」

「是啊，我們不是壞人，就是有事跟妳商量。」

夏魚翻了個大大的白眼，不是壞人會把小孩嚇跑了？

「我們老爺病了，就想看少爺最後一面。」門外為首的牛叔喊道。

池家人？夏魚忍住罵人的話沒有出聲。

「牛叔，我看見了，那人就在門口的櫃檯後站著呢。」

得了，夏魚也不用繼續躲了。

她轉身進廚房拎了一把菜刀拍到桌上，跟門外的人道：「你家少爺不是在九泉之下嗎，什麼時候在我家酒樓裡？」

牛叔愣了一下，才反應過來她說的是池旭陽。「夏老闆您這話說的，池大少爺和二少爺不都是池家的少爺嗎？」

「我只知道池旭陽是池家的少爺，可沒聽過池家有第二個少爺。」夏魚撇了撇嘴。

「夏老闆，您看這外頭挺冷的，咱把門打開，一起坐下說話怎麼樣？」牛叔不想讓街上來往的行人看笑話，試探地問道。

夏魚一口回絕。「不怎麼樣，冷了您就回去多穿件衣裳，酒樓歇業，暫不開門。」

她又不傻，幹麼給不認識的陌生人開門，萬一開門被他們捉住當人質，用來威脅池溫文怎麼辦？

牛叔的聲音冷了下來。「百善孝為先，夏老闆您怎麼說也是池府的兒媳婦，過年了不回家看看老爺像什麼話？」

夏魚毫不生氣，甚至有些想笑。

池家人可真有意思，十幾年過去了，現在才想起要認兒子、兒媳婦，不就是為了讓他們給池家那兩個人養老送終、傳宗接代嗎？

想得還真是美。

「回去告訴池老爺，趁他年輕龍精虎猛，抓緊時間還能再生個小的，就別在我們這兒浪費感情了。大家都是成年人，硬是道德綁架多沒意思。就算我們回去池府，也不見得能真心對待他老兩口，與其熱臉貼冷屁股，不如自己活得痛快些。」

門外霎時間鴉雀無聲，不知是被夏魚說服了，還是無法回應她赤裸的話題。

牛叔見她軟硬不吃，嚥下一口氣，慭悶道：「走！」

真是不知羞恥，竟然當著他們幾個大老爺們的面，把生孩子這事吆喝出來！

看著門口散去的人影，夏魚鬆了一口氣。

當池溫文買完粥回來，見大堂的桌上擺著一把鋥亮的菜刀，不由嚇了一跳。「妳拿菜刀幹什麼？」

夏魚將菜刀扔回廚房，漫不經心道：「剛才池府的人來了，說池老爺病了，我這個當兒媳婦的不孝。」

池溫文將食盒裡的早餐擺出來，皺眉道：「還有嗎？」

她點了點頭，認真道：「我讓池老爺趁著年輕再生個兒子。」

「噗哧！」池溫文忍俊不禁。「說不定他會把這話放在心上。」
「誰？池老爺嗎？」夏魚問道。
池溫文給她遞去一個讚賞的眼神。「他這個人向來沒主見、沒主意，只要覺得別人的話有道理就會聽從。要不然也不會被王氏拿捏這麼多年。」
「那咱就等著池府的好消息吧。」夏魚笑得彎起眉眼，總覺得池府即將上演一場好戲。
兩人才喝了兩口粥，就聽大門外傳來白慶的敲門聲。「阿魚妹子，妳在裡面嗎？」
池溫文起身開門，將人迎了進來。
夏果眼睛通紅，一開門就跑了進來，撲進夏魚的懷裡大哭起來。「姊，我剛剛是跑去找白大哥了，不是扔下你們不管。」
他生怕夏魚生氣，趕緊解釋道。
夏魚拍著他的後背，安慰道：「我知道，你剛剛還挺機靈的嘛，下次繼續保持！」
「妳不生氣？」夏果抬頭抹著眼淚。
「我為什麼要生氣？你要不跑被抓了我才生氣呢。」夏魚把一方乾淨的帕子遞去。「早上吃飯了嗎？」
夏果點了點頭，指著身後一起跟來的白祥。「我和白祥一起吃過了。」
白慶知道沒出什麼事後，便遣散了跟來的幾個衙役。幾個大人圍坐在桌邊閒聊起來，夏果和白祥待不住，又一起去城中的書肆看書。

夏魚最後一口粥剛嚥下肚，就見一個衙役急匆匆地跑進來。「白哥，不好了，你讓我們盯著的柳宅出事了！」

「柳宅？」夏魚低吟道，腦海中搜索著這是哪戶人家？

「柳貴，就是那個把慧雲養在家門口的柳老爺。」白慶神色凜然，起身告辭道：「阿魚妹子，我先走了。」

待白慶走後，夏魚按捺不住心頭的好奇，收了碗筷就跟池溫文一起去柳宅看熱鬧。

「是不是柳夫人發現了慧雲的存在？」夏魚一邊走，一邊問身旁的池溫文。

「可能吧。」池溫文隨口道。

他對柳老爺的家事不感興趣，唯一的關注點只有慧雲手中的那顆藥丸。如果他沒猜錯，池旭陽後來的瘋癲狀態估計跟這顆藥丸有關。

兩人到柳宅時，門外已經圍了許多人，皆對著柳宅指指點點。

夏魚聽到身邊一個嘴碎的老婦人道：「造孽啊，這柳老爺怎麼就捨得對自己的結髮妻子下狠手？再怎麼說柳夫人也給他生過兩兒兩女啊！」

「柳老爺傷了柳夫人？」夏魚心頭大驚，湊上去問道。

老婦人擺了擺手。「倒沒有傷著，柳老爺拿刀砍柳夫人的時候，正好被他大兒子攔下，一刀砍偏削了那小子的半邊肩膀。要不我就說，還是有個兒子好……」

後面的話夏魚沒聽進去，她拉著池溫文擠進人群前面。

柳宅門口，柳老爺被五花大綁著，一個勁兒在地上掙扎。旁邊一個頭髮散亂，穿金戴銀的婦人看著他不住哭泣，眼中滿是恨意。

「你竟然為了那個不乾不淨的女人跟我動手，我這輩子真是瞎了眼嫁給你！大郎要是有個三長兩短，我就跟你拚了！」

柳老爺雙眸紅得嚇人，身體不受控制地抽搐著。「慧雲！你們休想碰她一根手指頭！」

此刻，夏魚也注意到他的狀態不大對。

她輕輕碰了碰池溫文，低聲道：「柳老爺是不是瘋了，怎麼瞧著這麼嚇人呢？」

池溫文蹙眉片刻，輕聲道：「是有些不大對勁。」

不多時，白慶帶著一個哭得梨花帶雨的女子從柳宅旁的小院木門走出。

慧雲依舊穿得妖嬈嫵媚，亮紫色的裙裳緊裹著凹凸有致的胴體，一點也沒有因為冬衣的厚實而顯得臃腫。

慧雲邊哭邊自責地喊道：「都是慧雲不好，夫人您要怪就怪慧雲吧，是我對老爺糾纏不休。慧雲甘心做小，無名無分服侍老爺和夫人。」

慧雲這番話自然是喊給躺在地上的柳貴聽的。

在地上躺著的柳貴腦中一片渾沌，只有慧雲的聲音格外清晰，他用力掙扎幾番，咬牙嘶吼道：「慧雲！」

柳夫人的心涼了大半，頭一次覺得自己這大半輩子終是錯付了。

不過，想起自己的兩兒兩女，她狠狠地剜了慧雲一眼。「呸！就妳這種破鞋也配進柳家的大門，作夢去吧！」

衙門向來以說和為主，柳貴這次雖然動了刀，但終究沒有傷到外人，而且這事左不過是柳家的家事，最後只能不了了之。

白慶盯梢了這麼久，偏偏沒抓住柳老爺或慧雲的過錯，無法審案，面上頓時愁雲密布。

池溫文悄悄拉住夏魚退出人群，喚來在樹下討要的小叫花子，在他耳根嘀咕了幾句，又給了他一些銅板。小叫花子接了錢，連連點頭，一溜煙跑了個沒影兒。

「你讓那小孩幹麼去了？」夏魚忍不住問道。

池溫文俯身至她的耳旁，輕聲道：「自然是給柳夫人傳話，讓她多關注柳老爺的狀態。」

只有平日裡最親近的人才能發現端倪，所以柳夫人是最好的人選。

「走吧，去年集上看看。」池溫文不再提方才的事情，帶著夏魚往長街的方向走去。

臘月二十三，街頭多了些賣灶糖的攤子，走過之際，還能聽到小孩子唱起的童謠。

「二十三，糖瓜黏，灶王爺爺要上天……」

池溫文拉住夏魚，指著賣灶糖的攤子。「咱好歹是開酒樓的，不買些灶糖祭灶王嗎？」

夏魚毫不猶豫道：「買！」

這是過年的傳統習俗，少了這部分可就沒有年味了。

兩人買完灶糖，就聽到身後有人在叫他們。「阿魚、池先生！」

夏魚回頭，瞧見棗芝帶著大丫和二丫正在街對面朝他們招手。

昨天李桂枝帶著二丫一起來到城中，準備在這兒過年。

「嫂子，妳們也來買年貨？」夏魚笑著將芝麻糖分給大丫和二丫。

「是呀，今兒個白慶當值，我娘昨日顛簸了一天，身子有些不舒服，我就自己帶著兩個丫頭出來了。」棗芝推了推兩個小丫頭。「快跟嬸子道謝。」

兩個小丫頭只顧著吃糖，聽到這話立刻甜著嘴道了謝。

夏魚怕棗芝一個人顧不過來兩孩子，便拉著二丫，笑咪咪道：「正好咱一起。」

二丫揚起圓潤的小臉，烏溜溜的眼珠看向池溫文，突然張開小胳膊道：「小叔抱。」

「二丫，大伯娘抱。」棗芝趕緊攔住，不好意思解釋道：「從家來這兒的路程有點遠，二丫走這麼長時間可能是累了。」

池溫文戳了戳二丫軟嫩的小臉，將她抱起，眸中散發著暖意。「沒關係，我來。」

二丫在他臉上吧唧親了一下，咯咯笑道：「小叔你真好！」

池溫文嘴角掛著若隱若現的笑意，用手指擦去二丫嘴角的一粒白芝麻。

夏魚在一旁抿嘴偷笑，第一次注意到他對待二丫和夏果的方式截然不同，心底不由感慨著，沒看出來還是個女兒控！

長街的大紅燈籠一早就被掛起，放眼望去，滿街都是紅彤彤一片。

街上的行人川流不息，商販的吆喝聲、女人家討價還價的嚷嚷聲，還有不少小孩跑鬧的歡笑聲，都顯得年味十足。

「阿魚，對子買了嗎？」

「嫂子，這塊布真好看……」

「娘，我想要那個布老虎。」

夏魚和棗芝帶著大丫走在前面，一路買了不少的東西。

等夏魚和池溫文回到酒樓時，已經過了晌午。

夏果和王伯吃過飯在屋裡歇息，夏魚整理著剛買回來的大包小裹，無心做飯，便對池溫文硬擠著不存在的眼淚道：「我腳疼，手也疼，腰也疼，哪兒都疼……」

看著她眉飛色舞、飛速拆解包裹的手，池溫文沒有戳破她的小心思，道：「我去做飯。」

等夏魚收拾完東西後，飯也做好了，番茄炒蛋、肉末溜豆腐、蛋花湯……

池溫文將碗筷擺好，抬了抬下巴。「吃吧。」

「呃……」夏魚剛想問有沒有別的菜，就接收到他警告的眼神。

她懂了，愛吃吃，不吃餓著。

過年前的幾天雖說酒樓不開張，但是也挺累人的。夏魚幾人又是收拾屋子，又是醃肉炸丸子，之後還要蒸饅頭和包餃子，忙忙碌碌的一點也不比平日輕鬆。

除夕這日，二妮留在城中的姑母家過年，白小妹不好再陪著她，一早便回來幫忙和麵包餃子了。

晚上要守歲，但這個時代的娛樂活動實在太少了，放完鞭炮後，大家坐著大眼瞪小眼也不是一回事。

夏魚提前讓池溫文和夏果劈了兩副簡易的木牌，磨了刺邊，在上面寫上數字，當作撲克牌玩。

五人聚在王伯的大屋裡，燃著一盆暖和的炭爐，圍在桌旁玩起了鬥地主。

夏魚還特意找了一根炭筆，誰輸了便在臉上畫個圈。

幾人玩得樂此不疲，除了池溫文額頭被畫了一個圈之外，其他幾人的臉上皆是一團黑。

夏魚作為鬥地主的「創始人」，輸了這麼多局簡直一點面子都掛不住，她清了清嗓子，狡黠一笑。「誰贏得最多，誰負責明早起來做飯。」

今夜熬這麼晚，她明早肯定是不想起來的。

王伯、白小妹和夏果也雙手雙腳表示贊同，最後做飯的重任再次落到池溫文的肩上。

直到外面再次響起熱鬧的鞭炮聲，幾人隨便洗了一把臉，也歡天喜地的拿了一掛鞭炮在門口放起來。

橘紅的火光與潔白的雪地相輝映，夏果在一旁捂著耳朵，因為換牙，他一笑起來便缺了兩顆門牙，看起來喜慶極了。

白小妹抱著跟鞭炮聲對叫的發財，臉上亦是喜氣洋洋。

鞭炮放完，夏果便帶著發財興沖沖地跑進雪地裡，翻找著單個沒炸完的小炮仗。

王伯和白小妹也去了廚房煮餃子。

夏魚與池溫文相視對望，調皮一笑。「新年到啦，有我的壓歲錢嗎？」

「想要壓歲錢？」池溫文朝她揚了揚眉。「過來。」

夏魚往他跟前湊了湊，突然一個吻落下，輕柔的聲音在耳畔響起。「等會兒給妳。」

夏魚耳根一紅，杏眼一瞪。「你變了，變得不正經了！」

「是嗎？」池溫文勾起唇角，眸色溫和似水。

他也覺得自己變了，他的內心，他所擁有的一切，都因為夏魚而悄然改變。

「餃子好啦！」白小妹端著兩盤熱氣騰騰的餃子從廚房走出來。

夏魚嬌羞地別過頭，喊著撿炮仗的夏果一起進去吃餃子。

開吃前，王伯作為長輩，給每人都發了個大紅包，隔著紅布包一掂，還挺有分量呢。

幾人團團圍住王伯，將他擠在中間，紛紛說著吉祥祝福的話，把他哄得合不攏嘴。

王伯眼眶一熱，忍住鼻子的酸楚，攆著一群圍上來的人，道：「行啦行啦，圍得我都喘不過氣了。」

今年，是他過的最有年味的一個年了。

第四十三章

幾個被攆的人也不惱，笑呵呵地坐回了原位。

夏魚也給每人發了一個紅包。「這是我作為老闆，給大家發的紅包，都收下吧。等李嬸和小亮回來，他們也有份。」

語畢，池溫文也給夏果和白小妹一份紅包。

夏果和白小妹收了三份紅包，樂得直拍手。「過年真好！」

夏魚將醋瓶和辣椒碟放在桌子中間，催道：「快吃餃子吧，等會兒要涼了。」

看著桌上擺的五盤餃子，夏果饞得兩眼發光，直流口水。「姊，我能把這一盤都吃完！」

夏魚敲了他的腦門一下，只給他撥了半盤餃子。「睡前吃太多會難受。」

這次包的餃子有蓮藕豬肉餡、茴香豆腐餡，還有羊肉蘿蔔餡。夏果吃得開心極了，蓮藕餡的又脆又甜，豆腐餡的軟嫩鮮香，羊肉餡的味美溢汁，都是他喜歡的！

幾人吃完餃子後也都犯了睏，稍微活動一番便陸續回房。

夏魚洗漱後，發現池溫文還在桌前端坐，她打了個呵欠，問道：「你還不睡嗎？」

「說好的要給妳壓歲錢。」池溫文從抽屜中拿出一個黃木盒子。「妳看夠不？」

「咦，真有啊？」夏魚接過黃木盒子，她手上突然一重，盒子險些翻落在地，這個重量完全超乎她的意料。

蓋子一打開，裡面整整齊齊擺放著好幾排銀子，細細數來足足有三百多兩。

「你哪來這麼多銀子？」夏魚滿腹狐疑地問著。

「之前竹暄書院跟其他書院有比試，這是贏的彩頭。」池溫文彎起眉眼，笑得像隻料事如神的狐狸。

夏魚捧著沈甸甸的黃木盒子，恍然如夢，再次堅信知識就是財富，知識改變命運，這可比她起早貪黑累死累活賺錢快多了！

細想了一下，她又覺得不大對勁。「這銀子怎麼還有零頭呢？」

按理說，彩頭都是整數，而這些卻多了個零頭，該不會是他給別人買什麼東西剩下的吧？

看著她疑神疑鬼的小眼神，池溫文捏了捏她細嫩的臉蛋，抿唇輕笑。「這些零頭是跟人押注贏的。」

「押注？」

池溫文輕描淡寫笑道：「嗯，比試前我押我自己。」

夏魚滿眼拜服，不得不豎起大拇指。「誰我都不服，就服你！」

次日，幾人都睡到了大中午，夏魚醒來時，身邊的床鋪溫度早已涼了。她在床上左右翻滾兩圈，活動了一番疲乏的身子，才穿衣服下床洗漱。

見到她下樓，白小妹忙進廚房幫忙將飯菜端出，桌上擺著熟悉的三菜一湯，不過還多了一份餃子。

夏魚這才意識到池溫文只會做這三道菜！

她眼疾手快，飛速將餃子端到自己面前，埋頭大吃起來。

「池大哥，沒想到你的手藝這麼好！」白小妹喝著熱呼呼的蛋花湯，驚訝地誇道。

夏果也一個勁兒往嘴裡扒飯，半晌後點頭道：「我最喜歡吃番茄炒蛋了。」

被誇的人不驕不躁，側頭關切地問一旁埋頭吃餃子的人。「妳覺得怎麼樣？」

夏魚鼓著兩個腮幫子，像隻小倉鼠，突然被問話，她有些懵，跟著連連點頭道：「好吃，好吃！」

池溫文給她添了半碗飯，將菜推到她的面前，溫柔道：「好吃就多吃點，鍋裡還有。」

夏魚突然覺得，昨晚就不應該說讓他做飯的，誰也抵不住天天只吃這三道菜啊！

初二、初三，夏魚帶著眾人給范襲和白慶一家拜了年，之後又在家裡歇息了兩天，轉眼間新年就過去了。

酒樓的夥計們陸續回來，為初六開市做準備。

廚子邱強回來時帶著一個高個兒的清瘦少年，少年陽光燦爛，朝氣蓬勃，一來便和年紀差不多大的洪小亮打成了一片。

「阿魚，這是我兒子邱駿，從小就在家裡做飯，手藝還不錯。」邱強頓了頓，道：「萬一哪天我不能在酒樓做了，希望您能賞他一口飯吃。」

原來過年的時候，邱強因為爬屋頂晾曬紅薯乾，不小心從梯子上摔了下來，腰部受了傷，不能長時間站著。

夏魚知道邱強做的飯又快又好，但還沒嚐過邱駿的手藝，不敢貿然答應，便笑道：「讓他在後廚試用幾天吧，要是做菜不如你好吃，那我可就不留啦。」

「一定的，一定的。」邱強連連道謝。

「謝謝老闆，我一定會好好幹的！」邱駿深深對夏魚鞠了一躬。

在一旁收拾包袱的夏果跑來，對邱強道：「邱叔，我在書上讀過一劑藥方，專門治跌打損傷的，你要不要試一試？」

路過的錢三當他是在開玩笑，哈哈笑道：「你在書院念書，怎麼還念上了醫書？」

夏果撓了撓腦袋，想了一會兒，辯駁道：「醫書也是書，裡面講的東西比遊記實用多了。」

他覺得醫術很神奇，不同的草藥混在一起煎熬就能有不同的功效，各個穴位也能醫治不同的病症，簡直就像變戲法一樣奇妙。

邱強也不太相信，他都找大夫看過了，還是落個病根，一個半大的小子怎麼能治好他的腰疾呢？

「爹，你就讓他試試唄！」邱駿覺得夏果不像是在開玩笑。

邱強猶豫了好半晌，才道：「反正已經這樣了，就試試吧。」

得到回應，夏果開心地找來一張草紙，在上面寫起藥方，寫完後交代注意事項。「藥煮好後用布浸上藥汁，捂在疼痛處……」

夏魚看著他一本正經的樣子，頗有藥堂大夫的風範，臉上的笑容不自覺揚起，看來范襲給他找到了一條好出路。

過了初六，酒樓開市，池溫文和夏果也回去書院了。

城中的公子、小姐們似乎得了巨額的壓歲錢，都結伴出來逛街，買起東西眼都不眨一下，各大酒樓也因此沾了不少光，有餘酒樓更甚。

幸好邱強把邱駿帶來了。

邱駿燒起菜來一點也不輸他爹，只見他一手輕鬆將炒鍋顛起，火苗噌的一下順著油花躍過頭頂，鍋裡的菜在空中翻了滾，又準確無誤地落回正中心，技術嫻熟、速度之快，可見平時在家沒少練手藝。

夏魚滿意地點了點頭，決定將邱駿留在酒樓裡。

這幾日，來食肆享用下午茶的不只有一些年輕小姑娘和閒得無趣的夫人們，更有一群老太太直接將這裡包了場。

孫老夫人容光煥發，滿面春風得意，張羅著幾個老姊妹們聽曲吃茶。

「妳們隨便點，別客氣。」孫老夫人揚了揚手中的尊貴會員卡。

金燦燦的銅卡泛著流光，比尋常的銅卡還要厚一些，不僅卡的兩側刻了繁複的花紋，就連中間的字都是用花紋刻出來的，見過的人無不驚嘆一句精妙！

其他幾個老夫人的視線一下被她手中的銅卡吸引住了。

「原來這就是尊貴會員卡！」

「真是比普通卡和卓越卡精細好幾倍呢。」

「哎呀，我上次都沒搶到，快讓我看看。」

孫老夫人得意地把卡遞過去，對張老夫人笑道：「老妹妹，我知道妳肯定有，這次我也有了，還是我自己排隊辦的。」

孫老夫人知道她的卡是孫子幫忙辦的，可這能證明什麼？只能證明她腿腳不好使，不如自己的身體好，還能排長隊呢！

總之，她就是要在某方面超過張老夫人一頭。

張老夫人不鹹不淡地笑了笑，直接將三張不一樣的會員卡放在桌面上，喝了一口溫水，緩緩道：「我有三張。」

孫老夫人霎時間僵住了身子，沒想到她還有這一手！

比不過、比不過！

她深吸了一口氣，緩了緩情緒，想起今天請大夥兒來的目的，面上又恢復了笑容。「這段時間都沒跟老姊妹們聯繫了，主要是因為我家兒媳婦有喜了，前幾個月忙著伺候兒媳婦呢。今天終於得了空，想跟姊妹們討教討教怎麼帶孫子。」

一個身穿絳色花襖的老夫人笑出一臉褶子。「喲，這可真是天大的喜事啊！」

「是啊是啊，今天我可得好好吃妳一頓！」

「帶孫子這事簡單，我們幾個保證把妳教會。」

張老夫人一直沒有開口，給身後的小丫鬟遞了個眼神，她便呈上一個絲光檀木的盒子。盒子裡襯著錦緞，裡面擱著孫老夫人的玉章、琉璃簪子、翡翠鐲子、白玉盤子還有一塊從她自己庫房挑選出來的羊脂玉方尺。

「老姊姊，恭喜啊，這些東西是妹妹的一片心意，妳別嫌棄。」張老夫人臉上掛著淡淡的笑意，眼尾的紋路蔓延至髮間。

她一早就知道孫老夫人家的喜事，這些東西都是她年前準備的。

孫老夫人一愣，沒想到她竟然把自己的東西還了回來，還貼了一件上好的羊脂玉，一時間心頭五味雜陳，莫名的還多出一絲感動。

她喉間一哽，佯裝生氣道：「老妹妹，這麼點東西就想打發我？等我孫子出生那天，妳要不來府上作客，我可是要跟妳絕交的。」

幾個來往了一輩子的老太太，就數今日聊得最開懷、最暢快。聽著小曲，聊著年輕時的事情，順便再罵罵家裡不爭氣的小輩。

彷彿人這輩子就該有這麼一群相伴到老的閨中密友，該吵鬧時吵鬧，該和好時，毫無芥蒂的就和好。

孫老夫人臨走時心情格外的好，結了帳，還順手將那根琉璃簪子送給了夏魚。

她也忘記當初和張老夫人賭了什麼，反正這根最喜歡的簪子被張老夫人贏去後，她心裡就開始有了不服輸的怨氣。現在看著它，倒也沒覺得那麼喜歡了。

孫老夫人釋然一笑。「這簪子還是妳們這些年輕小姑娘戴最好看了。」

夏魚笑著收下簪子，找了一個木盒將它小心收進去，就當替兩人塵封了一段充滿波折的閨密情誼。

天氣漸暖，邱強的腰慢慢好了起來，驚得他直呼奇了！

邱強本有意想讓兒子來接他的班，但現在他的腰好了，自然不想看到邱駿總在自己眼前晃悠。

他黑著臉，將邱駿的包袱扔出門外。「別想著沾我的光，我像你這麼大的時候，都是自己找地方幹活的。」

邱駿愁眉苦臉地撿回包袱，拍了拍上面的灰，轉身央求夏魚。「姊，妳看我是不是比我爹幹活快，要走也該是他走啊，哪能輪得到我？」

邱強一腳踹在他的屁股上，粗眉一橫，凶道：「少廢話！」

「我都這麼大了，你還踢我屁股！」邱駿委屈地癟著嘴。

看著這兩個整日打架鬥嘴的爺兒倆，夏魚笑道：「邱叔，小駿不是在這兒做得挺好的嗎，你怎麼總要攆他走？」

邱強嘆了一口氣，恨鐵不成鋼地瞪了邱駿一眼。「這小子就是個皮猴，在這兒混熟了就無法無天了，還是得讓他多出去闖蕩闖蕩，吃吃虧、收收性子的好。」

他這幾日就發現，邱駿一旦摸熟了燒菜的套路後，就愛鑽空子，能省事就省事，能偷懶就偷懶，自己說他兩句，他就叭叭叭有理得不行。

前些日子他就打算自己要是做不下去了，也把邱駿帶走，不能叫他壞了夏魚的生意。可沒想到，現在自己的腰竟然好了，他更是鐵定不能叫邱駿留在這兒了。

這小子實在不適合在一個地方太過安逸，得出門吃了虧，把性子磋磨下去才行，不然以後不一定成什麼樣子呢。

夏魚見邱強鐵了心要趕邱駿走，遞去一個同情的眼神。「奮鬥吧，少年！」

好在邱駿是個活絡的孩子，沒有多跟邱強槓脾氣，只幽怨地留了一句。「爹，我遲早會回來的。」

之後，便拎上包袱在手裡轉了幾圈，灑脫地消失在街角轉彎處。

邱強戀戀不捨地收回目光，長嘆一口氣。「這孩子早些年沒了娘，我又沒多少時間管他，說來我欠他的太多了。」

夏魚知道一個人拉拔孩子長大確實不容易，開口安慰道：「小駿聰明，一定能明白你的一片苦心。」

「希望吧。」邱強扯了一抹笑容。「讓妳見笑了。」

這日，春光明媚，暖陽似錦，白慶神采煥發，被一眾衙役簇擁著來了有餘酒樓。

「掌櫃的，你們這兒所有的好酒好菜都來一份！」仲古攬著白慶的脖子走進來。

「對對對，白大哥升了班頭，這可是大喜事！好酒多來兩罈，咱們今日不醉不歸！」

「走，咱去樓上包廂，隨意喝個夠！」白慶爽朗一笑，招呼著大家上樓去。

夏魚將矮架上的小包零食補充完整，轉身迎向白慶。「白大哥，恭喜啊！」

「謝謝，謝謝！」白慶臉上掛著笑。「這次我能升遷，可多虧妹子妳了！」

「我？」夏魚疑惑地指了指自己。

「是啊，多虧慧雲那件事我盯得緊，搶了個功。」白慶四下張望一番，見這會兒來往的人不少，便哈哈一笑。「阿魚妹子，晚上到家裡吃飯，我讓妳嫂子多做兩道菜！」

夏魚也知道這裡不是說話的地方，沒再追問下去，只笑盈盈地應道：「那就辛苦白大哥和嫂子張羅了。」

眼看著太陽將要落山，夏魚收拾了一番，拎了兩隻醬板鴨、兩包滷味還有幾包小零食，去了白慶的家。

棗芝聽到敲門聲，忙擦了一把手就從屋裡走出來，看到夏魚時滿臉激動。

她接過夏魚手中的東西，笑道：「來就來，還非得帶點啥，多沈啊。」

「白大哥升遷，我還沒好好恭喜呢。」夏魚笑起來，兩隻眼睛彎得就像天邊的月牙。

「嬸子！」大丫蹦蹦跳跳從屋裡跑出來。

她手裡拿著一個草編小兔子，高興地遞給夏魚看。「這是果兒哥哥幫我做的，果兒哥哥還說下次要給我編一條小魚呢。」

棗芝笑著揉了揉她的腦袋，將夏魚請到屋裡。「她呀，就喜歡在果兒身後，祥哥兒因為這事都生了好幾次悶氣了。」

「哥哥什麼都不會，我才不跟他玩呢。」大丫吐了吐舌頭。

「行了，妳去胡同找小胖玩吧。」棗芝將她攆了出去。

夏魚笑道：「大丫這性子活潑了不少呢。」

棗芝將手裡的東西放下，將沒擇完的菜盆端進屋裡繼續擇，無奈回道：「先前在家裡時有老太太管著，還算乖巧，現在沒人管了，都要上天了。」

「對了，白大哥什麼時候回來？」夏魚順手拿起筐裡的菜葉幫忙挑雜葉。

提起白慶，棗芝眉眼帶笑。「一會兒就回來。妳大哥說呀，他今天準備了好酒呢，可得好好感謝妳一番。」

夏魚驀然想起中秋節自己喝到斷片那次，連忙擺手。「讓白大哥喝得痛快就行。」

說話間，白慶也到了家。他手裡拎著草繩繫好的酒罈子，懷裡兜著一布袋黃杏，見到夏魚便把黃杏遞過去。「嚐嚐，這是我們今天下午在衙門的院子裡打的杏，可甜了。」

夏魚看著那包黃澄澄的杏，口水都氾濫了，她笑著接過布包，找了個盆去水缸旁邊清洗起來。

晚飯間，白慶說起了慧雲的事情。

在柳貴被綁回家後，柳夫人似乎察覺到他的狀態不大對勁，直接叫人將他鎖在屋子裡，除了吃飯，任他摔罵都不開門。

過了三夜後，柳貴似乎清明了不少，也不喊不罵了，只叫人喚來柳夫人跟他在門口對話。在柳夫人的哭罵聲中，柳貴也意識到自己的狀態不太對。

他對慧雲只是一時的新鮮，並沒有愛她愛到骨子裡不可自拔，但事發當時他就是控制不住內心的躁動，聽不得別人說她的不好。

之後得知大兒子因為他而受了傷，柳貴的心裡更是波濤洶湧，憤怒不堪，此時他也猜到這件事可能跟慧雲有關。

一個女人當然比不上自己的骨肉重要了。為了避免自己再次失控，釀成更大的錯，柳貴當即跟柳夫人招了自己威脅慧雲的事，並決定去衙門舉報慧雲。

而慧雲在柳貴被關的第二天，發現自己沒有辦法接近柳貴，直接收拾了細軟包裹，帶著女兒離開了東陽城。

不過有白慶派人暗中跟著，就算慧雲離開東陽城，也能將她找回。所以當柳貴報案後，白慶直接就把人抓了回來，立了大功。

「為什麼柳老爺的狀態會不對勁？」夏魚問出心中的疑慮。

白慶放下筷子，壓低聲音，反問道：「妳說慧雲以前是幹什麼的？」

說到這兒，棗芝便將大丫哄了出去。

「頭牌？」夏魚悄聲回道。

「這不就對了，那種煙花之地出來的女人家，沒點手段怎麼給自己贖身？」說完，他又繼續道：「我們在慧雲身上搜出一盒藥，估計就是妳當時說的那個藥了。」

夏魚一下子便想起當日那粒粉色的小藥丸。

白慶回憶起在大夫那兒聽到的話。「這種藥裡面有一味燃情草，服下後會讓人精神極度愉悅。長期服用會導致人出現癔症，頭腦不清醒，服用得越久，人的脾性越暴躁，陰晴不定。」

夏魚聽到這味草藥的名字，便知道是做什麼用的，只是沒想到它有這麼大的副作用。

不過，她現在還關心一件事情。「這藥她是從哪兒得來的？」

「是她在青樓服侍一個西域男子時偷的。拿的時候是滿滿一盒，不過現在用到已經見底了。」白慶抿了一口酒道。

可見這幾年，慧雲沒少用此藥迷惑人。

「不過，慧雲的丈夫並不是她殺的，她頂多算是個幫忙掩飾的包庇者，作案的還是池旭陽。」白慶道。

原本慧雲耍手段從老鴇那裡逃出來後，已經安心從良，踏實本分地跟丈夫守著一間不大不小的食肆維持生計。

可沒想到池旭陽突然要收了她家的食肆，還覬覦上她，三番五次藉商議的由頭來家裡對她動手動腳，有一次竟然還偷偷綁走她的女兒喜兒，逼她屈服……

事後，慧雲自是不敢與他人提起此事，池旭陽便越發得寸進尺。

後來為了能光明正大的占有她，還暗中給她的丈夫投毒，甚至威脅她，說他已經找好了證人脫身，如果報官，屆時官府第一個懷疑的就是她，到時候她被抓了，喜兒就會再被人賣去煙花之地。

而倘若她對外宣布自己的丈夫是暴斃而死，那他不僅會對她好，還會讓喜兒也跟著過上好日子。

慧雲就是從那種骯髒地方爬出來的人，無論如何也不會再讓女兒走上這條路。所以她聽從了池旭陽的話，兩人暗中將喜兒爹的屍體掩埋起來。

就在慧雲出門買白布時，發現了聽牆根的柳貴，但當時她沒多想，只以為是個過路人。

喜兒爹死後，慧雲滿心絕望，她要報復池旭陽，便暗地給他服用那味副作用極大的藥。

第四十四章

日積月累下來，池旭陽早已藥入骨髓，神經極其敏感，甚至偶有幻覺出現。就連慧雲後來跟他生出的兒子，長大後也多少會被影響到腦子。

而他被抓那日，正巧趕上暴怒的情緒發作，意識完全不在清醒狀態。

在池旭陽被抓後，柳貴便找上了慧雲。

夏魚在街頭偶然見到兩人那次，已經是柳貴第三回找上慧雲了，為了不讓當年的事情暴露，也為了喜兒，慧雲只得聽從柳貴的話，費盡心力討好他。

但她也知道，柳貴對自己不過圖的是一時新鮮，過後翻了臉，指不定就是什麼樣子了，所以她也給柳貴用了藥。

柳貴每次找上慧雲，都會不自覺感到很快樂，所以往慧雲的住處跑得更勤了。再到後來，只要兩天沒見到她，就會心煩意亂，忍不住大發脾氣。

直到他連續四天沒回家，偶然出門一次便被柳夫人逮了個正著……

柳貴被關在柳宅後，慧雲無法接觸到柳貴，沒法繼續給他下藥，也心知他會有清醒過來的時候，便連夜收拾包袱，帶著喜兒出了城。可沒想到，還沒走遠，便被白慶安排跟著的人抓了回來。

夏魚突然覺得慧雲其實挺悲慘的，為了自己的女兒，忍氣吞聲跟了兩個威脅過自己的男人，其中一個還殺了自己的丈夫。要是沒有池旭陽或柳貴這種人，說不定他們一家三口依舊安生過著平穩的日子。

「眼下慧雲被抓了，喜兒怎麼辦？」夏魚有些沈重地問道。

慧雲最重視的就是喜兒，這下她被抓，估計放心不下的只有喜兒。

白慶長嘆了一口氣，心中也是感慨萬千。「城中有間庇佑所，聽說是一個僧人辦的，專門收留孤兒教他們手藝。喜兒暫時會被送去那裡。這事我暗地跟慧雲說了，她也接受了。」

庇佑所啊，夏魚一下子就想到了清泉山上那間無名寺廟。

這樣也好，至少喜兒不至於流落街頭，將來也能學會謀生的手藝。

轉眼間，就到了秋闈，考試的地點在貢院，共三場，每場三日。

池溫文去考試這幾日，有餘酒樓瀰漫著一股嚴肅緊張的氣息，夏魚的心也跟著緊繃起來。

李華看出了她的不安，安慰道：「妞妞，放心吧，肯定會沒事的。」

洪小亮也跟著道：「是啊，姊，池大哥那麼厲害，咱就放寬心等好消息吧。」

夏魚長嘆一口氣，平復著心頭的焦慮。「好，知道了。」

她從錢匣子裡拿出五百兩銀子，坐上馬車去了庇佑所，將這些錢一股腦兒捐給了看管的僧人。

只求自己臨時抱佛腳能得到些寬心。

待考完，池溫文一臉疲倦地從貢院出來，見到夏魚在柳樹下等他，一掃周身的疲乏，大步走過去將她的手緊緊握在掌中。

夏魚沒有問他考得怎樣，只是滿眼歡喜地望著眼前人，人沒事就好。

放榜在九月左右，一早，洪小亮和白小妹就跑去看榜了。

池溫文本來要去，夏魚硬是拉住不讓他去，催他去後廚幫忙洗菜，分散一下注意力。

如果中了還好，要是沒中，她擔心池溫文受不了。

就在中午客人絡繹不絕時，洪小亮瘋了一般邊跑邊叫。「中啦！姊！中啦！」

夏魚擱下手中的水壺迎了過去，興奮道：「你沒看錯吧？」

白小妹在一旁激動地點頭。「嫂子，第一！旁邊認字的幾個人我們都問過了！」

秋闈第一，便是解元，來年就要進京參加春闈。

夏魚驀然鬆了一口氣，面上的笑容掩都掩不住，她一拍桌子，對著滿堂食客揚聲道：

「今日所有酒菜均半價！」

一時間，大堂裡熱鬧非凡，不少人圍上前說些祝賀的話，也好跟夏魚拉拉關係。

家裡出了一個解元，未來若是再中貢士、進士，那可真真了不得。

池溫文得知自己考中後，面上依舊淡如清風，好似這是他預料中的事情一樣。

就在酒樓上下一片喜氣洋洋時，好久不見的周彩薇又活泛了心思。

這日，夏魚照常送池溫文去書院，到了門口卻發現自己忘記給范龔帶好吃的零嘴了。

她讓池溫文先進去，自己喊了一輛馬車便奔向酒樓。

池溫文目送著夏魚離開，轉身剛要走進書院，就聽到身後有人叫自己。

「池解元！」聲音溫溫婉婉，滿含柔情。

池溫文回身，只見周彩薇眼含流波，面帶嬌笑。「池解元，我就知道你能考中。」

池溫文冷淡看了她一眼。「周姑娘若是無事，在下便先告辭了。」

周彩薇見他要走，忙道：「池解元，小女子有事情找你。」

得知池溫文考中後，周文海便攛掇起周彩薇去拉攏池溫文，還道池溫文以後肯定不簡單，說不定會去京城做大官。

若周家傍上了這棵大樹，日後也能將生意轉去京城，在京城扎根。

而周彩薇到時候就能在京城尋得一如意郎君，說不定還能嫁個王爺、世子什麼的。

周彩薇心知自己幾斤幾兩，對他許諾的未來不屑一顧，反倒把主意打到池溫文的頭上。

當日她瞧不上池溫文，因為他什麼都不是，但現在他有了功名，一切就又不一樣了。

所以她算準時機，一早便守在書院附近，試圖接近他。

池溫文聽她有事找自己，冷淡掃了她一眼。「若是來拉攏人，大可不必。」

周彩薇猜到他不會同意，只道：「我來找你是有其他事情，不是來拉攏你的。」

她指了指一旁的古柳，道：「站在門口說話不方便，我們去那裡談，不會耽誤你太久的。」

池溫文也不想她之後再糾纏自己，決定快刀斬亂麻，讓周家離自己遠一點，便同她一起去了柳樹下。

「有什麼事，快說吧。」池溫文冷淡問道。

周彩薇面頰微紅，垂眸許久後，盯住池溫文深不見底的眼睛。「池解元，我、我其實對你挺有好感的。」

池溫文皺眉，不解道：「周姑娘這話是什麼意思？」

周彩薇似是鼓起了好大的勇氣，咬唇道：「我心儀池解元好久了，只是前段時間不敢打擾，近日思慮更重，食之不甘，便忍不住來見你一面。」

「食不甘味？」池溫文輕呵一笑，眼底盡是嘲笑。「我看周姑娘面色紅潤，可不像是食不甘味。」

周彩薇一哽，還想說什麼，突然瞧見夏魚從不遠處的馬車上走下。

她眼裡閃過一絲果決，一把拉住池溫文的胳膊，踮腳就把粉嫩的柔唇湊了過去。

池溫文猝不及防，往後一躲，她便直直地撲進他的懷裡。

池溫文也看見了夏魚，他的臉色一沈。「周姑娘請自重！」

「池解元，我是真心中意你的，我不怕做小，只求能跟在你的身邊。」說完，她暗暗瞥了一眼愣在原地的夏魚，臉上帶著嬌羞，捂臉跑了。

如果她有機會接近池溫文，那她就有把握擠走夏魚。不過是一個山野村婦，還能比得過她這個知書達禮的大家小姐？

夏魚緊緊攥著手中的幾包零嘴，平靜地望著池溫文，眸中沒有一絲波瀾，她快步走來，將手中的零嘴塞到池溫文手中，低聲道：「你進去吧，我回去了。」

「妳聽我解釋……」池溫文眼神複雜地攔住她。

夏魚擠出一個笑容，道：「我知道她是故意的。你快去讀書吧，別耽誤時間了。」

雖然知道周彩薇是故意的，但夏魚的心裡還是如同刀絞一般難受。

她不想影響池溫文讀書，半年的時間很快就會過去的，如果因為這種小事讓他分心，得不償失。

「對不起，不會有下次了。」池溫文抿著嘴，心裡很不是滋味。

他看不得夏魚難過傷心。

周彩薇鐵了心碰瓷池溫文，周文海當然支持。

周家背靠的大樹是文從事，自從文從事被上頭調查後，周家第一時間便跟他撇清了關係，眼下正是背缺靠山的時候。

若是能跟池溫文攀為親家，那他再也不用去阿諛奉承那些臭著臉的當官人了。

就在書院休息日的這天早晨，有餘酒樓一開門，周文海便派了身邊的小廝廣財過來。

廣財一進酒樓就湊到櫃檯前，恣肆叫喊道：「叫你家老闆出來！」

王伯抬頭問道：「這位客官，您有何事？」

「何事？當然是好事！」廣財不屑一笑。「你們老闆走大運了！」

夏魚從樓梯上走下來，看到那個小廝一副狂妄姿態，語氣自大無比，心裡的嫌惡感油然而生。

王伯還未開口，廣財便注意到了樓梯上的夏魚。

今日天氣熱，她只穿了一件敞領薄裙，上身湖綠色，下身落日黃，腰間繫著藍色腰帶，整個人明媚亮眼。

廣財習慣性地朝她吹了個調戲的口哨。「老闆，我家主子出五百兩銀子，讓妳今天上午去府上做一道菜。」

「府上？」也不知道這是哪家府上的下人，竟然如此放肆無禮。

廣財得意道：「周府啊！提起周府，恐怕東陽城沒有一個不知道的吧？」

他大呼小叫著，彷彿自己是大爺一般，惹得酒樓裡的夥計們頻頻翻著白眼。

聞言，夏魚心間了然，原來是周彩薇住的周府啊。

今日是書院的休息日，到了中午她還要去書院接池溫文和夏果，才沒功夫管什麼周府的事，而且她直覺周家人沒安什麼好心，她才不去呢。

夏魚微微一笑。「不去。」

廣財驚聲大呼著。「五百兩銀子啊！都夠妳一年的收入了。」

天上掉餡餅的事她從來不信，夏魚微笑嘲諷道：「不好意思，不止。」

廣財看出夏魚沒有去周府的意思，他扯著嘴角冷冷一笑，面上掛著輕蔑。「呵呵，夏老闆可要想清楚，妳這可是在跟周府過不去哪！別以為妳家出個解元就了不起了。跟周家作對的人，沒一個會有好下場的！」

「嗯，確實很了不起。」夏魚點頭贊同著。

「我又不是在誇妳！」廣財氣得心口痛，等他回去後一定要跟周文海稟告，這個娘兒們太橫了！

夏魚一臉錯愕道：「我沒說你在誇人啊，我說的可是事實。」

廣財伸出手指對著夏魚狠狠點了兩下，忍了一口氣問道：「妳確定不去？」

「好話不說兩遍，客官您走好，不送。」夏魚微笑著轉身走去了後廚。

若是以前她肯定會去，有錢不賺王八蛋，再說了，周家可是隻肥羊。

但自從周彩薇那日出現在書院門口後，她就對周家人特別反感，不僅退了周家的會員卡，也不待見周家的人。

「妳等著！」廣財一肚子怨氣，怒沈著臉色走出了有餘酒樓的大門。

錢三謹慎地從廚房探出頭，瞧廣財走後，才擔心地提醒道：「老闆，周家的人不好惹，他家的後臺可是文從事。」

「文從事？」這夏魚就更不用擔心了。

去年，羅大人和蔣大人暗地裡調查了文從事，卻發現他警惕得厲害，所有出問題的帳簿都被消除得一乾二淨，於是兩人便留了手下在東陽城，暗中注意著文從事的動向。

狡猾如老狐狸般的文從事自然不敢輕舉妄動，自己的位置都尚且不保，哪還顧得上周家的事？

夏魚收拾了一番，正準備出門，卻見廣財又灰頭土臉地返了回來。

廣財一臉複雜地望向夏魚，張了張口，才道：「夏老闆，剛剛是小人愚鈍，請您賞個臉，務必要去周府一趟。」

他剛才回去只說了夏魚不來周府，還沒開口告狀呢，周文海就大罵他一通，叫他無論如何也得想辦法把夏魚請回來，不然他就別再回來了。所以，廣財又哭喪著臉回到有餘酒樓請人。

夏魚目不斜視地路過廣財身側，沒給他一個正眼。

剛剛還挺得意風光的，這會兒又低三下四來求人，若說背後沒有什麼陰謀詭計，她是一百個不相信的。

廣財見她不理會自己，立刻追了上去，「撲通」一聲跪在夏魚面前，哭嚎道：「夏老闆，您大人有大量，就別跟小的計較剛才的事了。我若是請不回您，就會被主子打斷腿啊！」

廣財試圖賣著可憐。

夏魚當然不吃這套，繞過他大步走開，留下一句。「那你就趁早趕緊跑了吧。」

廣財見她軟硬不吃，也沒了辦法，只好垂頭喪氣地回去周府。

周文海猜到他可能將事辦砸了，便提前命人備了馬車，直接堵在夏魚去書院的必經之路上。

就在夏魚哼著小曲，沿著路邊的樹蔭往前走時，突見一輛馬車堵住了去路。

從馬車上走下一個氣宇軒昂的男子，他昂首闊步走向夏魚，攔住了她。「姑娘請留步。」

夏魚對眼前的人沒有印象，便開口問道：「公子有何事？」

周文海笑著打量她一番，張口誇道：「早聞夏老闆是不凡之人，一介女子竟將生意做得如此紅火，當真是不讓鬚眉啊！」

夏魚知道自己的名字人人皆知，卻不認為她的相貌也被人人知曉，是以疑惑地問道：「敢問公子怎麼稱呼？」

周文海腦子一轉，面容帶笑。「在下姓王。」

他知道夏魚不願去周府，想必也不願意跟周家的人搭話，便隨口編了個姓氏。

「王？」夏魚瞥了一眼對面遠遠跑過來的廣財。

廣財一邊跑，一邊喊道：「主子！我方才回府沒見著您……」

周文海心裡咯噔一下，隨後笑著回身道：「這位兄弟，想必你一定是認錯人了吧？」

周文海惡狠狠的目光盯得廣財頭皮發麻，他悄悄抬眼看了一下被攔住的夏魚，心道完了，他是不是壞了什麼好事？

廣財尷尬一笑。「對不住，我認錯人了！」

他方才回去想跟周文海彙報，可找了一圈都沒找到，最後還是問門童才得知馬車去了哪裡。

可沒想到一來就碰到了夏魚……

夏魚抬眼盯著廣財漸漸遠去的身影，忽然注意到橫在路上的這輛馬車，便知周文海說了謊。

「周公子，做人要坦誠，不然可難擔得起周家的大業。」夏魚說完，繞到一旁從窄縫中穿過。

剛才周文海明明背對著廣財，廣財卻遠遠的就喊了他，那就說明廣財篤定自己不會認錯人。

之所以相信自己沒認錯，八成就是因為周家的馬車了。除了周家的主子們，還有誰能乘坐自家的馬車？

她不明白今日周家人為何這麼熱衷於圍堵自己，但她知道肯定沒什麼好事，所以她加快了腳程。

還沒到書院，就看見周彩薇跟在池溫文的身後，臉上蕩漾著嬌羞的笑容，一雙美眸更是滿含柔情。

夏果應該是去找白祥玩了，沒有看到他的人影。

池溫文刻意與周彩薇拉開距離，她卻不自知似的又貼了上來。

只見池溫文停下腳步，擰著眉心道：「周姑娘，妳知道我喜歡什麼樣的女子嗎？」

周彩薇微微搖頭，輕柔道：「不論池解元喜歡什麼樣的女子，我都願意為你改變。」

今日周文海為她爭取了機會，她終於可以跟池溫文獨處了，所以她一定要好好把握機會。

「這便是我厭惡妳的原因。」池溫文驀地鬆了眉，垂眸傲視著周彩薇，毫不留情道：「姑娘請自重，不然妳非但拉攏不到一個靠山，反而還可能會害了整個周家。」

說完，便兀自走向站在街道另一側的夏魚。

周彩薇可以變成別人喜歡的任何樣子，但是夏魚不會，她就是她自己，從始至終都不會為了別人而改變。而他喜歡的、深愛的，也只有那一個人。

如果沒有夏魚，就沒有今天的他，說不定他這輩子都走不出白江村，科舉對他來說也不過是年少時的一場夢。

周彩薇愣在原地，池溫文的話裡盡是威脅，明擺著告訴她，若她再繼續糾纏，等來日他有所成就，第一個不會放過的就是周家。

周彩薇的計劃徹底落空，為了能夠讓自己的後半生有個可以依仗的娘家，她怎麼也不能讓周家倒下。

沒了解元，還有其他舉人，周彩薇神色一沈，掉頭去了方舉人的家中。

若是池溫文來年落榜，而方舉人中榜，那她第一個不會放過的便是有餘酒樓。

從那之後，周彩薇再也沒來糾纏過池溫文，反而總和方舉人一起花前月下，吟詩作對，沒事兩人還偶爾私相授受。

春闈過後，沈溺在男女之事的方舉人毫不意外的落了榜；而池溫文依舊榜上有名，穩居會元。

周彩薇復仇的願望徹底覆滅，她此時非但不能踹了方舉人去尋覓其他人，相反的還要含著怨恨去嫁給方舉人，因為她已經有了四個月的身孕。

兩人起初相處之時，周彩薇便常常在不經意間給方舉人畫餅，說周家不僅能夠支持他繼續讀書，若是他考中貢士，自己也會帶著十里紅妝和兩間鋪面風風光光地嫁給他。

方舉人原本就是個窮小子，靠著教書先生的好心幫助，才一步步艱難地考上了舉人。

當他聽到周彩薇有著豐厚的陪嫁時，心底打定了主意要將她哄到手。

不過他能考中舉人都是運氣，更別提貢士了。於是，他在平日假裝用功學習，給她營造出一種自己定能考中貢士的錯覺。

另一方面，他藉著傷心往事，將周彩薇灌醉，哄騙到手。之後又在她事後的藥湯裡做了手腳，用孩子徹底將她牢牢套死。

周彩薇有身孕的事可瞞不過周家幾個挑事的姨娘，她們很快便將此事告訴了周老夫人。最後，周彩薇的十里紅妝外加兩間鋪面只餘了五百兩銀子。雖然比不上周家的偌大產業，不過也夠周彩薇和方舉人花一輩子了。

而池溫文在殿試成功拿下了探花郎，入了翰林院編修。

第四十五章

在京城穩定之後，池溫文一路快馬加鞭趕回了東陽城，準備將夏魚和王伯接去京城。而酒樓裡的其他人，則要看大家的意願。

可他剛一步跨進酒樓，就覺得氣氛有些不對。

櫃檯上斜斜擺放著一本翻開的帳簿，酒樓裡一個客人也沒有，連個夥計都不在。

他輕聲喚了一聲。「阿魚？」

空蕩的酒樓裡沒有人回應。

餘光一掃，他注意到帳簿底下好像壓著一封書信。

池溫文剛拿起帳簿，便瞧見夏魚氣勢洶洶地從後廚走出來，接著，她紅著眼眶，怒氣沖沖地將一張寫滿字的草紙拍在櫃檯桌上。「簽字！」

「怎麼了？」池溫文剛想碰她的臉頰，卻被她一巴掌拍開了手。

夏魚瞟了一眼面前穿著錦衣華服的男人，想起兩人如今的差距，心裡便酸溜溜的。

她一把抖開那張書信，氣道：「你不是說侍郎府的楊小姐求了聖上要做你的正妻之位嗎？正好咱倆和離了，我也不至於落個下堂妻的名頭。」

池溫文皺了眉。「那封信給我看看。」

他記得在信的最後自己寫了拒絕這個提議的。聖上讚譽他不忘糟糠之妻，是個有情有義之人，還特賞了他一所大院府邸。

書信展開，紙張皺巴巴的，原本的字跡被洇染得模糊不清。

他迅速掃了一遍書信，只見上面寫的那些內容幾乎全被暈花，字跡難辨，只能根據個別字眼推斷出楊小姐之事。

他不想對夏魚隱瞞什麼，便將這件已經結束的事情寫進書信裡告知她。

「那門親事我自然拒絕了。」池溫文問道：「這張書信怎麼回事？」

他送出去的時候還好好的，怎麼現在成這個樣子了？

夏魚瞬間有些尷尬，支支吾吾半天才道：「我不小心把茶水打翻了……」

那天洪小亮送信回來，見她人不在，就將書信壓在她屋裡的瓷杯下。

後來她回屋喝水，一個沒注意不小心將杯子打翻，茶水灑了一桌子不說，瓷片也碎了一地。

她只顧著忙活撿地上的瓷片，根本沒注意到桌上有封書信，等她發現的時候，紙張已經濕透……

她研究了一晚上，只弄明白了一件事，那就是楊小姐看上池溫文了，還讓皇上下旨娶她。

這道聖旨一旦下來，那她必將被休或降為妾室。思來想去，夏魚決定和離，只要她快一步提出和離，那就是她休了池溫文，要走她也得昂首挺胸地離開。

所以她提前擬好了一份和離書，準備等池溫文回來後，看看有沒有遺漏什麼，之後再添添補補找人謄寫。

她心裡雖然難過得要死，但是和離總比被休好聽。

池溫文無奈。「……」

他放下手中的帳簿，又拿起桌上的那張草紙，粗略地掃了眼。

上面用黑炭寫著缺筆少畫的文字，有些不認得，但還是可以根據這些錯別字看出這是一紙和離書。

他瞇起眼睛盯住夏魚。「沒想到妳還會寫字？」

夏魚心裡一虛，兩腿險些都站不住了，她嘴硬狡辯道：「我身為酒樓老闆，會寫字有什麼稀奇的！」

「會寫字不稀奇，稀奇的是怎麼滿篇都是錯別字？」池溫文繼續逼問著。

夏魚抿著嘴唇，緊張地望著他，內心糾結著該不該將自己的真實身世說出來？

沒想到池溫文淡然地將那張草紙撕成碎屑，揚眉道：「身為新進探花郎的夫人，我覺得有必要先教會妳怎麼寫字。」

見他轉移了話題，夏魚倏地鬆了一口氣，嘔氣地別過頭。「不用你教……」

「除了我，沒有人能教妳。」池溫文自信滿滿道：「畢竟，我是故意失手得的探花。」

「什麼意思？」夏魚突然想起了范襲，他在得知此事後，一臉的不相信，堅定認為狀元肯定是池溫文的，一定有哪裡出了差錯。

今日今時，池溫文竟然說自己是故意失手，難道狀元這個位置不香嗎？

卻見池溫文悠然自得道：「聖上有一最寵愛的公主，非狀元郎不嫁；秦王與聖上不和，拉攏了榜眼；而我無德無能，只能在翰林院做一個小小的編修。」

夏魚這才驚醒過來，原來池溫文都已經提前算好了。

殿試前三必進翰林院鍛鍊打磨，為以後進入內閣做準備，而進了內閣就會被捲入官場的腥風血雨中。

第一名太顯眼，必然會被皇上青睞和刻意栽培；而與皇上對抗的勢力便將目光放在了榜眼身上；他這個第三名反倒落得個清靜。

這人真是走一步看三步，夏魚簡直要對他跪拜了！

池溫文被她「請」到上座，喝了一口茶水問道：「酒樓裡的人呢？」

夏魚雙手撐起下巴，趴在桌上道：「酒樓的夥計我都散了，他們在東陽城有家有口的，去京城不方便。到時候就王伯、李嬸、小亮和小妹跟咱一起去。」

在三個月前，她接到池溫文要在京城落腳的來信，就和夥計們商量過此事了，雖然他們也想去京城看看，但是拖家帶口的實在不方便，就歇了跟著走的念頭。

「王伯他們人呢？」池溫文疑惑道。

他從進屋到現在都沒看到一個人呢。

夏魚道：「他們去給客人退卡了。」

幾天前，夏魚就讓王伯結算了所有會員卡裡的餘額，今日李華幾人便是去給客人挨個兒退錢去了。

池溫文抬頭環視著熟悉的酒樓。「那這間酒樓妳打算怎麼辦？」

夏魚從懷裡掏出一疊銀票，得意笑道：「已經賣啦，五千兩！這是訂金！」

其實她本來在門口貼的價錢是三千兩銀子，但是因為酒樓已經打出了名氣，很多人爭相競買，最後就以五千兩的價格賣了出去。

交屋定在月底，正好幾人能等到池溫文歸來，再一起前去京城。

「對了，告訴你一件好消息。」夏魚壞壞一笑。「池老爺的小妾有喜了。」

池溫文點了點頭，對此事不感什麼興趣。

在他考取功名後，池老爺也曾找過他，不過讓他用威脅周彩薇的一番話嚇了回去。

對待池溫文，池老爺自知理虧，也怕被人詬罵，便不敢將此事大肆宣揚開來，之後就再也沒來找過他了。兩人僅有的父子緣分也斷得更徹底絕對了。

處理完東陽城的所有事情後，夏魚一眾人收拾了細軟，坐上馬車趕去了京城。

天子腳下繁華昌盛，一進京城，馬車就放慢了速度，慢悠悠地到了御賜的府邸處。

門前高大的石獅子威風凜凜，恢弘氣派的朱色大門上懸掛著牌匾，上面龍飛鳳舞地寫著「池府」兩個大字。

下了馬車，夏魚滿心激動，這是由池溫文開闢出的新的池府，也是他們以後的家。

御賜的府邸終究和自己買的不一樣。府中光是零散的獨立小院都分了六個，每個小院內都有正房與廂房，夏魚他們幾個人住是綽綽有餘。

眼下在京城沒有鋪面做生意，王伯就擔起了管事一職，負責招買下人，規劃府內之事。

李華幾人也被王伯安排了事情，一切井井有條。

范襲給夏果寫了一封書信，讓他拿去找住在京城桐樹巷的元太醫，也算給他尋了個好去處。

最初，夏魚在府裡很是新鮮，覺得閒著也不錯，就算有時候沒有池溫文陪伴，她也能給自己找樂子。

寫字累了，就去後院的桃林看看，或是去前院的池塘餵魚，再不濟就弄根魚竿來釣魚。

可不過一個月，她就待得無聊至極，揣著銀子便去了牙行。

京城的鋪面可比東陽城金貴，她拿著五千兩的銀票，只買了一間位置偏僻，面積很小的鋪面。

屋裡只能擺七、八套桌椅，人再多一點就太擠了。

有餘食肆的招牌掛在這間小鋪面之上，只燃一掛鞭炮就算開張了。

王伯要管理府上的事情，李華也要監管著丫鬟、婆子們，因此來食肆幹活的只有夏魚、白小妹和洪小亮三人。

白小妹忙活後廚，洪小亮打雜，夏魚最近在學寫字，勉強算得上是個掌櫃。

食肆一開張，第一個趕來的是羅大人和蔣大人，兩人帶著幾個同僚來捧場。

之後，有餘食肆便成了這些官老爺們的常聚之地，夏魚有時還能替池溫文聽到不少官場的訊息。

這天，夏魚一早起來便覺得難受，唏哩嘩啦吐得要命，下人端來的米粥也是喝一口吐兩口。

池溫文忙告了假，請了大夫來瞧。

大夫搭了墊巾在夏魚的手腕上，思忖了半晌，神色一喜，忙道：「恭喜老爺，夫人有喜了！」

池溫文眸中難掩激動，緊緊握住夏魚的雙手。

夏魚聽到這個消息也愣了半天。

前幾日她還在想，兩人在一起這麼久了都沒動靜，是不是他們倆有誰不行啊？沒想到這才剛過幾日，就有好消息傳來了。

送走了大夫，池溫文堅持讓她臥床休息，並叫來了有經驗的李華。

位，讓她在家休息。

李華說，有孕頭三個月不穩定，池溫文便找了個信得過的人，臨時接管了食肆掌櫃之

李華說，有孕後要補充營養，池溫文就讓人去訂新鮮的活雞、活魚，每天給她燉湯喝。

李華說，有孕特別遭罪，不僅懷的時候反應大，生的時候也要命，池溫文緊繃著臉，看到夏魚吐得一臉憔悴，恨不得自己替她懷著。

金秋碩果之際，池府內上上下下，一片忙碌。

接生婆子檢查著最後的步驟，囑咐下人燒熱水，並催促池溫文離開房間。

看到夏魚面色蒼白，痛苦低吟，額頭上豆大的汗直往下流，池溫文忙握住她的手，搖頭道：「我留下。」

接生婆子急忙道：「萬萬不可，老爺，這不吉利啊！」

「別走，啊……」夏魚痛苦大叫，指甲狠狠掐進池溫文的掌心。

她不希望他走，總覺得他這麼一走，她就再也見不到他了。

池溫文心疼地為她擦拭額頭上的汗，不停安慰道：「我不走，不走。」

接生婆子怎麼也攆不走池溫文，眼看著夏魚就快要生了，她也顧不得再勸，只能引導夏魚規律呼吸。

「哇——」

在一聲清亮的哭聲中，接生婆子高興道：「恭喜老爺、夫人，是位小公子！」

說完，接生婆把孩子遞給兩人看了一眼，便將襁褓放在夏魚的身側，引導著她餵奶。

夏魚沒有讓人請奶娘，她從一開始就決定要自己親餵。她溫柔地看著那一團安靜的小丸子，不自覺地笑了笑。

看著夏魚疲憊的側顏，池溫文攥著她已經放鬆了的手，將那隻手捂在眉心，深深吸了一口氣。「阿魚，辛苦了。」

夏魚覺得自己手指上似乎有些濕潤，她伸出指尖擦拭著他的眼淚，輕輕一笑，細聲道：「池溫文，我作了一個夢，夢到我不是這個世界上的人，我吃的都是些奇奇怪怪的食物，穿的也跟這裡的人不同，就連字寫得都跟你們不一樣……」

池溫文完全沒有意外，他緊緊握著夏魚的手，生怕她消失不見。「這有什麼關係嗎？就算所有的一切都不一樣，我也只要妳一個。」

他也曾猜過無數次她的身世，但是猜到又能怎麼樣？他在意的始終只有她這個人而已，別的根本不重要。

「你不怕嗎？我就像一個怪人一樣……」她直直地望著帷幔，不知道該怎麼面對他。

「我怕，怕妳突然就消失不見了。」池溫文的聲音低沈，威脅道：「如果妳敢消失，我就把孩子扔在軍營裡，讓他從小挨打，直到妳回來為止。」

懷裡的小團子似是聽懂了一般，「哇」的一聲就哭了起來。

初為人母的夏魚聽得心都要碎了，她沒好氣地瞪了池溫文一眼。「你敢？」

「那妳就不要消失。」池溫文的話中帶著些鼻音。

「好。」夏魚毫不猶豫地就答應了，她也不想消失，離開她最愛的人。

「對了，咱倆是不是還沒給小丸子取名呢？」

「小丸子？」池溫文低頭看了一眼皺巴巴的嬰孩，還真有點像。「這個乳名不錯。」

夏魚問道：「大名呢？」

「池容華怎麼樣？」池溫文想都不想便脫口而出。

容華，我這一生的盛世繁華都源自於妳。

夏魚柔聲笑道：「容華，好聽！」

春去秋來，夏魚又重回到了有餘食肆，這次跟著來的，還多了一個白白胖胖的小丸子。

小丸子才一歲多，就已經是個十足的小吃貨了。

他搬著小凳子坐在食肆門前曬太陽，肉乎乎的小手抓著一塊香噴噴的小魚餅，吃得高興時就搖頭擺腦，來回扭著小屁股，惹得路過的人頻頻回頭抿嘴笑。

蔣大人今日閒來無事，一大早就溜到有餘食肆搶座位。

夏魚一回到食肆，便推出了一道脆烤五花肉，這兩日是供不應求，來得稍晚一些就賣光了。

馬車剛停，小丸子一見到蔣大人便咧著小嘴笑起來，還邊揮動著小肉手招呼道：「爺爺，來吃飯！」

「喲，你這小不點還挺會替你娘招攬客人的！」蔣大人哈哈大笑地逗著小丸子。一看到小丸子，他就想起自己的小孫女，除了睡就是吃，要是快些長大，像小丸子一樣能跟他說話就好了。

小丸子黑溜溜的大眼睛仰望著他，指著屋裡道：「肉、肉！」

「今天有肉呀？」蔣大人滿臉慈祥。

小丸子使勁點了點小腦袋，整個身子都被帶動得差點從凳子上栽下來。

夏魚站在門口的櫃檯後清點酒水，看到小丸子這麼賣力地拉客人，不禁啞然失笑，這可沒人教過他呀。

她走到小丸子身邊，一把將他抱起，對著旁邊的蔣大人笑道：「大人來得這麼早，快請進。」

蔣大人笑著邁步走進食肆，隨意找了個位子坐下，打趣調侃道：「要是來晚了，我可是連座位都搶不到了。」

夏魚將小丸子安置在櫃檯後的小椅子上，笑道：「下次您要過來，提前讓下人打聲招呼就行，我給您留座。」

「行！」蔣大人心情大好。

劉侍郎還欠他一頓飯呢，那老傢伙總用食肆搶不到位子為由推脫。下次他提前叫人訂好位子，看他還怎麼耍賴。

夏魚給他上了一杯茶水，不好意思道：「今兒個您來得太早了，夥計還沒買菜回來呢。先喝口水吧。」

她也才剛開門不久，白小妹一早就去早集採買食材，洪小亮去窄道胡同拉木柴。食肆裡只有兩個打雜的短工和她，外加一個小丸子。

蔣大人擺了擺手，道：「不急，今日我約了田老來閒談吃酒，等他到了上兩壺好酒，弄一盤滷味就行了！」

夏魚笑著應了聲。

因為食肆的面積不大，當初裝修時，她乾脆做成了面對面的座椅。左右兩邊一共七套桌椅，雙人靠椅上固定著軟墊，每套座位有著獨立的小空間，舒適又整潔。

不少官老爺下了朝，都喜歡來這兒吃小酒、聊閒話，又愜意又放鬆。

「對了，那個脆烤五花肉還能預定今天的份嗎？」蔣大人一臉希望地問道。

他在食肆推出脆烤五花肉的當天吃過一次。烤製好的五花肉表皮鼓著金黃色的氣泡，撒上辣椒粉和調料後，吃到嘴裡表皮又焦又脆，肉質入口即化，肥而不膩，香脆可口，色香味俱全。

他一口氣吃了七、八塊都不夠呢。

只可惜第二天他再來的時候，就已經被排隊的人潮堵在了門外。

夏魚攤了攤手，無奈道：「今日份的脆烤五花肉已經沒了，只能在下午申時預定明天的。」

為了防止來排隊的人潮影響食肆正常生意，她臨時規定只在晌午後才開始售賣脆烤五花肉；同時為了避免人多雜亂出差錯，她又加了一條，要預定的食客，只能在賣完所有脆烤五花肉後才能預定。

「那晚一點我讓小廝再來一趟。」蔣大人饞得喝了一口茶水。

他環顧著環境清幽的食肆，問道：「夏老闆，妳不打算擴張食肆嗎？」

他總覺得夏魚有這麼好的手藝，不開大酒樓太可惜了。

夏魚捏了捏小丸子軟軟嫩嫩的胖臉，笑道：「不了，我覺得這樣挺好的，不用太忙碌，還能給自己找點事情做。」

一方面，是池溫文擔心她會太累，不讓她擴張食肆；另一方面，她也覺得是時候該沾沾池溫文的光，讓自己輕鬆下來。

在東陽城經營有餘酒樓的時候，每天起早貪黑，笑臉相迎無數的客人，忙碌到暈頭轉向，她曾一度累得想關門歇業，但是為了酒樓裡的每個人還有池溫文和夏果，她都咬牙堅持了下來。

現在的食肆雖然小，但是不累。每次新推出的菜品她想做多少就做多少，賣完就不再做了。一切都隨自己的心情而來，不必為了拚命賺錢而忙到心力交瘁、疲憊不堪。

蔣大人點頭感慨道：「也好，人活著一輩子啊，最快樂的就是能隨心所欲。」

話音剛落，田老就捋著白花花的鬍子走了進來。

第四十六章

他一見到蔣大人，就樂呵笑道：「我一進門就聽到你在這兒感悟人生百態。最近怎麼樣了？」

蔣大人忙將他請到位子上，夏魚順勢上了一壺酒。

田老拿起酒罈細細看著，咂嘴饞道：「這是妳釀的那個什麼梅花醉嗎？」

夏魚盈盈一笑道：「就知道您愛喝這口，早就給您備著了。」

田老滿意地點了點頭，誇道：「還是夏老闆心細。」

「我去給您上一盤滷味，你們慢慢吃。」夏魚道。

「好，多來點肥腸，還有那個豬尾巴。」田老打開酒罈，聞著飄散出來的酒香，臉上的皺紋都笑成了一朵花。

讓夥計小毛上了滷味，夏魚便看見白小妹拎著大筐小籃站在門外，似是在和誰說著話。

她抱著小丸子走了出去，一看到白小妹身旁的人，瞬間愣了神。「張二公子？」

張茂學笑得露出白牙，見到夏魚抱著個小團子，驚訝道：「老闆，這是……妳的？」

夏魚噗哧一聲笑了出來。「當然啦！小丸子，快叫張叔。」

小丸子睜著大眼睛盯著面前的陌生人，突然伸出手指著食肆大門道：「來吃飯！」

夏魚愣住。「……」

這招呼客人還上癮了。

張茂學覺得小丸子還挺好玩的，便拉著他的小手問道：「那我以後都來你家食肆吃飯好不好呀？」

小丸子搗蒜似的點著頭。

「你以後要留在京城了？」夏魚詫異道。

張茂學笑得天真無邪。「是呀，我今年考中進士了，現在是翰林院庶吉士。」

在池溫文考中會元那年，張茂學便意識到，有餘酒樓會隨著夏魚進京後在東陽城消失。從那以後，他就開始發憤圖強，拚命讀書，只為也能考進京城，繼續吃夏魚做的酒菜。

今年他如願考中進士，順利進京，不過因為張老夫人生病，他實在放心不下，耽誤了半年才來翰林院任職。

今早他去早集買筆，正巧碰到了白小妹，就跟著她來到了食肆。

夏魚上下打量他一番，不得不刮目相看。「你可以呀！」

張茂學撓了撓頭，點頭道：「我也覺得我挺可以的。」

畢竟他大哥張修文連舉人都沒考中，他就已經考進京城了。

夏魚又問道：「你什麼時候來京的？」

「昨日。」張茂學道：「家裡有事耽擱了半年。」

夏魚點頭，剛才她還疑惑，張茂學也在翰林院，怎麼沒聽池溫文提過他，原來是昨日才入職的。

夏魚道：「那你今天不去翰林院嗎？」

張茂學笑道：「今日正好輪到我們組的人休息，我就跟著沾光了。」

「先進去吧。」夏魚笑著招呼道。

張茂學走進食肆，覺得雖然這裡的格局不一樣了，但依然存在著有餘食肆熟悉親切的氣息。

「老闆，現在有什麼新菜嗎？」張茂學只這麼一說，口水便不自覺地充斥在口腔裡。

「新菜有脆烤五花肉，不過要下午才能預定。」夏魚放下小丸子，將菜單遞給他。「看看有什麼想吃的？今天我親自下廚請你吃飯！」

「真的？」張茂學一喜，拿著菜單毫不客氣地點了幾道炒菜。「乾煸肥腸、糖醋排骨、酸辣魚、麻辣香鍋……」

這些都是他日思夜想，作夢啃腳丫子都想吃的菜。

夏魚讓白小妹送了小丸子回府，交給嬷嬷照顧，然後轉身進了廚房，開始做張茂學想吃的那幾道菜。

之前在東陽城時，多虧他幫自己推銷會員卡，她才能順利買下酒樓，而且張府對自家生意也是格外照顧，所以今日她怎麼著也得好好感謝張茂學一番。

張茂學在大堂裡坐不住，便像以往那樣，一頭鑽進廚房裡跟夏魚閒聊。

「你現在住哪裡？」夏魚問他，順手將一盆紅辣椒遞給小毛去清洗。

張茂學想了想，回道：「離這兒不遠，好像叫什麼合素胡同裡。」

這是翰林院為他們統一安排的住處。

夏魚笑道：「那咱離得挺近呀，你出了胡同往前走就能看到池府，我們現在住那兒。」

「那是你們的府邸？」張茂學驚得嘴巴都合不住。「我之前路過的時候見過，可太氣派了！」

「有空你可以去找池大哥，你們都在翰林院任職，想必能有不少共同話題。」夏魚盛情邀請道。

張茂學當然願意了，他現在孤身一人在京，無依無靠，能遇見故人簡直是一件大好事。

「對了，你和周彩錦怎麼樣啦？」夏魚隨口問道。

張茂學一身輕鬆地回道：「她跟別人說親了。」

自周彩薇這顆棋子作廢，周文海便將主意打到了周彩錦的頭上。

那年張茂學還在寒窗苦讀，也沒有跟任何人提起打算參加科舉一事，周文海自是看不上平日不學無術的張茂學。他親自將周彩錦送去新來的巡撫老爺的姪子身邊，任憑周彩錦打罵哭鬧，硬是將這門親事說了下來。

周彩錦的念想被斷，又被周文海攥著把柄求死不能，從那以後便心灰意冷地躲在府裡，不見任何人，只待兩年後嫁與那風流浪子。

周彩錦成親那天，也是張茂學高中舉人的日子。看著周文海悔不當初，在屋裡來回踱步，她笑得眼淚都止不住地往下流，成親那天的心情格外明媚。

當然，這些都不關張茂學什麼事，他本就對周彩錦無感，日子照常該過就過，該吃就吃。

張茂學今日如願以償吃到了思念已久的菜餚，心裡早已熱淚盈眶，深深覺得自己跟來京城的選擇是明智的。

熱菜下肚，熟悉的鮮美滋味讓他忍不住一口氣吃了三碗飯。

正撐得肚子難受時，只見一個眉清目秀的少年揹著竹筐大步走進來。「姊，師父讓我出來買草藥，順便買隻燒鵝回去。」

少年將竹筐放在櫃檯角落，一抬頭便看到了張茂學，驚呼道：「張二公子！」

張茂學這才反應過來，驚聲大呼。「夏果？幾年未見，你都長這麼高了？」

夏果羞赧一笑，臉上泛著淡淡的紅暈。「我都快十三了。」

「還是這麼害羞，哈哈哈！」張茂學打趣道。

夏果的臉更紅了，他糾結了片刻，問道：「張二公子，白祥現在怎麼樣了？」

雖然他有時會跟白祥通信，但是兩個小夥伴間的思念可不是書信能滿足的。

張茂學回想了一下，笑道：「白祥好著呢，上次城中書院比試，他贏了一場，范先生還誇他前途無量呢。」

夏果聽得兩眼發光，不自覺的挺起腰板為白祥驕傲。

這件事白祥在書信上也跟他說過，不過再從張茂學口中聽說又是另一種感覺。

夏魚從廚房裡走出來，對夏果叮囑道：「你先去買草藥吧，一會兒我做些小蛋糕，元夫人最愛吃這口，你記得回來取。」

今天她心情好，樂意做些蛋糕。

「好。」夏果應了聲，跟張茂學打了聲招呼便揹著竹簍離開了。

夏魚給蔣大人和田老續了一壺酒，又跟張茂學閒聊了兩句，便去了後廚做蛋糕。

為了打發雞蛋，夏魚特意做了一個手搖式的打蛋器，省去了不少事。

蛋清和蛋黃分離，加糖打發到能豎起彎鉤，再將蛋黃和麵粉分次加入，最後放進烤爐。

做完了這一步，便是等待。蛋糕烤製的香甜氣味從廚房中不斷蔓延而出。

蔣大人和田老心頭一動，立刻叫來夏魚。「蛋糕我們全包了。」

除了菜單上的飯菜，其他糕點之類的，食肆都是不定時提供，碰上了就是運氣。

兩人難得碰上食肆做蛋糕，自然是要包圓了。

夏魚算了算，道：「今兒個蛋糕沒做太多，除去給元太醫送去兩斤，總共也只剩五斤吧。」

「要要要，五斤也要！我兩斤，田老三斤。」蔣大人特意賣田老個好，多分了一斤給他。

田老滿意地點了點頭，遞去一個「算你識相」的眼神。

張茂學在一旁有些疑惑，跟著夏魚去了廚房才問道：「老闆，妳怎麼不多做點蛋糕呢？嫌累了就雇短工唄！」

他知道京城房價寸土寸金，夏魚想開酒樓難，但他不理解她為何不多做點大家追捧的飯食，這樣賣得多了，銀子不也就嘩嘩地來了嗎？

夏魚將烤得金燦燦的蛋糕從烤爐裡拿出，挑眉道：「姊現在開食肆又不是為了賺錢。」

「那是為啥？」張茂學順口問道。

「你見過哪個厲害的高人每天都出大招？」夏魚的話立刻讓張茂學頓悟。也是，真正的高手都是隱藏極深，不出手則已，一旦出手絕對不凡。

夏老闆這樣還真像是個世外高人，守著一間半大的小食肆，一出手便讓城中酒樓抖三抖。

看著張茂學若有所思，又恍然大悟，接著一臉崇拜的表情，夏魚笑得毫無負罪感。

不是她自誇，每次只要她做點什麼新菜，必有無數食客奔來。有的人還會在下朝時攔住池溫文，讓他幫忙留些新菜品。

池溫文自是捨不得夏魚勞累，一一回絕，而夏魚更是興之所至，想做多少做多少，當真有一代大師性格古怪的脾性。

在食肆忙碌了半天，夏魚把剩餘的活兒交給白小妹，便順道送張茂學，自己也回了府。

池府院內造景頗多，繁花滿樹，假山亭臺被下人打掃得一塵不染。微風和煦，前院的一汪池水被吹得波光粼粼，池子裡十幾條巴掌大小的紅鯉悠然游水。

劉嬤嬤抓了一把魚食，往裡頭一撒，便吸引不少紅鯉爭搶。

小丸子蹲在一旁，眼睛眨也不眨地盯著水面，咬著一根肉乎乎的食指，口水流了一地。

看到夏魚回來，他笑得眼睛彎成月牙，指著水裡的魚道：「娘，吃魚！」

夏魚走過去捏了捏他的小鼻子，將他抱進懷裡，滿臉無奈道：「怎麼這麼小就盡顯吃貨本質了？」

劉嬤嬤在一旁笑道：「老話常說，能吃是福，小少爺將來必定是個有福之人呢！」

兩人說話間，池溫文一身朝服從外回來，看到夏魚時的表情有些嘔氣。

劉嬤嬤察覺氣氛不大對，忙將小丸子抱來，福了一禮道：「夫人，小少爺吃完晌午飯該睡覺了，老奴帶他回房間休息。」

「去吧。」夏魚點了點頭沒有阻攔，她也注意到了池溫文的臉色不對。

看著劉嬤嬤抱著小丸子走開，她戳了戳池溫文的胳膊，問道：「怎麼一回來就黑著臉，我欠你錢啦？」

池溫文一言不發地回了房間，換了件舒適的常服，這才幽怨開口道：「張茂學上午去食肆了？」

「是啊。」夏魚老實點頭，似是沒聽出他語氣中的不滿，繼續道：「真沒想到他竟然也考進了京城。」

「怎麼？覺得他很厲害？」池溫文瞇了瞇眼睛，撒氣般捏了捏她白皙的臉蛋，夏魚臉上瞬間多了一片紅印。

「疼！」夏魚拍掉他的手，揉著臉，瞪了他一眼，嬌嗔道：「我才說了一句，你吃什麼醋？」

「一句嗎？我可是聽說妳一上午都和他在食肆裡呢。」池溫文一想到兩人待了一上午，氣得牙癢癢。

看來，張茂學剛來翰林院還是太閒了！

夏魚沒好氣道：「你怎地這麼小心眼？我們只不過是故人相遇多說了兩句，你瞎想什麼？」

「小心眼？」池溫文一把將她拉進懷中，低頭湊在她的耳邊，輕聲道：「我就是小心眼，見不得妳跟別人多說一句話。」

輕暖的呵氣掃得夏魚心頭一陣亂顫，撲面而來的溫熱氣息讓她漸漸意識迷亂，交錯的呼吸聲在偌大的房間迴響，聽得直讓人臉頰發紅。

半晌後，池溫文輕吻著懷裡的人，漫不經心說道：「今天聖上找我談話，說想要嚐嚐妳的手藝。」

「什麼？」夏魚倦意登時全無，驚得一下坐了起來，身上一涼，又連忙抱著被子擋在身前，一臉擔憂道：「那我要是做不好，豈不是會被砍頭？」

「不必擔心。」池溫文安慰道：「聖上不是愛吃之人。只是聽得朝中不時有人找我走關係，只為求一口吃食，所以心下多了分好奇。做不好也無妨。」

說到這裡，他也是頗為無奈，別家得賄賂是為了權勢，到了他這裡，賄賂只是為了一口酒菜，偏偏還引了上頭那位的注意。

「那、那我需要準備什麼嗎？」夏魚一顆心都提到了嗓子眼，緊張兮兮道：「都說宮規森嚴，萬一我說話不得聖心，那不就完了？」

「我都說了，不必擔心，妳還瞎想什麼呢。」池溫文輕笑一聲，揉了揉她的頭髮。「妳只需想好要做什麼便可。」

夏魚有些不放心，可憐巴巴望著他道：「你還是給我請個禮儀嬤嬤吧，小丸子還那麼小，不能沒有娘。」

萬一她因為禮數不周，或是說錯了話而被砍頭，那多冤啊！

看著她乞求的目光，池溫文心一軟，妥協道：「明天我請禮儀嬤嬤來，順道在聖上那兒替妳求一道免死金牌。」

得了承諾，夏魚的一顆心才踏實了不少。

接下來幾日，她便在禮儀嬤嬤的指導下，和漫長的苦思冥想中艱難度過。不僅身子疲儂，腦子也乏得很。

身為皇上，什麼山珍海味沒吃過？宮裡御廚之所以能進御膳房，廚藝肯定沒得說。那她要做些什麼才能脫穎而出？

佛跳牆？八珍滷味？烤全羊？瑤柱鮮湯？

蒸炒燒燉煮，要做哪種才好？

想到這些，夏魚一個頭兩個大。

直到要進宮的前幾日，她才畫好兩張示意圖，又列好一長串清單，交給了傳話的小太監，讓他加緊時間做出一個長方形的鍋子和燒烤用的銅網，並通知御膳房提前準備食材和調料。

吃慣了山珍海味，那就來點路邊攤吧！

進宮這日，風和日麗，乾淨如緞面的蔚藍天空中沒有夾雜一點雲絲。

巳時，夏魚被來迎接的宮人帶去了御膳房，檢查準備好的食材和灶具。

御膳房裡的御廚們各司其職，紅白案各據兩邊，分得清清楚楚。

看到有宮外的人進來，這些御廚們毫不驚訝，只淡淡掃了一眼，就又忙碌著各自的事情。

夏魚被領著來到屋子的一側，宮人交代了她兩句，便只留下一個小太監走了。

夏魚拎起桌上剛打好的深口長鍋看了一圈，滿意地點了點頭。這深鍋大小正好，烤製用的銅網和高架炭爐也匹配。

靠牆的架子上整整齊齊擺著她需要的食材，種類只多不少。

一切就緒，夏魚先是熬煮了一大鍋湯底。豬骨提香，乾瑤柱提鮮，蘋果和乾香菇提味，湯底在鍋中慢燉出味。

熬湯底的功夫，她將魚肉去骨刺，剁成蓉，加入紅薯粉調味拌勻，丸子中間還特意包了瘦肉餡，做成夾心魚丸。

除了魚丸，夏魚發現御膳房的冰桶裡還有牛肉，就又做了些夾心牛肉丸、雞肉丸、魚豆腐等。

所有食材清洗切成塊後，夏魚塞給一旁的淨面小太監一錠銀子，讓他幫忙把食材串成串。

而她正好得了空閒，將牛、羊肉稍微醃製，也串成了肉串備用。

轉眼間便到了日落。

應夏魚的要求，這頓飯在戶外食用，因此聖上命人將爐灶鍋具擺至御花園的涼亭下，可以邊看風景邊享用。

八角涼亭鋪著琉璃瓦片，每個角各有一隻神獸坐鎮，橫梁上雕龍刻鳳，甚是精緻。

隔著涼亭懸掛的珠簾，夏魚隱約可以看到亭中一抹明黃色的身影，威坐其中，這便是如今的聖上——隆德皇帝。

兩邊分別立著兩抹玄色的身影，一個是池溫文，一個是聖上的胞弟元安王。

感受到池溫文投來的溫柔目光，夏魚安心了不少。

她按照先前學過的禮儀，朝亭中的隆德皇帝跪拜叩首。「民婦夏魚，拜見皇上，皇上萬歲萬歲萬萬歲！」

隆德皇帝知道夏魚從前只不過是一介村婦，朗聲一笑，免了她的禮，叫她不必過於拘謹，還許了她不論做得好或不好，都有獎賞。

夏魚之前只聽說過當今聖上寬宏大量，勤政愛民，眼下一見果真如此，頓時人也放鬆了不少。

亭下的鵝卵石道旁，宮人將爐灶和深口方鍋架好，才開始擺上高架炭爐和銅網。

深口鍋中，清亮的湯底翻滾咕嘟著，串成串的白蘿蔔塊、青筍、蘑菇、丸子、冬瓜等依次擺在鍋中。不光看著誘人，鮮美的味道聞起來更是讓人口水氾濫。

亭外候著的幾個太監聞著香味，已經默默地吞著口水，眼睛不時往鍋裡瞟，心裡有些羨慕試吃的宮人。

隆德皇帝讓身邊兩人陪著坐下，爽快一笑。「池愛卿，難怪下朝時總有人攔住你，今日一聞，朕也是垂涎三尺！」

「多謝皇上誇讚。」池溫文在一旁笑道。

「來人，給朕呈上一份嚐嚐！」隆德皇帝一發話，亭內便走出一個面白無鬚的老太監。他按照夏魚指示，挑選了幾樣菜，淋上麻醬、辣油和小蔥、香菜，然後端進涼亭內。

候在旁邊的宮人試吃後，老太監將竹籤上的菜食撥至碗中，隆德皇帝才拿起筷子挾食。綿軟入味的白蘿蔔，吸收了濃郁湯汁的麵筋，味道清新的青筍，各個入口都鮮掉舌頭。

尤其是爽滑彈牙的丸子，一咬開來，湯汁迸濺，葷香不膩。魚丸和牛肉丸各有各的口感和滋味，吃起來簡直是不可多得的享受。

「好、好、好！當真是用心至極！」隆德皇帝滿意地點頭，一連說了三個好字。「兩位愛卿也快嚐嚐。」

「小德子，給太后、皇后、陵貴妃各送上一份過去嚐嚐鮮！」

隆德皇帝平日吃的山珍海味不少，但是第一次有了分享的念頭，巴不得讓大家都嚐嚐這奇妙的美味。

元安王捋了捋鬍子，接過宮人呈上來的一碗串食，拒絕了宮人將食物從竹籤子撥下，開口笑道：「皇兄，臣弟以為，這食物既然串在竹籤上，自然是帶著竹籤吃最有感覺。」

說著，元安王便拿起一串牛肉丸吃起來。吃完不過癮，他咂了咂舌，直接起身來到深口鍋旁，又挑揀了兩串愛吃的菜，站在一旁吃起來。

第四十七章

看著元安王吃得有滋有味，隆德皇帝也坐不住了。「池愛卿，咱們也下去看看。」

皇帝都下了亭子，宮人們哪有繼續留在亭子裡的道理，他們忙搬來一張桌椅放在亭子下方，侍候著皇上用食。

隆德皇帝拒絕了宮人的侍候，也學元安王的樣子，自己站在鍋前，認真挑選著想吃的菜。

池溫文遞給夏魚一個誇讚的眼神，她立刻會意，皇帝這是吃得高興了！

挑完了幾樣菜，隆德皇帝的目光突然轉向一旁的高架炭爐，問道：「這個是做什麼的？」

夏魚讓小太監幫忙上了銀炭，笑著行了一禮，回道：「回皇上，這是做燒烤用的，將食物放在炭爐上烤，別有一番風味。」

說完，她拿了一大把肥瘦相間的羊肉串放在炭爐上開始烤，又在一旁的銅網上刷了油，烤製雞翅、蔬菜之類的食材。

小太監得了囑咐，在一旁用扇子往爐子裡搧風。

一時間，御花園內煙霧沖天，烤肉香味飄得遠遠的，還引來一眾皇子、公主前來。

看著來的人多了，夏魚便在深口方鍋內又加了些食材煮，以防之後不夠吃。

一大把羊肉串烤好，自然是隆德皇帝先享用。

剛烤好的羊肉串還滋滋冒著油泡，肉質烤得外焦脆、內鮮嫩，味鹹微辣，濃郁的孜然香味讓人吃得停不下來。

隆德皇帝一口氣吃了五串都沒有停歇。

看著皇上沒有一點分享的意思，元安王饞得舔著嘴唇，他忙催夏魚。「快給本王也烤些，多烤些，省得不夠吃了。」

「父皇，我也想吃！」

「父皇我也要！」

小不點的皇子、公主們都圍了過來，眼巴巴盯著隆德皇帝手中的羊肉串。

隆德皇帝沈思一刻，三兩口便將羊肉串吞下肚，然後無辜地看著一群孩子。「沒了，等下一爐吧。」

「父皇您耍賴！」

「就是，就是！」

在一陣喧鬧中，只聽宮人傳唱道：「太后駕到！皇后娘娘駕到！」

傳唱完畢，只見一抹茶色和一抹湖藍色的身影走進了御花園，眾人跪倒一片。

在太后說免禮平身後，眾人方才起了身。

隆德皇帝忙將太后請到座位上。

瞧見圍著深鍋吃得正香的晚輩們，太后笑道：「真是一幫饞猴！」

大皇子機靈，立刻在鍋裡選出一串丸子遞過去。「皇祖母，這串丸子甚是好吃，您快嚐嚐。」

太后笑著應下，看到這幫孩子們自己圍著鍋挑選串食，嘰嘰喳喳歡笑著，頓時覺得清冷的宮裡多了些熱鬧隨和的煙火氣息。

隆德皇帝恭敬道：「母后怎麼特地趕來一趟？」

「你方才讓人送去的一碗串食甚合哀家胃口，哀家便想著過來瞧瞧。」說完，她笑著看向夏魚，問道：「這位便是池大人的家眷？」

今日皇帝請了大臣的家眷來宮裡做吃食，她也是有耳聞的。

夏魚盈盈叩拜。「回太后，正是民婦。」

「當真是個靈巧人呢。」太后手一揮，對著一旁的宮女道：「賞！翠竹，去把哀家的那只白玉如意拿來。」

人到晚年最喜歡看到的便是兒孫滿堂，喜氣洋洋。太后心裡高興，賞賜起來也不手軟，直接挑了件西域進貢來的玩意兒賞賜。

而後，她的目光又注意到了烤爐上冒著白煙的肉串。「這又是什麼稀罕東西？」

元安王笑著回道：「母后，這個您可一定要嚐嚐，好吃至極，簡直就是此味只應天上有，人間哪得幾回嚐！」

說完，他也學著夏魚的樣子，拿了幾根肉串放在炭爐上烤。

太后責笑道：「老五，從小到大就數你最不正經，好好的詩書怎麼能背成這個樣子。」

隆德皇帝打著哈哈笑道：「母后怪他做什麼？朕倒是羨慕老五活得瀟灑自在！」

再觀平日端莊的皇后娘娘，此刻也不顧什麼形象，跟著一群孩子後面挑選著自己愛吃的菜。

御花園裡傳出陣陣歡聲笑語，讓平日裡提心吊膽的宮人們都難得鬆了一口氣。

一眾人吃飽喝足後，夏魚又交代了一番注意事項和食物的相生相剋，這才跟著池溫文出了宮門。

天色黑如幕，群星璀璨，聚成一條銀色的星河，美得讓人移不開眼，偶有幾顆星星閃爍，提醒著人們不是幻相。

馬車上，夏魚抱著太后、皇上和皇后的一大堆賞賜，樂得眼睛都彎成了一道月牙。「這趟真沒白來！」

有了這些賞賜，她這輩子什麼也不幹都夠吃喝玩樂了。

池溫文笑了笑，揉了揉她白嫩的小臉，摟著她倚靠在自己懷中。「累不累？累了先睡會兒吧。」

今天是沒白來，估計明日還有一道聖旨呢。

不過為了防止夏魚興奮激動得睡不著覺，他先不說出來。

果不其然，翌日一早，宮中便來了個白眉老太監，手持拂塵，滿面喜笑，見了夏魚就直呼大喜事。

隨後他拿起一卷明晃晃的聖旨，開始宣讀起來。

原來昨天那頓串串香和燒烤，不僅隆德皇帝沒吃夠，太后、皇后和幾個皇子公主也喜歡至極。

臨回宮前，太后還特意交代隆德皇帝，她難得碰上合口味的飯菜，沒事就讓夏魚常進宮去陪她。

最後皇帝一沈思，便讓人下了一道聖旨，給夏魚封了五品的宜夫人，有了封號加身，以後也方便隨時傳召。

夏魚接了聖旨，喜得在原地愣了半天。

這道聖旨可是一個好宣傳啊！不僅把她的身價翻了幾倍，怕是有餘食肆的名氣一夜之間就傳遍了整個京城。

王伯將一袋沈甸甸的銀子塞到老太監手中，滿面笑容道：「公公一路辛苦，小小心意，不成敬意，您拿去帶大家喝杯茶。」

老太監最喜歡的就是這樣有眼力見兒的人，一翹蘭花指，喜孜孜道：「宜夫人吉人天相，往後的好日子還長著呢。」

他可是聽說太后對夏魚滿意極了，有了太后做靠山，怕是誰都要讓她三分呢。

夏魚喜笑顏開，對著老太監盈盈一福身。「多謝公公吉言。」

夏魚得了封號的消息如春風一般，很快傳遍了京中各大府邸。

一些官員夫人得到消息，立刻讓下人備了賀禮，坐著馬車來到池府恭賀。就連那些一開始瞧不上夏魚身分的夫人們，也都面上堆笑前來祝賀。

誰讓夏魚現在的身分高出了她們一大截，往後還要好生巴結呢。

這一天，池府門庭若市，門檻都要被人踏破了。

夏魚陪笑了一整天，兩個腮幫子都是痠的，她第一次覺得招待客人是這麼累。

第二日再有人上門來，夏魚果斷地從後門遁逃，加快腳程去了食肆。

但是她還沒到食肆門口，就瞧見食肆排起了長隊，從街頭排到街尾。

「聽說這家老闆做的飯，皇上都喜歡吃，咱也來嚐嚐。」一個排隊的高大漢子期待道。

「以前總路過這裡，我還嫌他家太小沒來吃，沒想到竟然隱藏著這麼厲害的人物呢。」

「可不是？前段時間他家搞什麼限量脆烤五花肉，我還因為裝什麼神秘不屑一顧。現在想想，人家限量賣也是應該的，不限量估計早累死人了。」

夏魚聽著這些誇人的話，心裡樂開了花，她提了提裙襬，從人群中擠進食肆。

食肆裡熱鬧極了，櫃檯後記帳的掌櫃是夏魚生小丸子時代替她接管帳簿的駱叔。

只見駱叔算盤打得飛快，下筆如神速，還不忘從櫃檯下拿出客人需要的酒水，就差手腳並用了。

內用的座位也擠滿了人，不管大家認不認識，都自覺地拼湊成一桌。

打雜的夥計從廚房裡一會兒出來一趟，將打包好的飯食遞去客人手中。

看到夏魚來，夥計立刻將她引進廚房，一臉擔憂道：「老闆，白大廚不知從哪兒請了個新廚子，也不跟您說一聲，可別把咱食肆的招牌砸嘍！」

「新廚子？」夏魚疑惑地走進廚房。

廚房裡，一張熟悉的面孔笑得像陽光一樣燦爛，邱駿露出一排白牙，幫旁邊的白小妹打著下手。

「邱駿？」夏魚愣怔片刻，隨後又激動又歡喜道：「你怎麼找到這裡了？」

幾年不見，邱駿黝黑了許多，周身的浮躁氣息已經消失不見，唯一不變的是那張如太陽一般耀眼的笑臉。

邱駿放下手中摘完的菜，眼睛綻放著熠熠光彩。「姊，妳來了。」

他彎起笑眼，說道：「我去年回去東陽城，我爹告訴我你們來京城了，我便跟著尋來了。」

邱駿在外磨練這幾年，吃了不少苦。

曾因為心高氣傲不肯給人打雜，被趕出過酒樓；也自己嘗試開過飯攤，因為耍小聰明被客人摔過盤子、打到鼻青臉腫，後來生意漸漸慘澹無人上門。

最後，他終於意識到靠著耍小聰明是不能長久的，唯有踏踏實實做事，才能將生意延續下去。

於是他放下高傲的心氣，收起偷懶的心態，去跟人當學徒。

但是一段時間後，他卻覺得做出來的飯菜味道始終不如有餘酒樓那般，總是差了一點滋味。

去年，他辭別回鄉，想再次回到有餘酒樓裡繼續做夥計，哪怕幹雜活他都願意，可沒想到有餘酒樓換了老闆。

問過邱強後，他才知道夏魚搬去了京城。

一番思索後，他決定來京城碰碰運氣，如果能遇到夏魚就留下；如果遇不到，就當來這兒見見世面。

很幸運，邱駿今早一進城，就聽到滿大街在談論有餘食肆的事情，他便找了個人問話，順著指路找到了有餘食肆。

他來的時候白小妹剛採買回來，兩人還沒來得及寒暄，就見一窩蜂的客人湧進了食肆裡。

兩人一直在廚房忙到現在，還沒來得及跟夏魚知會一聲，沒想到夏魚就自己來到了食肆。

簡單了解邱駿的情況，夏魚拍了拍他的肩膀，笑道：「正好食肆缺個人手幫忙，你來得正是時候，往後就跟大夥兒一起住在府裡吧。」

「謝謝姊！」

邱駿的到來，瞬間減輕白小妹和夏魚不少的壓力。一人做炒菜，一人做蒸菜，一人烤製熟食，分工明確，速度也加快了不少。

傍晚，送走了最後一撥客人，許久沒這麼勞累過的夏魚頓時覺得腰痠背疼，癱倒在椅子上不想動彈。

白小妹幫她揉著肩膀，擔憂道：「嫂子，不然明天妳就別來了，在府裡好好歇息，食肆有我、亮哥和邱大哥呢。」

夏魚拉著白小妹坐下，笑道：「我沒事，妳也累一天了，趕緊坐著歇歇吧。」

邱駿找了一圈，也沒看到洪小亮的身影，便開口問道：「小亮呢？怎麼這一會兒功夫就不見人影了。」

白小妹笑道：「他去找心上人啦，聽李嬸說明年要找媒人去提親呢。」

洪小亮常常去窄道胡同拉木柴，久而久之就跟賣木柴的孫大叔熟絡了。

孫大叔有個獨生女，年紀與洪小亮相仿，兩人一來二去就有了懵懂情愫。

李嬸知道這事後，就拿出這幾年的積蓄，在府外給洪小亮購置了一間小院，準備修整布置一番後，明年跟孫大叔和孫大嬸提親去。

洪小亮也喜得恨不得天天黏在孫姑娘的身邊。

幾人說話間，劉嬤嬤帶著小丸子來到食肆。

小丸子一看到夏魚，就從嬤嬤懷裡掙脫開來，蹦蹦跳跳鑽進夏魚的懷裡。他軟乎乎的小臉在夏魚頸間蹭了蹭。「娘，我想妳了。」

夏魚抱起小丸子，親了親他的小胖手，溫柔地看著他。「娘也想你了。」

想到自己一整天都沒有時間陪小丸子，回去後估計更沒精力陪池溫文說會兒話，夏魚便把駱叔叫來。

夏魚道：「駱叔，以後食肆只招待前五十名客人，就麻煩你費點心思了。」

駱叔點了點頭，應道：「知道了。」

邱駿在一旁不解地問道：「姊，為什麼，食肆生意紅火還不好嗎？」

這次，白小妹搶著替夏魚回道：「人多了累呀，嫂子現在什麼都不缺，還那麼拚命做什麼？」

邱駿恍然，他咧開燦爛的笑容道：「這樣也好，姊，妳確實該好好享享福了。」

話音剛落，門口又風風火火地走進一個人影。

張茂學衣衫上滿是皺褶，面容疲倦，鬍子拉碴，眼下一團烏青，見到夏魚就一陣哀號。「老闆，求妳快給我做幾道好菜安慰一下！」

夏魚忙讓白小妹和邱駿去後廚做菜，然後擔憂地問道：「張二公子，你這是怎麼了？」

張茂學一臉委屈。「早知道翰林院的事務這麼繁忙，我寧可帶些銀子來京城做生意了。」

他那天在有餘食肆吃完飯後，第二日便被主事扣留在翰林院，讓他整理書庫，上萬卷藏書整理不完不能回家，都快把他折騰瘋了。

夏魚迷茫地望著他。「忙嗎？」

她記得池溫文每天都回來得很早，有時候還能提早一個時辰回府陪她和小丸子呢。

正想著，就見一道深灰色的身影走進食肆，來的人眉目間淡漠冷然，深邃的五官寫滿了「不爽」兩個字。

小丸子高興地拍手道：「爹！」

然後扭著小身子跑去池溫文的方向。

池溫文將兒子抱起來，瞥了一眼張茂學的方向，漫不經心問道：「張典簿忙完了？」

張茂學宛如看見救星一般撲過來。「池大人！我那頂頭上司不是人，讓我去整理書庫，你快救救我，我不想再去書庫了！」

他知道池溫文現在是內閣大學士，與翰林院幾個主事的關係頗好，是個說一不二的人物，就想求他幫幫忙，將自己從苦難中拯救出去。

池溫文勾起唇角一笑。「不想去書庫了？那你就幫著去校對訂正冊子吧。」

張茂學眼神逐漸變得恐慌起來。「我不要！」

整理書庫尚且可以偷個懶，但是校對冊子可是一點都不能放鬆，成千本的冊子需要一個字一個字檢查，眼一花就得重來。

「放心，我會讓人隔三差五給你送食肆的飯菜過去的。」池溫文適時給他塞個甜棗，反正是不給他機會靠近夏魚。

張茂學聽到自己可以常吃到食肆的飯菜，嚥了一口口水，勉強妥協。「那也不是不行。」

夏魚在一旁聽得一愣一愣的，怎麼感覺張二公子吃的苦都是池溫文故意給他施加的？而這個地主家的傻兒子似乎還沒意識到這個問題。

日子如流水般緩緩流逝，轉眼間，洪小亮和孫絲絲已經成了婚。

孫絲絲性子恬淡，不喜熱鬧，兩人的婚事便沒有太過張揚，只請了些親朋好友見證。

夏魚看著一旁滿眼羨慕的白小妹，開玩笑道：「小妹，前幾天我看鄭府的二公子總尋著由頭來找妳，要不要我幫妳打聽一下他人怎麼樣？」

池溫文湊到她的身旁，一本正經地接腔道：「鄭二公子人還行，為人挺憨厚老實的。」

白小妹頓時一臉通紅，跺腳羞道：「嫂子，池大哥，你們說什麼呢，我這輩子才不要嫁人，每天在食肆裡多瀟灑，要是讓我嫁人，我倒寧可剃頭去庵裡做姑子呢。」

她以前不是沒有想過尋一個喜歡的人成家，但知人知面不知心，萬一以後嫁的人跟她爹一樣，除了錢什麼都不認，又懶又貪可怎麼辦？每每想到這裡，她就滅了心中的星星之火。

「姊，池大哥，你們在說什麼呢？」邱駿從屋裡走出，拿了兩塊糕點，遞給白小妹一塊。「妳剛才一直在忙，先吃點東西墊墊肚子吧。咦，妳的臉怎麼這麼紅，偷吃辣椒了？」

白小妹接過糕點，瞪了邱駿一眼，惱道：「我才沒有臉紅，是天太熱了。」

「紅了啊，妳看妳耳朵都是熱的！」邱駿伸手揪著白小妹的耳朵。

白小妹被他揪得生疼，一時氣得臉更紅了，放下糕點就追著邱駿滿院子跑。「邱駿！你給我站住！」

夏魚看著打打鬧鬧的兩人，抿嘴笑道：「這兩人倒是一對歡喜冤家。」

池溫文贊同地點點頭。「邱駿是比鄭二公子好，至少人機靈，懂得辨是非。鄭二公子是庶出，為人老實又有些愚孝，總被鄭夫人欺壓。小妹要是嫁過去，才是入了火坑。」

「對了，我昨兒個進宮給太后做膳食，聽說聖上給張二公子指婚了？」夏魚好奇地問道。

「妳惦記他做什麼？」池溫文有些不大樂意，他總覺得夏魚對張茂學的事格外上心。

第四十八章

夏魚往他嘴裡塞了塊糖糕，無奈道：「老鄉見老鄉，兩眼淚汪汪嘛！張二公子跟咱都是從東陽城來的，在這兒無依無靠的，多可憐。你放心，我對他絕對沒有意思，他那個榆木疙瘩，腦子裡只有吃和撒銀子，哪家姑娘嫁了他才有得愁呢。」

池溫文一想確實如此，再沒有比張茂學出手更闊綽的人了。

上次小丸子過兩歲生日，別家都送項圈、鐲子和長壽牌之類的，就張茂學實在，送了一打厚厚的銀票，足足有五千兩之多，讓小丸子隨便花。小丸子拿著銀票，當場撕毀了兩張，可把夏魚心疼壞了。

夏魚向來以攢錢為樂，喜歡看帳本上的數字往上漲，定然看不慣張茂學鋪張浪費的撒錢行為。

想到這兒，池溫文寬了一點心，給她透露了一些八卦消息。「聖上指婚的對象是齊侍郎的嫡女，齊霞。不過聖旨還沒下來。傳聞齊小姐貌美如花，性子耿直，最與六公主交好。」

而過沒幾日，夏魚再次被召進宮為太后做膳食，便碰到了這位耿直的齊小姐。

這兩日太后的胃口不怎麼好，夏魚就在太后的小廚房燉了清淡鮮美的乾參鴿子湯，又配了道酸甜可口的水果涼糕。

膳食被端進殿內，夏魚剛把鍋子放在桌上，就聽齊霞的聲音傳來。「太后，臣女來服侍您用膳。」

夏魚抬眼望去，只見這位齊小姐衣著鮮豔，五官精美如刻，果真貌美。

「那今兒個就由妳來服侍哀家吧。」太后情緒不高，喚了最寵愛的六公主坐在身邊。「禾嘉，到皇祖母身邊坐，嚐嚐這羹湯的味道怎麼樣。」

六公主乖巧應下，偷偷朝自己的好姊妹吐了吐舌頭。

夏魚退到一旁，正要告退，就見太后讓人加了張椅子在桌旁。「宜夫人，妳留下陪哀家說會兒話。」

夏魚行禮坐下，突然感受到一道灼熱的視線落在自己身上，她看向太后身旁的齊霞，只見她眼中帶著一絲嫌棄盯著自己，目光裡滿是不悅。

夏魚大概猜到了她為何對自己有敵意。

她不過是區區一個粗俗的農婦，竟然能唬得太后垂憐；而齊小姐是中書侍郎的千金大小姐，出身比她高貴，卻要放下姿態和身段去討好每個人。

齊霞自然是不服氣。

太后看著紫金砂鍋裡漂著點點綠葉的清湯，問道：「這鍋裡煮的是什麼？」

「回太后，這鍋乾參鴿子湯，用的是西海進貢來的乾海參和紅爪鴿，再加了黃芪和枸杞燉的，最是補氣營養。」夏魚笑著回道。

齊霞暗暗撇嘴，臉上卻洋溢著熱情的笑容。「聽聞宜夫人廚藝精湛，怎麼就燉了一鍋清湯寡水給太后喝呢？」

說完，她朝太后行了禮，迫不及待地推薦道：「太后，臣女府中請了一名西域來的廚子，那廚子的廚藝絕對是獨一無二的。不如明日臣女帶那廚子來宮中，為太后做一道新鮮的菜樣如何？」

她今日可是有備而來的。

先前聽父親說皇上要將她嫁給一個商戶出身的六品小官，她急得幾天都沒合眼。先不說這人的官職低微，就是那商戶的身分她也不能嫁啊！

這要嫁給那人，她以後還怎麼出門見人？

所以她就求了六公主帶她來見太后，反正現在聖旨還沒下，求太后還有機會扭轉局勢。

「是嗎？那太好了，我正想吃點新鮮花樣呢，皇祖母您就同意了吧。」六公主眼睛一亮，央求著太后。

太后在後宮中混了一輩子，哪能看不出齊霞的心思，不過既然六公主想嚐，她也就同意了齊霞的請求。「那妳明日就帶著那廚子來吧。宜夫人，明日妳也來嚐嚐，看那西域廚子做的飯菜究竟有什麼不一樣。」

「是。」夏魚應道。

回了府，夏魚一臉沈思，將齊霞的事情跟池溫文說了一遍。

正巧今日池溫文也在別處了解一些齊霞的訊息，得知她心氣極高，拒絕過好幾門頗為不錯的婚事，一心想嫁入高門大戶。

此刻一聽夏魚的陳述，便知道齊霞討好太后，定是為了讓太后勸阻聖上，回了提過的那門親事。

他雖然不喜歡張茂學，但也不忍心見他陷入泥潭。「這件事我抽空跟張二公子提個醒。明日進宮妳自己小心。」

翌日，夏魚一早就進了宮。

太后的宮殿除了昨天的幾個人，又多了一個鬈髮高鼻異相的男子。

夏魚瞧他挺像賣羊肉串那地區的人。

一眾人行了禮，太后也沒多說什麼，只叫嬤嬤領著那人去了廚房。

怕太后閒得沒事做，今日夏魚還把府裡改良過的木片撲克牌帶進宮裡。

除了站在一旁候著的齊霞，太后、六公主和夏魚三個人玩起了鬥地主。夏魚和六公主有默契地讓著太后，把太后哄得心情極好。

幾人玩得興致盎然，哈哈大笑，讓站在一邊的齊霞心裡更怨、更惱怒了。

不知過了多久，那西域廚子終於做好了幾道菜。

終於輪到自己奪人眼球了，齊霞精神一振，輕蔑地瞥了夏魚一眼，介紹道：「太后，六公主，這道可是買吉利最拿手的烤羊排。」

一股濃烈的羊羶味撲鼻而來，太后看著那帶著烤黑油脂的羊排，提不起一點胃口，淡聲應道：「嗯。」

這和夏魚做的簡直沒法比。

正在齊霞鬱悶太后怎麼反應這麼平淡時，六公主開口道：「這道菜宜夫人給我們做過，可香可好吃了。」

齊霞一愣，滿臉不信地盯向夏魚。

六公主吞著口水，讓宮人幫忙布菜。「上次宜夫人做的我還沒吃夠，正好今天再多吃點。」

趁著宮人布菜的時間，齊霞嚥下一口氣，又介紹另一道。「這個胡餅配羊湯也很不錯。」

這道菜太后確實沒吃過，便讓宮人盛一碗來。

宮人剛拿起碗，就聽那邊六公主一陣乾嘔。

「怎麼了？」太后又焦急又擔心。「快去請太醫來！」

齊霞也嚇傻了，莫不是這飯食有問題？不可能啊，明明宮人試吃過了啊。

好半晌，六公主緩過一口氣，拍著胸脯道：「皇祖母，我沒事，只是這羊排也……太難吃了。」

夏魚這才注意到，六公主盤中那塊羊排是宮人精挑細選過的，沒有一丁點黑糊的油脂，羊排上盡是白花花的肥油。

羊排又肥又羶，也難怪六公主吃不下。

「滾出去！」太后面容一沈，陰鬱的氣息嚇得一干宮人齊齊跪下。

這話自然是對齊霞說的，她沒有罰齊霞就已經不錯了。

齊霞也嚇得腿軟，癱倒在地上一時起不來，最後被宮人們拖了出去。

見太后心情不好，夏魚也跟著退了出去。

太后大怒，驚動了皇上和皇后，兩人不多時就到了太后宮中。

太后屏退了旁人，對隆德皇帝淡淡道：「哀家聽聞你給齊家大小姐指了一門親事？」

隆德皇帝想了一下，道：「是，朕給她指的是內閣侍讀張茂學，張侍讀人還不錯，朕還想再給他升一升官職。沒想到這齊家小姐竟是個不懂禮數的，這門婚事就此作罷吧。」

「倒也不必作罷。」太后抬手制止。

「母后的意思是？」隆德皇帝不解地問道。

「西北戰事吃緊，哀家略有所聞，不如就讓六公主嫁去和親，緩一緩情勢。」太后輕描淡寫道。

六公主是皇后親生，聽到這話，皇后立刻哀求道：「母后，禾嘉還小……」

話音未落，太后打斷道：「今日起，禾嘉為齊侍郎之女齊霞，哀家賜名晚華，皇上和皇后可知該怎麼做？」

皇后一下反應過來，立刻叩謝道：「妾身明白，多謝母后一片苦心。」這便是要把禾嘉和齊霞調換啊！讓禾嘉代替齊霞嫁給張侍讀，讓齊霞代替六公主去和親。

六公主常在宮中不曾見人，齊霞心氣傲，也不願見外人，見過兩人的人少之又少。只要六公主以後不常見人，就不會被人發現是假的齊霞；而齊霞那邊更好辦，皇上只要揪了齊侍郎的小辮子，就不怕他不配合。

皇后擦了眼淚，自古以來，公主幾乎擺脫不了和親的命運，天高皇帝遠，嫁過去能善終的又有幾個？

若是禾嘉嫁給張侍讀，雖然沒了公主的身分，但好歹是在天子腳下、在自己的眼前，總比嫁去偏地受苦好得多。

數年後，小丸子拿著一卷書，站在院子樹下搖頭晃腦地朗讀著，陽光透過層層樹葉，灑落在地。

他的腳旁趴著一隻正閉目養神、毛色發白的老狗。

一個粉妝玉琢的小糯米糰和一個虎頭虎腦的小饅頭，正一人揉著一個狗耳朵玩耍。

「小丸子、糯米糰、小饅頭！看舅舅給你們帶了什麼回來？」夏果滿面笑容，神清氣爽地從外頭走進府中，周身散發著淡淡的草藥香味。

小丸子放下書卷，冷冷一哼，別過頭。「叫我池容華。」

糯米糰嘟著粉嫩的小嘴，學著哥哥的樣子，揚著頭道：「叫我池華樂。」

小饅頭也哼哧哼哧跟著道：「叫我、我洪浦澤。」

「好好好。」夏果寵溺地看著三個小不點，給他們每人遞去一個可愛的小香囊。

夏魚正好從屋裡走出來，看到夏果手中的香囊，逗他道：「又是元太醫的女兒元秋做的？」

夏果青澀的俊臉一紅，不好意思地點了點頭。「嗯。」

「你這都去太醫院任職了，怎麼還愛臉紅呀？」夏魚捂嘴笑道。

眼看夏果更害羞了，夏魚才止了玩笑話。「行了，不逗你了。今天太醫院不忙嗎，怎麼有空回來？」

「今天不忙。」夏果點頭道：「姊，明天端午節，元秋想來咱府上玩。」

夏魚應道：「好啊，正好張茂學要帶著他夫人一起來過節呢，咱就一起了。」

「但是，我怕師父不讓。」夏果說話時頓了一下，顯然是對元太醫平時嚴厲的管教有了陰影。

夏魚了然，會心一笑。「放心吧，這事交給你姊夫。」

第二日，食肆關了門，夏魚帶著家裡所有人一起在正廳內包粽子、煮茶蛋和蒸熟蒜。

小丸子帶著弟弟妹妹坐在一旁編草蚱蜢，大人們圍在一起談天說地，暢懷大笑。

「沒想到啊，邱大哥做得一手好菜，這粽子包得……卻很奇怪。」洪小亮洗著粽葉，看著邱駿手中直漏米的粽子，一言難盡。

邱駿舉著自己的寶貝粽子，解釋道：「別看我包的粽子醜，但是裡面的東西可齊全了，大棗、枸杞、花生，樣樣俱全。」

白小妹把嗦著手指的小米糕塞到他的懷裡，瞪眼嗔道：「行了，別在這兒浪費糧食了，哄孩子去。」

邱駿彎眼一笑，舉起小米糕樂道：「好好好，我哄孩子。」

說完，就抱著小米糕一溜煙出了門，去找買黃酒還沒回來的老爹邱強。

「邱大哥脾氣可真好，整天被白姊罵都不生氣。」孫絲絲抿嘴笑道。

白小妹將糯米塞進粽葉摺成的三角凹洞裡，笑著回道：「他呀，也就剩這一個好脾氣了。」

談笑間，只見張茂學帶著腹部微微隆起的齊晚華走進來。

張茂學看到一屋子的人，驚訝道：「呀，都到齊了！」

夏魚很自然地跟兩人打招呼，又讓下人給齊晚華換了張墊著軟墊的高椅。「是呀，趕得早不如趕得巧，正好一會兒要煮粽子，你們就等著吃現成的吧。」

「那我可有口福了，我都想吃宜夫人做的菜好久了呢。」齊晚華挽著夏魚的胳膊，笑得溫暖和煦。雖然將要為人母，卻還帶著少女的嬌俏可愛。

當年齊晚華嫁給張茂學後，一直大門不出，二門不邁，但是每次看到張茂學約同僚去有餘食肆吃飯時，她都快饞死了，於是就戴著帷帽偷偷去了有餘食肆。

就在走進食肆後，她發現三皇子竟然也在裡面，這讓她頓時慌了神，站在門口進退兩難，還惹來一眾人的催促怒罵。

還好夏魚發現了她緊張時的小動作與六公主一樣，趕緊找了個藉口把她帶走，才平息了事端。

從那之後，暴露了身分的齊晚華就會偷偷約夏魚，有事沒事去池府蹭飯。

宮裡的幾位一直盯著齊晚華和夏魚，但瞧這兩人行事低調謹慎，索性就睜一隻眼閉一隻眼，任由她們去了。

不多時，夏果和元秋也到了池府，兩人大包小裹，還抱了一罈酒。

元秋心靈手巧，繡了好多香囊，每人一個，都沒有重複的。「我手拙，繡得花不好看，大夥兒別嫌棄。這裡頭裝的是夏果特製的驅蟲藥草，在夏天用最有效了。」

元秋端莊大方，笑容溫婉，也不嫌棄池府不分主僕的規矩，每次帶來的東西皆是人人有分，做事面面俱到，考慮周全。

夏果將懷中的一罈藥酒放在桌上，面上掛笑道：「這是師父讓我拿來的藥酒，灑在門口可避蟲蟻蛇鼠。」

還沒等夏果找張凳子坐下，夏魚就把提前準備好的七、八種口味的粽子和風乾的香腸、臘肉遞給他。「去，把這些給元太醫送去了。」

「好。」夏果接過東西，回頭望著元秋道：「妳跟我一起嗎？」

元秋蹲在屋子的另一側，正興致勃勃看著小丸子編草蚱蜢，她頭也不回地擺了擺手。「你自己去吧。」

夏果提著一大簍的東西，抿了抿嘴，道：「哦，我也會編草蚱蜢，還會編小兔子、老鷹、魚還有小豬……」

元秋一聽立刻起了身，笑咪咪跟著夏果出了門。「走吧，我跟你一起去，正好能路過一家賣草編繩的攤子呢。」

看著兩人消失的身影，池溫文走到夏魚身邊，露出一個欣慰的笑容。「沒想到這小子也有開竅的一天呢。」

夏魚環視著滿屋的熱鬧，依偎在他的身旁，眉開眼笑道：「真好，又是一對情投意合的璧人。」

——全書完

以指為筆，落紙成符／昭華

2022年4月出版

斜槓神醫

靠著替人看事、解厄的本領，她賺了不少銀錢，
雖說她是天命之人，沒有五弊三缺這回事，
但她為人治病仍是僅收取微薄診金，就當是行善了，
然而她心善歸心善，卻也不是啥窮凶極惡之人都幫的，
畢竟，她可是能開天眼的人，想騙她不容易啊！

文創風 1051 1

沈糯是全村最美的姑娘，剛滿十四就被婆婆催著嫁進他們崔家，
丈夫是村中文采最出眾、容貌最俊俏的，亦是她的青梅竹馬，
但崔家生活貧困，且家裡的活兒全是她一肩挑，還有個小姑子愛刁難她，
可她總想著，天下間成了婚的女子大抵都是這樣的吧？
不料一年後丈夫高中狀元，卻帶了個閣老的孫女回家，
夫君說，貴女對他有恩，而他也愛上如此善良美好的女子，望她成全，
成全？呵，原來她竟成了阻礙有情人的那一方嗎？那又有誰來成全她呢？

文創風 1052 2

在婆婆姚氏好說歹說地勸哄下，沈糯答應讓夫君娶了那貴女為平妻，
往後數年，她不僅看著夫君平步青雲，也被迫看著他們二人夫妻恩愛，
不到三十歲，她便因病香消玉殞，結束這悲苦的一生，死後魂魄仍在夫家逗留，
沒想到，她竟看見婆婆、夫君及貴女三人將她的屍骨砸碎，埋在崔家祖墳，
並且，她還親耳聽見姚氏承認是她們婆媳二人毒死她的，她並非病亡！
從頭到尾，那姚氏看上的就是她的天命命格，貪的更是她極旺夫家的一身骨血，
因天命之人哪怕什麼都不做也能為身邊人帶來福氣，甚至能影響朝代的存亡！

文創風 1053 3

沒想到在仙虛界修煉了五百年，沈糯還有再回來的時候，看來是上天垂憐，
思及這三人當初是怎麼害死她的，她簡直恨不得啃其骨，又怎會如他們所願？
她不再是從前那個傻姑娘了，決定先使計和離，報仇的事得慢慢來才行。
由於她在仙虛界時是知名的醫修，又是天命之人，自是擁有一身非凡本事，
所謂的起死人，肉白骨，不謙虛地說，但凡還剩一口氣在，她都能救活，
除此之外，她還有著絕佳廚藝，玄門道法的能力更是世間無人能及，
憑藉這些高超本領，重活一世，她定能好好守護家人，保他們一生安康……

文創風 1054 4

沈糯煮的佳餚能飄香數條街，眼下不就引來個破相又斷腿的小乞丐上門偷吃嗎？
留下小男孩療傷的期間，她瞧出喪失記憶的他竟是甫登基一年的小皇帝，
她推測小皇帝恐是偷偷離宮想來邊關這兒尋找親舅攝政王，途中卻出了意外。
攝政王裴敍北，大涼朝赫赫有名的戰神，讓敵軍聞風喪膽、朝臣忌憚的狠戾人，
先帝手足眾多，哪個對皇位不虎視眈眈？偏偏礙於攝政王，沒人敢動小皇帝，
因為他曾在朝堂上斬殺過貪官，離京前更放話若小皇帝出事定要所有親王陪葬！
如今小皇帝失蹤了可不就是頂天的大事？宮裡頭怕是沒人能睡得安穩了吧？

文創風 1055 5 完

沈糯從邊關的小仙婆成了京中有名的神醫、仙師，而攝政王也回京了，
但兩人的關係還不能對外公開，親事也得再緩一緩，這全是因為太皇太后，
極厭惡玄門中人的太皇太后一心希望親兒登基，在宮中扶植了一派人馬，
他有兵權，自己有神秘莫測的本事，兩人若成親，還不得讓太皇太后忌憚死？
因此得先讓他把朝堂上該清的都清一清才行，看來，這京城的天怕是要變了，
至於她也有事要忙，據說數十年前禍國殃民的美豔國師死後並未魂飛魄散，
她懷疑前婆婆與國師的一抹魂識有關，若真是……那便新仇舊恨一併算一算吧！

文創風
1062

吃飯娘子大 下

國家圖書館出版品預行編目資料

吃飯娘子大 / 眠舟著. --
初版. -- 臺北市 : 狗屋出版社有限公司, 2022.05
冊 ; 公分. --(文創風 ; 1061-1062)
ISBN 978-986-509-321-1(下冊 : 平裝). --

857.7 111005078

著作者	眠舟
編輯	王冠之
校對	黃薇霓
發行所	狗屋出版社有限公司
地址	台北市104中山區龍江路71巷15號1樓
電話	02-2776-5889～0
發行字號	局版台業字845號
法律顧問	蕭雄淋律師
總經銷	知遠文化事業有限公司
電話	02-2664-8800
初版	2022年5月
國際書碼	ISBN-13 978-986-509-321-1

本著作物由北京晉江原創網絡科技有限公司授權出版

定價270元
狗屋劃撥帳號：19001626
網址：love.doghouse.com.tw E-mail：love@doghouse.com.tw